L'EMPRISE

Photo Couverture : Stéphanie Vierlinck

ISBN : 978-2-9571169-0-4
Version 2.2 01/20

L'EMPRISE

Alexandre Contart

TABLE DES MATIÈRES

Tout ce que vous allez lire dans ce roman est inspiré de faits réels. Si le personnage principal s'appelle Alex, c'est qu'il s'agit bien de moi.
Bien sûr les noms ont été changés, certains lieux modifiés, avec pour seule volonté de préserver l'anonymat des hommes et des femmes qui y figurent.

Le jeu sexuel de la domination et de la soumission n'est pas qu'une histoire de menottes et de cravaches. C'est un lien puissant qui unit deux êtres où l'amour à une place aussi importante que le sexe.
La véritable domination commence toujours par l'emprise.

CHAPITRE 1
CHAMBRE 57

The Weeknd - The Hills

"Je te séduirai en silence, nos regards seront les seuls à prendre la parole"

Installé dans un canapé confortable, je regarde ma montre. Elle ne devrait pas tarder. Une bouteille de Ruinart se rafraîchit dans un seau rempli de glaçons, et les coupes encore vides attendent sagement sur la table basse.
L'hôtel est luxueux, le bar est calme, et j'aperçois sa silhouette à l'autre bout de la pièce. Une robe noire, élégante, une paire de talons, une démarche féline remplie d'assurance.

Elle me sourit avant de s'installer face à moi sans dire un mot.
Nos regards sont les seuls à prendre la parole.
Un serveur s'approche en silence et remplit nos coupes avant de disparaître. Les mots ne servent à rien, car nos yeux ont déjà tout dit.

Elle croise délicatement ses jambes avant d'avaler une première gorgée.

– Très bon choix, murmure-t-elle.

– Jolie robe.

Légèrement fendue, elle me laisse entrevoir sa peau. Nous nous connaissons bien et sans cette discrète connivence rien ne serait possible. Le jeu n'a pas encore commencé, je savoure ce prologue. Ses longs cheveux habillent ses épaules nues.

– C'est une nouvelle cravate ?

– Oui.

– Elle a l'air douce.

– Elle est en soie.

Le serveur remplit nos coupes à nouveau.

Ni elle ni moi ne sommes pressés, malgré le désir qui rougit son visage.

C'est un jeu particulier auquel nous nous apprêtons à prendre part, et bien qu'il ne s'agisse pas de notre première fois, l'excitation est toujours au rendez-vous.

Pour cela je choisis toujours un hôtel différent, pour que nous ne puissions jamais avoir nos habitudes.

Dans le hall, un groupe de Néerlandais rejoint la réception. Ils parlent fort et viennent troubler la délicatesse de cet instant.

Elle est sublime. Je la désire du regard et je m'enivre de la voir boire délicatement pour ne pas laisser de marque de rouge à lèvres sur le verre.

Elle repose doucement sa coupe sur la table et semble s'impatienter. Je crois que l'alcool commence doucement à faire effet. Je finis par me lever. Je pose devant elle une carte magnétique portant le numéro 57. Je m'approche de son oreille, respire son parfum et l'invite à me rejoindre dans 10 minutes.

– Quand tu rentreras dans la chambre, n'allume pas la lumière, ne prononce pas un mot. Referme simplement la porte et avance jusqu'à ce que tu entendes ma voix.

– Très bien, dans 10 minutes.

Elle regarde son portable avant de l'éteindre. C'est une règle que nous avons établie il y a longtemps. Elle se lève et se dirige vers l'ascenseur. Arrivée devant la porte de la chambre, elle insère la carte magnétique, ouvre la porte.

La chambre est plongée dans l'obscurité, les lumières de la ville se sont invitées à travers les stores. Elle plisse les yeux le temps de s'acclimater aux ténèbres. Une fois au centre de la pièce, ma voix surgit.

– Arrête-toi.

Elle ne dit pas un mot et suit les instructions.

– Avant d'aller plus loin, je vais te demander de répondre à deux questions. Ne parle pas. Fais juste un signe de la tête. Est-ce que tu acceptes que le jeu commence ?

Elle hoche doucement, son regard tourné vers le sol.

— Est-ce qu'à cet instant et en ce lieu tu m'appartiens totalement ?

Elle hoche à nouveau la tête, sans lever les yeux. Assis dans un fauteuil anglais, je l'observe, immobile. Je prends mon temps. J'ai beau la connaître par cœur, je la redécouvre à chacun de nos rendez-vous. Elle me plaît, elle le sait, elle n'en est que plus belle.

Seul le crépitement des bulles vient troubler le silence. Une coupe de champagne dans la main, je poursuis.

— Désormais je veux que ma voix soit ton seul repère, qu'il n'y ait rien d'autre de plus important pour toi que les mots que je prononcerai.

Elle est plongée dans un mutisme total, son cœur bat avec entrain. Sa respiration est plus rapide. Elle garde les yeux fermés.

— Il y a une coupe posée à côté de toi, je t'autorise à boire une gorgée. Une seule.

Elle s'exécute. Le champagne coule dans sa gorge et humecte ses lèvres.

— Pose ta main sur ton cou, puis descends-la lentement sur ta poitrine. Effleure-la simplement du bout des doigts.

Sa peau frémissait sous ses doigts et l'ivresse mêlée à l'excitation lui faisait doucement perdre pied. Elle ne savait pas vraiment à quoi ressemblait la chambre. Elle entendait juste ma voix, douce et ferme, prendre le contrôle.

– Cambre-toi et imagine ma main. Ton dos est un instrument de plaisir avec lequel je vais jouer passionnément. Mes doigts vont descendre dans le creux de tes reins avant d'agripper ta taille. Ma main remonte sur ton épaule, sens sa chaleur.
Elle effleure ton cou avant de resserrer son emprise. Sens chacun de mes doigts se refermer plus fort, encore plus fort. Mon autre main s'est posée sur tes hanches.

Les yeux fermés, troublée, elle aurait pu jurer sentir l'empreinte de cette main imaginaire parcourir son corps.

– Je t'autorise à boire une autre gorgée de champagne. Une seule.

Elle s'exécuta les yeux toujours fermés, plongée dans une transe exquise. Son cerveau avait été déconnecté de la réalité. Légère, la situation lui semblait irréelle. Je me levai avant de reposer ma coupe, m'approchai d'elle. Ma main toucha son cou. Tout son corps vibra comme parcouru d'un champ électrique puissant. Toute la retenue dont je faisais preuve depuis qu'elle avait traversé le hall d'entrée de l'hôtel s'évapora. Mon corps, tendu, était parcouru de légers et imperceptibles frissons.

Elle n'avait pas bougé depuis qu'elle avait pénétré dans la chambre, ma main posée sur son cou la

domptait. Derrière elle, j'approchai mon visage jusqu'à ce que mon souffle s'écrase sur sa nuque.
Sur le meuble attenant était posé un écrin.
À l'intérieur un collier de cuir.
D'une main, j'attrapai ses cheveux pour dégager son cou, de l'autre, je fis glisser le collier. La boucle en argent se réchauffa au contact de sa peau.
Sur le devant du collier, on trouvait un anneau brillant où l'on pouvait fixer une chaîne ou tout autre lien appelant la soumission.
Ce collier n'a rien d'un accessoire. C'est un engagement profond. Pour l'obtenir, il ne suffit pas de le demander. C'est un témoignage de gratitude qu'offre un dominant à sa soumise. La preuve d'un engagement sans faille où l'amour est le ciment du plaisir.
Ce collier était le sien, il n'appartenait qu'à elle seule, et chaque fois que le cuir frôlait sa peau, elle était emplie d'une fierté incommensurable.
Je refermai la boucle, elle rejeta les épaules en arrière tout en se dressant sur ses talons.
Ses fesses frôlèrent ma ceinture, sa poitrine se dressa. Elle était magnifique.
Je n'avais pas besoin d'attacher une chaîne à ce bijou, elle était déjà mienne et totalement offerte. Le désir devenait oppressant.
Mes mains poursuivirent leur course le long de ses épaules, jusqu'aux bretelles de sa robe, qui dans un souffle lent, glissa le long de son corps jusque sur ses chevilles.

Toujours derrière elle, je caressai son dos nu. Sa peau avait la douceur d'une brise d'été et je sentai son être trembler sous mes caresses.
Ma main droite attrapa ses joues et se plaqua sur sa bouche. Elle sursauta, mon étreinte était ferme et sereine. Je murmurai à son oreille :
– Chacun de tes frissons m'appartient, tu es à moi.
Elle souffla étouffée par le désir. Les jambes tremblantes, les yeux plissés, je la sentis vaciller. Je la fis pivoter, face à moi.
Mes mains attrapèrent ses fesses avec puissance, son bassin collé au mien, sa poitrine contre la mienne.
Je la respirai, elle ne pouvait plus s'enfuir.
Le jeu devenait insoutenable, et pourtant nous ne nous étions pas encore embrassés.
Je fis un pas en arrière pour la regarder et regagnai mon fauteuil. Mon calme apparent dissimulait une profonde excitation.
La dentelle de ses sous-vêtements était d'un raffinement exquis.
Je chuchotai :
– À genoux... Approche...
Ses mains s'enfoncèrent dans la moquette épaisse qui recouvrait le sol de la chambre. À tâtons, elle avança jusqu'à sentir le cuir brillant de ma paire de Richelieu. Sa main se posa sur mon genou sur lequel elle s'appuya pour se redresser.
Calée entre mes jambes, je fixai l'anneau brillant qui ornait son cou.

Elle osa lever les yeux sur moi. Je la regardai avec bienveillance.

– Baisse les yeux, lui intimai-je doucement.

Son regard se posa sur ma ceinture, qu'elle attrapa et retira avec dextérité.

Sensuelle et féline, elle frotta sa poitrine sur mon entrejambe.

Ma main caressait ses cheveux.

Submergée par le désir, sa main attrapa mon sexe.

Ses joues pourpres trahissaient ses émotions. J'attrapai son visage d'une main ferme, relevant son visage, accrochant son regard. Mes yeux se plongèrent dans les siens.

Je la fixai avec intensité, il n'y avait pas d'échappatoire, pas de fuite possible. Je relâchai mon étreinte, elle se jeta sur moi et me goûta avec avidité.

Je poussai un long soupir avant de laisser ma tête rouler en arrière. Je ne devais pas céder. Le plaisir si puissant aurait eu raison de moi si je n'avais pas en tête un autre jeu.

Ma main attrapa ma coupe encore pleine. Je la renversai. Le champagne coula le long de ma verge jusque sur ses lèvres. Elle lapa avec gourmandise le liquide frais qui piquait sa langue.

Après quelques instants, je la coupai en pleine action.

– Lève-toi.

Elle fit mine de ne pas m'entendre.

J'attrapai sa crinière que je tirai avec fermeté.

– Debout... Tourne-toi.
La fessée que je lui assenai la fit sursauter.
J'attrapai sa culotte qui roula le long de ses longues jambes.
Je me dressai d'un bond, sans lui laisser le temps de comprendre ce qui était en train de se produire.
Une main attrapa ses hanches, l'autre, son cou.
Je la fis basculer en avant, elle agrippa le lit pour ne pas tomber.
Au moment où je la pénétrai, elle laissa échapper un long râle. Elle me sentait profondément. Être en elle me procura une décharge de plaisir soudaine et puissante.
Instinctivement, ma main couvrit sa bouche, dos à elle, je mordillai son oreille, tandis que je lui ordonnai de se taire.
– Tais-toi, je ne veux pas t'entendre.
Je la pénétrai de plus belle, elle tentait de se contenir, mais les vagues de plaisir étaient trop intense. Sa voix s'échappait entre mes doigts. Son bassin anticipait mes coups de reins. Ses jambes tremblaient sous mes assauts.
Ma main claqua sur sa fesse et résonna dans la moiteur de la chambre. Son dos luisant se cambrait autant que les lois de la physique le lui permettaient.
Je me retirai, elle s'affala sur le lit.

Debout, j'ôtai ma veste, ma cravate, puis déboutonnai ma chemise. J'attrapai la bouteille de champagne. Je pris une gorgée directement au goulot.

– Tourne-toi.
Elle s'allongea sur le dos.
Son soutien-gorge élégant dissimulait sa poitrine gonflée. J'attrapai ses pieds, et j'enlevai ses talons qu'elle avait gardés et qui accentuaient le galbe de ses jambes.
Je vins à sa rencontre et la pénétrai à nouveau. Ses yeux roulèrent de surprise et de plaisir. Mes yeux la fixaient tendrement.
Son regard se perdait dans le mien tandis que je redoublai d'efforts pour qu'elle me sente plus profond en elle.
– Regarde-moi, ne me quitte pas des yeux.
La connexion était intense et je ne voulais pas que son regard se détourne du mien.
– Regarde-moi.
Son corps vibrait, je ne voyais qu'elle.
– Tu m'appartiens.
Elle haletait, cherchant désespérément à reprendre son souffle.

Je repris la bouteille de champagne que j'avais laissée à portée, et lui versai le reste sur le visage. Elle suffoqua. Je léchai son menton et ses lèvres. Elle poussa un cri de plaisir, qui résonna dans toute la pièce.
– Tais-toi, je ne veux pas t'entendre.
Elle voulait, mais ne pouvait pas, elle criait en silence, elle jouissait de tout son corps.

Je me retirai pour contempler mon œuvre et lui laisser un instant de répit, reprenant également mon souffle.

Elle avait joui, mais le jeu n'était pas terminé. J'attrapai ma cravate, pour en faire un nœud coulant. Au contact de la soie sur ses poignets, elle ouvrit les yeux. L'étonnement laissa place à l'interrogation.

La tête de lit disposait de 4 barreaux en acier. Je fis coulisser ma cravate autour d'un, si bien qu'en tirant dessus, c'est tout son corps qui se tendit. Elle tenta de prononcer un mot que j'interceptai d'un doigt sur sa bouche.

– Je ne t'ai pas autorisé à parler. *Je ne veux pas t'entendre.*

Je la pris encore, mais cette fois j'accompagnai chacun de mes assauts d'une tension sur la cravate qui l'obligeait à s'étirer.

Elle n'éprouvait aucune douleur, mais ses bras tendus la maintenaient dans une position dont elle avait perdu le contrôle.

Ses petits cris s'accélèrent tant et si bien qu'elle jouit une seconde fois, partagée entre la résistance et l'abandon.

– Tu m'appartiens, chacun de tes gestes, chacun de tes cris. Tu es à moi ! Lui répétai-je avec une ténacité qu'elle ne pouvait combattre.

Je la regardai avec profondeur, je pénétrai son corps, mais surtout son esprit. Le temps s'arrêta. Le plaisir me submergea avec force et brutalité.
Je tentai tant bien que mal de résister, mais c'était impossible, le plaisir violent ne laisse pas le choix. Je laissai échapper un râle sourd sans équivoque.
La cravate fila entre mes doigts, libérant ses poignets d'une étreinte absolue. Elle roula sur le côté et tenta de respirer calmement.
Je me tenais debout à côté du lit, j'éclatai de rire. Elle ne s'en offusqua pas. Le plaisir avait tendance à me remplir d'une joie communicative qu'elle aimait entendre. Je respirais fort.
Le jeu était fini.

Elle me regardait avec douceur. Sa peau luisante portait les stigmates d'un combat où il n'y avait aucun vaincu.
– Décidément, j'aime beaucoup cette nouvelle cravate.
Je n'eus qu'un sourire pour seule réponse, mais je devais reconnaître que j'étais plutôt satisfait de cet achat.
Dans le mini bar, j'attrapai une bouteille d'eau que je bus à moitié à grandes gorgées avant de la lui tendre.

On frappa à la porte.

"Room service"
Le timing était impeccable. J'enfilai un peignoir blanc et ouvris la porte radieux.
– Je vais prendre le chariot, je vous remercie.
Je glissai un billet au jeune homme qui ne chercha pas à le pousser plus loin. J'allumai une lumière.
Elle sembla trouver un nouveau souffle en apercevant une grande coupe de fruits frais et une bouteille d'eau gazeuse sur le chariot que je plaçai près du lit.
– Il faudra que tu m'expliques comment tu fais pour avoir un timing aussi parfait ?
– Tu veux vraiment la vérité ?
– Non, je me contenterai d'un mensonge...
Je filai sous la douche sans prendre le temps de profiter du chariot. Quelques instants plus tard, j'étais habillé et m'apprêtais à partir.
– Je descends dans 30 minutes me dit-elle.
– Je passe à la réception et t'attends sur le parking près de la voiture. Claque la porte en partant, je reprends les cartes.
Elle esquissa un sourire, je franchis la porte avant de rejoindre l'ascenseur. L'amour fou se perd dans un jeu où celui qui domine n'est pas toujours celui qu'on croit. Le plaisir est un instant qui nous échappe, quand bien même nous cherchons à le maîtriser.
Sur le parking, j'allumai une cigarette, en attendant qu'elle descende. J'écrasai mon mégot, elle n'était toujours pas là.

Son téléphone était éteint et je n'avais plus les cartes magnétiques pour accéder à la chambre.
Arrivé devant la porte, je remarquai qu'elle n'était pas complètement fermée. Les lumières étaient allumées, elle n'était plus là. Sur le secrétaire une enveloppe avec mon prénom à l'encre noire. J'avais peur de ce que j'allais y trouver.

Je m'assis sur le lit, ouvris l'enveloppe et commençai à lire.
“Monsieur,
Je n'ai pas le courage de vous regarder en face pour vous dire que nous ne nous reverrons pas.
Ces quelques lignes brisent mon cœur, mais je dois pourtant vous quitter.
J'aurais dû le faire bien avant, mais je n'en avais pas la force.
Les sentiments que j'éprouve pour vous dépassent dorénavant nos jeux et nos rendez-vous, je vous veux tout à moi, et pourtant je sais que cela n'arrivera jamais.
Si votre femme ignore mon existence, je ne peux plus ignorer la sienne.
Il n'y aura pas de choix, juste cette lettre pour vous dire combien vous me manquerez. Je vous en supplie, ne cherchez pas à me revoir, car je ne pourrai plus jamais, monsieur, vous dire oui.”

Seul, assis dans la chambre, je sentais encore flotter son parfum.

Je rangeais délicatement sa lettre dans la poche intérieure de ma veste.
Mon visage était fermé, tout autant que mon cœur.
C'est quand on perd quelqu'un que l'on s'aperçoit à quel point sa présence était essentielle. Je n'avais pas besoin qu'elle me quitte pour le savoir.

Je regagnais le parking sans me retourner.

CHAPITRE 2
LE PEAKABOO

Lomepal - Yeux disent

"Nous étions trois à notre premier rendez-vous,
Toi, moi et un peu d'amour..."

Je regardai mon mug rempli de lait chaud et la petite sucette en chocolat posée à côté. Je n'étais pas du tout à ma place dans ce bar.

Quand j'ai commandé spontanément une coupe de champagne, sans avoir lu la carte, et que la serveuse m'a dit qu'il n'en avait pas, j'aurais dû me douter que je n'étais pas au bon endroit.
La carte en plastique affichait une sélection de thés, de chocolats 100 % cacao fairtrade et de boissons toutes plus bio les unes que les autres.
Je demandai la carte des boissons alcoolisées, la serveuse agacée me répondit que tout était là. Ce mug de lait chaud n'était pas une revendication, c'était un non-choix.

Quand June m'a proposé de la retrouver pour boire un verre, je m'attendais à tout sauf à ça. Depuis le temps qu'elle me tatouait, je pensais la connaître un peu mieux, mais il faut croire que les apparences sont trompeuses. Son petit côté pin-up aurait dû me mettre la puce à l'oreille, mais ses tatouages gothiques m'avaient induit en erreur.

Je m'étais préparé mentalement à boire une bière dans un café sombre et rempli de Hells Angels, et je me retrouve dans un salon de thé avec alcool quasi absent de la carte.

Des bières IPA, deux barmaids faussement rock'n roll et une déco rétro vintage avec des tables en formica, des chaises inconfortables et des guirlandes lumineuses à mi- chemin entre Stranger things et une guinguette du canal St Martin.

Une musique douce couvre le bruit des voix, le chanteur, à n'en pas douter, doit être dépressif.

J'hésite à utiliser Shazam, mais je ne veux pas passer pour un vieux con.

Intérieurement, je peste de lui avoir laissé le choix de notre rencontre. Si le lieu ne me ressemblait pas, laisser le choix, non plus.

Je plonge ma sucette au chocolat dans le lait, et touille jusqu'à ce qu'elle fonde dans mon mug. Autour de moi, l'ambiance est légère et désinvolte. Un jeudi soir normal à Lille, où tout le monde se croit déjà un peu en week-end alors que ce n'est pas le cas.

June finit par me rejoindre.

— Alors ca te plaît ? Avoue que c'est chouette ici !

— Bien sûr, c'est étonnant, je ne connaissais pas du tout cet endroit.

La politesse est bien sûr la meilleure amie de l'hypocrisie.

Comment aurais-je pu connaître cet endroit qui n'avait rien pour me plaire. J'étais plus habitué des bars d'hôtel, des ambiances feutrées et des coupes de champagne à 18 euros.

J'avais pourtant accepté ce verre avec la tatoueuse qui avait scarifié mon corps à de nombreuses reprises. Nous nous entendions bien, l'idée avait été lancée, je n'avais pas trouvé de raisons valables de refuser.

— Ah tant mieux j'avais un doute ! Tout le monde n'est pas fan de ce genre d'endroit.

Elle a dû remarquer mon visage légèrement emprunt de tristesse. Pourtant, je ne l'étais pas. Depuis la chambre 57 et le départ brutal de ma soumise l'année dernière, je ressentais un grand vide que je n'arrivais pas à combler, et ma vie avait besoin de retrouver ce petit goût d'épices qui me manquait tant.

Je m'étais donc imposé une règle simple.

Désormais, si l'on m'invite et que je ne connais pas, j'irais.

Sur le papier, c'est un beau principe. La réalité ressemblait à un mug de chocolat chaud.

Une fois installée, elle commanda un Kusmi Tea St-Petersbourg.
Je ne sais pas vraiment si elle me plaît. Les courbes de son corps sont généreuses, son sourire éclatant. Au fond, c'est peut-être parce qu'elle est très éloignée de mon quotidien qu'elle a réussi à attiser ma curiosité.
Elle porte un débardeur rouge et un bandana assorti dans les cheveux. Un piercing au nez, un rouge à lèvres carmin waterproof et une paire de doc martens montantes.

L'instant n'est pas désagréable, mais je sens que notre discussion tournera vite court. Je ne suis définitivement pas à ma place dans cet endroit où mon costume Kooples impeccable, ma cravate orné d'une pince en argent et ma quarantaine font de moi l'homme le plus rebelle de la salle.
– C'est la fin de journée, il faut te détendre, retire ta cravate !
– Ca te gêne ? Je l'aime bien cette cravate.
– Non mais on dirait que tu vas passer un entretien, dit-elle en pouffant de rire.
Elle n'a pas tout à fait tort, mais elle ignore ma profession et que dans les entretiens auxquels j'assiste, je suis le recruteur et non le recruté.
Souvent, je préfère rester évasif sur mon travail. Est-ce que le fait de diriger une entreprise me définit ? Peut-être... Sûrement.

Dans tous les cas, je ne voulais pas que cette information s'immisce entre elle et moi lors de nos longues sessions de tatouage. Alors je suis pour elle Alex, un mec raffiné, plein d'humour, sympa et terriblement ordinaire.

– Ok je la retire.

Je dénoue le nœud et enroule soigneusement ma cravate en soie avant de la ranger dans une poche de ma veste.

– Voila ! Maintenant la soirée peut commencer.

À peine eut-elle prononcé cette phrase que deux jeunes femmes nous rejoignent et se plantent devant notre table.

– June ! Qu'est-ce que tu fais là !

– Aurélie ! Ca fait tellement longtemps.

– Alex, je te présente Aurélie, une très bonne amie que j'ai tatoué la semaine dernière.

Je lui tends la main, elle semble surprise et esquisse un léger sourire moqueur.

– Enchantée, on ne se fait pas la bise ?

Je déteste embrasser des inconnues. Le contact d'une peau trop maquillée me dégoûte, et bien souvent ce contact imposé par les conventions sociales m'irrite la peau et me donne des boutons. Je dus toutefois m'y soumettre.

Aurélie se décala pour laisser passer une petite blonde souriante et maladroite.

– Je vous présente ma meilleure amie, Jessie.

June ne tarda pas à inviter les deux jeunes femmes à notre table.

La soirée prenait un tournant inattendu. Je n'avais pas fini mon mug de lait chaud que je me retrouvai propulsé au milieu d'un afterwork de copines.

J'aime être entouré de femmes, mais dans ce cas précis, je me demande encore plus ce que je peux bien faire assis sur ma chaise de cuisine qui peut céder sous mon poids à tout instant, au milieu de ces trois jeunes femmes.
Je tente de m'esquiver.
– June, je vais vous laisser, je suis sûr que vous avez plein de choses à vous raconter entre filles.
– Tu rigoles, tu ne vas pas partir comme ça, n'est-ce pas les filles ?
Aurélie, les yeux brillants, me jette à nouveau son regard moqueur au visage.
– On t'impressionne ?
– Non du tout mais...
– Mais quoi ?
Je reste sans voix face à autant d'assurance. Il faut croire que l'effet de groupe stimule la répartie.

Je me fie souvent à mon intuition quand je rencontre de nouvelles personnes, et l'expérience avait renforcé la pertinence de mes jugements.
Aurélie était piquante. Une petite brune aux grands yeux verts qui avait décidé de s'amuser. Ses cheveux longs brillaient sous les lumières rouges et ses créoles en argent équilibraient son visage. Elle portait une robe empire au décolleté criminel.

Son amie Jessie commanda un smoothie et un donut chocolat. Ses cheveux blonds tiraient sur le blanc à force de décolorations et son short en jean noir laissait apercevoir un tatouage sur sa cuisse diaphane.
Il faut croire que les tatouages ne sont plus une mode, mais la norme.

Jessie regardait ma main gauche.
– Tu es marié ?
Sa phrase n'attendait pas vraiment de réponse.
Je répondis tout de même.
– Oui
– Et où est madame ?
– En Norvège.
Elle marqua une pause pour examiner mon regard.
Elle ne semblait pas me croire.
June reprit.
– C'est vrai que tu ne m'as jamais parlé de ta femme...
J'avais perdu l'habitude de ces discussions de femmes trentenaires, où il faut baliser certaines choses avant de pouvoir aller plus loin.
Ma femme était bel et bien en Norvège, mais je me rendais compte que derrière mon mug de lait ça n'avait pas l'air très cohérent. Je n'avais pas l'air très cohérent de manière générale. Trop habillé, trop élégant, pas assez détendu.
June me fusilla du regard.
Je lui répondis en me redressant sur ma chaise :

– C'est vrai que nous n'en avons jamais parlé. Peut-être parce que j'ai toujours été un peu pudique sur ma vie privée.

Jessie me coupa.

– Pudique ? J'aurais dû l'être un peu pendant le dernier festival électro que j'ai fait. J'ai terminé ivre morte près du caisson de basses.

Elles éclatèrent de rire, j'étais en pleine dépression. Une fois passé quarante ans, il y a certaines choses que l'on préfère ne pas partager, surtout si elles sont humiliantes. Jessie n'avait pas l'air gêné.

Aurélie me fixait depuis deux bonnes minutes.

– Et tu fais quoi dans la vie ? Tu es agent immobilier ?

– Qu'est-ce qui te fait dire ça ?

– Ton costume. Qui en porte encore à notre époque ? Les banquiers, les hommes politiques, et les agents immobiliers.

– C'est un peu réducteur, tu ne trouves pas ?

– Peut-être mais j'ai raison ?

Elle tentait de percer mon armure et de me désarçonner.

Il en fallait tout de même un peu plus. La verve d'une jeune femme n'était pas suffisante pour me faire perdre mes moyens. À cette table, à cet instant, je n'étais pour elle qu'un banal agent immobilier buvant un chocolat chaud, cherchant à sortir de son carcan professionnel en se faisant tatouer.

Comment aurait-elle pu se douter que je n'étais pas cet homme.

Je contre-attaquais.

– Et toi ? Laisse-moi deviner, tu travailles dans les cosmétiques ?

– Non, pourquoi tu dis ça ?

Elle fit une moue désapprobatrice, cherchant intérieurement ce qui pouvait avoir induit cette supposition.

Je pris un malin plaisir à manipuler son esprit le temps d'une phrase.

June répondit à sa place.

– Aurélie est graphiste ! Et pas n'importe quelle graphiste, elle a beaucoup de talent !

– Merci, c'est gentil mais tu exagères.

Jessie renchérit.

– Ne fais pas ta modeste, et elle se leva pour nous montrer sa cuisse rebondie. C'est elle qui a dessiné mon tatouage !

Je ne pus m'empêcher de constater que l'épilation de Jessie n'était pas vraiment parfaite. Mais je dois reconnaître que le tatouage était réussi.

Je ne sais pas pourquoi, mais il existe une règle universelle qui fait qu'au bout d'un certain temps, quand vous laissez plusieurs femmes discuter entre elles, elles finiront par parler des hommes et de leur sexualité.

Ma présence ne semblait pas les gêner, je l'étais certainement plus qu'elles.

Pourtant, si je leur avais confié ne serait-ce qu'un dixième de mes activités nocturnes, elles m'auraient toutes pris pour un pervers.
Le sexe avait pris une place importante dans ma vie, mais je ne pouvais le partager de manière aussi libre. Certaines pratiques se font, mais ne se racontent pas.
Aurélie dit à Jessie
– Bon et ton mec ? Toujours avec ?
– Non il m'a saoulé. J'attends toujours mon premier orgasme.
– Ca faisait combien de temps déjà ?
– Une semaine.
Je me risquais à intervenir. J'aurais dû me taire.
– C'est court, tu ne lui laisses pas beaucoup de chances.
– Oh je sais rapidement s'il va y arriver ou non, il était nul.
– Tu ne crois pas qu'il faut parfois un peu de temps pour apprendre à se connaître ?
– Rien qu'avec la taille de son engin je sais déjà...
– Le plaisir ne se résume pas à la taille du sexe pourtant, il faut créer une vraie connexion.
– Pour moi si, j'aime les mecs bien montés.
Un couple assis à côté de nous se retourna, Jessie parlait fort et se souciait peu d'attirer l'attention. La plus gênée était June.
Malgré son look extravertie, ses piercings et tatouages, elle ne semblait pas très à l'aise sur le sujet.

Je devinais une grande romantique derrière son rouge à lèvres carmin.
Aurélie continua avec Jessie tout en me fixant de ses grands yeux verts.

– Donc à nouveau célibataire ?

– Oui mais pas pour longtemps j'ai un date ce soir, j'espère qu'il est en forme.

– Tu y vas après ?

– Oui et j'ai faim !

Elle explosa de rire. Je la trouvai pathétique.
À mon sens, elle n'avait rien compris au plaisir. La mécanique n'est pas la source de la jouissance. Je suis convaincu qu'il faut partir en quête de quelque chose de plus profond et de plus intérieur pour libérer sa libido.
Aurélie se tourne vers moi et me lance d'une voix mutine :

– Et toi avec madame ? Ca fait longtemps que vous êtes mariés ? Vous devez bien vous connaître, elle doit être au top niveau plaisir !

Elle se fiche de moi !
Je dois reconnaître que cela ne m'était pas arrivé depuis longtemps qu'on me malmène si ouvertement. Personne n'ose jamais me parler de la sorte.
Au final, tout ceci avait un petit je ne sais quoi de léger et rafraîchissant.

– Oui je te remercie tout va bien, mais toi Aurélie ? On ne parle pas beaucoup de toi, je trouve.

– Moi je suis en couple depuis 2 ans.

– Mariée ?

– Non, c'est encore un peu tôt.

– Et avec monsieur ?

– C'est parfait, on est super heureux tous les deux ! Sa réponse sonnait faux. Elle y avait pourtant mis tout son pouvoir de conviction.

June poursuivit :

– Tu es toujours avec Christophe, c'est ça ?

– Oui toujours, lui répondit Aurélie.

Elle sourit et se détendit à nouveau. June avait cette capacité à trouver les mots justes pour apaiser les tensions. Peut-être une déformation professionnelle.

Il est plus facile de tatouer quelqu'un de calme, qu'une personne qui s'agite.

Il était temps pour moi de partir. Je me sentais déconnecté de ces jeunes femmes charmantes mais légèrement puériles.

– Tu pars déjà ?

June semblait un peu dépitée.

– Oui je dois y aller, j'ai une grosse journée demain.

Aurélie avait toujours ce regard moqueur qui devenait plus irritant que mignon.

– Monsieur a sans doute mieux à faire...

– J'ai passé une agréable soirée, encore merci.

Je fis un signe de la main à Jessie qui était au téléphone avec son date. Aurélie et June m'accompagnèrent du regard le temps que je sorte du Peakaboo.

Sur le trottoir, je remis instinctivement ma cravate, j'allumai une cigarette.
J'aurais aimé discuter un peu plus avec June, j'avais le sentiment de l'avoir un peu négligée. Mais j'étais heureux de partir.
Aurélie et Jessie étaient aussi charmantes qu'agaçantes. Surtout Aurélie, avec ses répliques cinglantes. Je concède qu'elle aurait mérité une bonne fessée.

La nuit était tombée sur la vieille ville. J'avais besoin d'un verre, j'avais l'impression d'avoir perdu mon temps, j'avais besoin de plus d'adrénaline.
J'avais l'impression d'avoir fait un saut dans le passé, à l'époque où je me cherchais encore, où je n'avais pas entièrement assumé ma position d'homme.
Se laisser ballotter dans des discussions féminines et superficielles n'avait pas beaucoup d'intérêt pour moi. J'avais besoin de choses plus denses, plus authentiques, plus réfléchies, plus prenantes, plus intenses.

CHAPITRE 3
LA PENICHE

Billie Eilish - Bad guy

"Ne cherche pas à me séduire,
je préfère succomber."

Cela faisait déjà deux semaines que ma femme était en voyage d'affaires en Norvège. Sa carrière avait pris un nouveau souffle en rejoignant cette multinationale qui désormais l'envoyait régulièrement à travers le monde pour gérer d'épineux dossiers. Son sens de la diplomatie et sa douceur naturelle faisaient d'elle le profil idéal pour ce genre de sujets.

Nous étions mariés depuis de nombreuses années et notre couple était un modèle de réussite pour nos amis et nos familles respectives. Complicité, écoute, communication, nous étions parvenus à surmonter années après années toutes les difficultés qui habituellement poussent à l'agacement mutuel et au divorce.

Nous ne sommes pourtant pas mieux que les autres. Je n’ai d’ailleurs jamais cru à la théorie de l'âme sœur. Certains étaient persuadés que nous avions un secret, mais ce n’en était pourtant pas un.
Nous avions rapidement compris que le socle le plus puissant, pour que notre couple traverse le temps et les problèmes, était de laisser à l’autre sa liberté, de ne pas transformer le mariage en une cage dorée. L’amour est un oiseau qui a besoin de chanter chaque matin et de s’envoler. Enfermez-le et il mourra petit à petit, en cherchant irrémédiablement à s’échapper de sa prison.

Nous étions mariés mais libres.
Comme toute entente, cette liberté avait des règles, que nous avions définies il y a longtemps. Elles étaient relativement simples, mais garantissaient un équilibre durable dans notre couple. Nous avions pour obligation mutuelle de respecter l’autre, en n’oubliant jamais qu’il occupait la place numéro un dans notre vie.
C’est peut-être pour cela que dans la chambre 57 en lisant la lettre de ma soumise, je ne pouvais que déplorer son départ, mais ne pouvait en aucun cas chercher à la reconquérir.
Elle attendait beaucoup plus de moi, et cela allait complètement à l’encontre de cette règle simple. Ma femme était la priorité, ma soumise ne le savait que trop bien.

Cela ne veut pas dire que je n'avais aucuns sentiments pour elle, mais je devais faire passer mon couple avant tout, même si cela me déchirait le cœur.

Cette règle se traduisait également par la non-multiplication des rapports non protégés. Il était hors de question de mettre en danger notre santé et exposer l'autre à des désagréments ou maladies. Cela me semblait par ailleurs évident.

Personne n'était au courant de cette entente que nous avions et qui avait crée un lien si fort que nous n'envisagions personne d'autre dans notre vie. C'était le ciment indestructible de notre mariage.
Je ne suis même pas sûr que mon meilleur ami Julien aurait pu comprendre. À ma décharge, je ne lui avais jamais parlé de ces règles qui régissaient mon couple.

On pourrait penser que cette liberté rare dans un couple était une porte ouverte à enchaîner les partenaires sexuelles. Pourtant, ce n'était pas le cas.
J'avais déjà connu bon nombre de femmes et la quarantaine m'avait apporté une stabilité et une maturité qui m'avait fait changer ma manière d'envisager les choses.
Faire l'amour avec une femme est une chose, la posséder complètement en est une autre.

La plupart du temps, la première fois est toujours un peu hésitante, car on ne se connaît pas bien. Il faut du temps pour que le sexe atteigne une dimension supérieure et que le plaisir soit plus intense. C'est cette intensité que je cherchais à atteindre.

Pendant toute la période où je rencontrais ma soumise au cours de nos rendez-vous hebdomadaires, je n'avais vu aucune autre femme. Je suis sûr que Julien aurait requalifié mes propos en me disant : " bon, tu es dans un couple libre, mais en réalité tu as juste une maîtresse." et il aurait rajouté : "comme beaucoup d'hommes mariés..."
Il n'avait pas tout à fait raison sur ce point.
Je n'avais pas une maîtresse, mais bien une soumise, la nuance peut paraître dure à saisir pour la majorité des hommes, et pourtant elle était évidente dans mon esprit.
Je ne fuyais pas mon épouse ni mon mariage dans une relation adultérine, j'étais heureux, mais ma femme était incapable de venir combler ce besoin sexuel particulier.
Nous nous étions mariés à une époque où je connaissais mal ma sexualité. Ce désir de domination avait grandi lentement au fil des années. J'avais bien essayé de partager cette pratique avec elle, mais elle n'avait aucun goût pour ça, à mon grand désarroi.

J'aurais sûrement dû essayer de refréner ce besoin. J'aurais pu comme beaucoup d'hommes me focaliser sur ma vie de mari exemplaire en étant simplement heureux : un superbe loft, une belle voiture de luxe, un travail épanouissant à la tête d'une entreprise florissante, des vacances en Italie dans une villa avec piscine, des amis sincères et fidèles, une femme magnifique, douce et aimante. Malgré tout, j'éprouvais un manque.

Ce manque disparut avec ma soumise aux cheveux de jais, il réapparut dès son départ.

Assis sur le canapé, je sirotai un gin tonic.
5 cl de Botanist, quelques glaçons, une tranche de concombre, le tout arrosé de Fever tree.
Quand June m'a proposé de la revoir ce soir, je n'ai pas su lui dire non. J'aurais sûrement dû refuser. Notre dernière rencontre au Peakaboo n'avait pas été une franche réussite. Ce n'est pas la culpabilité qui m'a poussé à accepter, mais bien ce principe ridicule que je m'étais fixé. Par ailleurs, elle avait su être convaincante dans son message.
“Coucou Alex, j'espère que tu vas bien, tu es parti tellement vite la semaine dernière qu'on a presque pas eu le temps de se voir. Tu fais quoi ce soir ? J'ai des invits pour une soirée qui a l'air géniale, ca se passe sur une péniche, l'ambiance va être canon ! Tu viens ?”
Une soirée branchée sur une péniche ?

J'ai vraiment pas envie de rester seul chez moi ce soir, on est vendredi bon sang ! J'ai envie de m'amuser ! Et puis il y a June...

Je garais mon véhicule sur le parking près des berges de la Deûle.
Une grande péniche noire d'où s'échappaient par les hublots des lumières colorées, mouillait à quai. Un videur colossal en gardait l'accès. Les infra basses étaient les seules à pouvoir quitter le navire et un petit attroupement s'était formé près de l'entrée.
J'envoyai un texto à June, qui sortit de la péniche pour venir me chercher, invitations à la main.
– Je suis super contente que tu sois là ! Je pensais que tu ne voulais plus me voir !
– Bien sûr que non !
Elle portait une petite robe à pois noire et blanche, des talons compensés et toujours ce rouge carmin aux lèvres qui lui donnait ce côté pin-up qui lui allait si bien.
Ses lèvres pulpeuses avaient un pouvoir hypnotique, sa poitrine généreuse galbait sa robe et son sourire éclatant aurait désarmé n'importe quel homme sur terre.
Elle me prit par le bras et nous nous engouffrâmes dans la péniche.
L'endroit est sombre malgré les spots rouges et violets, l'atmosphère est lourde, l'espace bondé et si bruyant que June criait pour se faire entendre.

– Suis-moi, avec les invitations on a eu une table dans le fond, tu verras c'est parfait ! Je suis sûr que ca va te plaire.

Comment ça "on" ? J'étais persuadé que nous allions passer la soirée ensemble !

Ensemble certes, mais pas seulement à deux. Dans le fond de la péniche avait été aménagé un petit carré VIP avec 3 tables.

En arrivant, je reconnus immédiatement Aurélie et Jessie en train de siroter un verre.

Il était hors de question que je renouvelle l'expérience du Peekaboo, mais il était déjà trop tard et les filles m'ayant aperçu me faisaient de grand signes pour que je les rejoigne.

June me hurla à l'oreille :

– Tu connais Aurélie et Jessie, je te présente Magalie que tu ne dois pas connaître !

En effet si nous nous étions déjà rencontrés, il est sûr que je ne l'aurais pas oubliée.

Une grande rousse aux jambes interminables, des yeux d'un bleu arctique, et une galaxie de taches de rousseur pour habiller son décolleté. Un jean taille haute, une paire de compensées. Un sourire qui me fit oublier une seconde l'endroit dantesque où je me trouvais.

June me tira de ma rêverie d'un gentil coup de coude dans les côtes.

– Tu bois quelque chose Alex ?

– Oui, mais attends je vais aller directement nous commander une bouteille au bar.

Je pose mes affaires et tente de traverser la foule. L'endroit est bondé. Il fait chaud. La musique électro enveloppe les danseurs qui s'agitent dans cet espace confiné.

C'est en arrivant au bar que je me rendis compte d'une chose qui m'avait échappée en arrivant. J'avais suivi June, perdu dans mes pensées. J'aurais dû m'apercevoir qu'il y avait vraiment peu de femmes dans cette péniche.
Quant aux hommes, je n'avais pas vraiment fait attention, mais je n'avais jamais autant été maté de ma vie par autant d'hommes à la fois. À l'évidence, j'étais dans une soirée gay.

Accoudé au bar, je tente d'interpeller le barman.
Je sens une main se poser sur mon avant-bras
– Je te trouve très sexy, je peux t'offrir un verre ?
Je ne m'étais jamais fait draguer par un homme.
Il faut vraiment que je parte d'ici, je n'ai pas envie de me faire draguer toute la soirée.
Il me regardait avec intensité et un large sourire. Probablement la cinquantaine, une chemise blanche très ouverte et une barbe grisonnante.
Je me tournais vers lui avec calme.
– Je te remercie, ca va aller, lui dis-je aimablement.
– Tu es sûr ? Tu t'appelles comment ?
– Je m'appelle Alex, mais vraiment merci ca va aller.

– En tous cas je te trouve vraiment sexy.
Je répondis par un sourire accompagné d'un silence.
Il s'approcha plus près de moi.
– Je suis sûr que toi et moi on va bien s'entendre, j'ai très envie de te sucer.
– Merci mais je ne suis pas intéressé. Je suis hétéro, tu sais.
– Il faut bien une première fois...
– Pas pour moi, je suis sûr de préférer les femmes.
Ma voix était calme, et mon corps détendu. Je ne me sentais pas en danger. Je me tournais entièrement vers lui et m'approchai de son oreille pour ne pas avoir à crier.
– Je ne suis pas intéressé mais je te remercie pour cette gentille attention.
En me reculant, je le fixai droit dans les yeux avec assurance. J'ajoutai :
– Comme je te l'ai dit, je suis hétéro s'il te plaît ne m'oblige pas à le répéter encore.
Il sourit, un peu déçu, il me répondit :
– Ok, ok, mais ca n'empêche que tu es vraiment très sexy. Si tu changes d'avis, je suis sur la piste de danse.
– Ca me va, passe une bonne soirée.
Il s'éloigna pour rejoindre la piste de danse.
Je me dis qu'il était temps de quitter ce lieu qui ne correspondait pas du tout à ce que je recherchais. Que je n'avais plus aucune raison de rester ici.

Bien sûr June m'en voudrait. Mais une fois encore, je n'étais pas à ma place.
Je trouverais un prétexte pour mon départ soudain, et continuerais ma soirée ailleurs.
En jetant un œil par le hublot, je compris que ca ne serait pas possible.
La péniche avait quitté le quai et naviguait lentement sur la Deûle.
J'étais pris au piège. Je devrais faire avec.

Le barman prit ma commande, je rejoignis les filles. Quelques minutes plus tard, un seau à champagne et deux bouteilles de Moët atterrissaient sur notre table illuminée de feux d'artifices.
Après quelques coupes, Aurélie se leva et proposa de rejoindre la piste de danse.
Je n'aime pas spécialement danser, enfin disons que je danse plutôt très mal. Je déclinai l'invitation et restai sur mon fauteuil à regarder Aurélie, Jessie, June et Magalie se déhancher avec sensualité.
Je sais pourquoi je n'aime pas les boites de nuit ou les endroits bruyants. On ne s'entend pas. Impossible d'apprendre à se connaître, d'échanger et de se plaire à moins de se rapprocher physiquement sur la piste. Ca n'est définitivement pas ce que je préfère.

La péniche descendait lentement la Deûle et même si je n'étais encore une fois absolument pas au bon endroit, j'avais décidé de passer une bonne soirée.

Être positif, cela se choisit, c'est ce que je répète en permanence à mes équipes commerciales. Il arrive toujours un moment où l'on doit montrer l'exemple.

J'observai avec attention Magalie danser devant moi. Nous avions peu parlé, mais son regard profond m'avait charmé. Elle semblait en transe sur la piste et son corps ondulait avec volupté. Ses courbes étaient superbes et ne me laissaient pas indifférent. Sa peau nacrée brillait sous la lumière et ses cheveux lâchés lui donnaient un petit côté sauvage. J'aurais aimé la dompter.
Ferait-elle une bonne soumise ?
Impossible de le savoir à cet instant. Elle me plaisait, mais je ne la connaissais pas. La beauté et l'attirance physique sont une chose, mais la soumission nécessite d'accorder nos esprits et nos désirs.
Il fallait que j'en sache plus sur elle, qu'elle s'ouvre à moi, qu'elle se livre. June m'avait soufflé qu'elle était célibataire.
Je me resservis une coupe de champagne que je vidai d'un trait en imaginant combien Magalie frémirait sous mes doigts.

J'avais remarqué un petit escalier en colimaçon dans le fond de la péniche qui devait donner accès à une terrasse. Je m'éclipsai pour aller fumer une cigarette et profiter de la vue.

Les alentours de Lille scintillaient devant moi. Nous étions à proximité du port fluvial, l'air était frais.
Je m'installe sur une banquette, allume une cigarette et profite de la balade. Le sol tremble sous les vibrations de la musique. Au-dessus de moi flotte un drapeau arc-en-ciel. Je ne suis pas au bon endroit, mais finalement la soirée est agréable.
Une voix douce et piquante me tire de ma rêverie.
– Je t'ai cherché sur la piste de danse…
Aurélie me regarde avec ses grands yeux verts mutins. Elle porte une petite robe noire, une paire de bottes en cuir et ses créoles argentées.
Elle me sourit.
Je lui tends mon paquet.
– Je t'offre une cigarette ?
Elle s'installe à côté de moi sur la banquette. Je lui réponds :
– Je n'aime pas trop danser, tu sais, mais ca ne m'empêche pas de passer une bonne soirée.
– On verra si tu ne danses toujours pas après quelques verres de plus !
– Est-ce que tu essaierais de me saouler ?
– Oui peut-être…
– Tu as un plan, on dirait, répondis-je avec un sourire.
– Abuser de toi peut-être…
L'alcool à n'en pas douter faisait déjà effet et j'étais surpris de tant de franchise. J'avais gardé en mémoire notre première rencontre. Je n'aurais jamais pu me douter que je lui plaisais.

– Pourtant si je me souviens bien tu es en couple et heureuse ?

– En couple oui, mais pas si heureuse que ça.

Définitivement, l'alcool est le meilleur ami des confidences.

– Comment ça pas si heureuse ?

– Disons que ça fait quelque temps qu'on ne se comprend plus. Je ne sais pas pourquoi je te dis ça d'ailleurs.

Elle regardait ses chaussures, sa cigarette se consumait doucement.

– Peut-être parce que ça te fait du bien.

– Oui sûrement. Il faut croire que ce sont des choses qui arrivent dans un couple. Des hauts, des bas, et encore des bas...

– J'imagine que c'est le quotidien de beaucoup de couples.

– Tant qu'il y a du sexe...

Elle me fixa droit dans les yeux. Elle cherchait à me décoder, mais n'arrivait pas à lire en moi. Elle reprit :

– Et toi qu'est-ce que tu aimes ?

– Comment ça ?

Niveau sexe je veux dire...

– Beaucoup de choses mais je ne sais pas si je devrais t'en parler.

– Allez arrête, ne fais pas tant de mystère, à ton âge tu as dû sûrement au moins faire un plan à trois !

Je répondis par un sourire en me calant plus confortablement sur la banquette.

– Oui peut-être, c'est vrai qu'à mon âge on est censé avoir de l'expérience.

– C'est ce que je voulais dire !

– Et toi ? Tu l'as déjà fait ?

– Non mais je sais faire pas mal de choses avec ma bouche.

Elle me dévorait de ses grands yeux verts. J'étais surpris par son audace et son franc-parler. Bien sûr, il y avait l'alcool, mais je décelais quelque chose de plus profond.

– Mais tu es en couple.

– Toi aussi ! Me répondit-elle avec une moue boudeuse.

– Tu sais j'ai quelques principes auxquels je tiens et je ne suis pas sûr que ton copain apprécie.

– Arrête, pourquoi tu parles de lui ?

– Parce que ça a l'air important pour toi.

– Qu'est-ce que tu en sais ?

Si j'avais trouvé Aurélie désagréable et puérile lors de notre première rencontre, mon avis était dorénavant plus nuancé. Il y avait ce qu'elle essayait de projeter, une femme libre à la répartie piquante, et ce que j'arrivais à percevoir en elle derrière cette muraille protectrice.

Une jeune femme douce et intelligente qui tentait de ne pas se laisser surprendre par ses propres émotions.

Depuis toujours, j'aime les femmes intelligentes, car le challenge pour les apprivoiser est proportionnel à la jouissance que l'on découvre avec elles quand elles lâchent enfin prise. Aurélie était intelligente, mais n'avait pas réglé certaines choses dans sa vie. Peut-être manquait-elle de maturité, mais cette discussion avait piqué ma curiosité.
La voix de June nous interrompit.
– Hey vous faites quoi ? on vous attend en bas ! Alex tu dois venir danser.
– Ok on arrive, répondis-je.
Aurélie écrasa sa cigarette et se leva en titubant.

Dans la péniche, la chaleur était suffocante, je retirai ma veste et déboutonnai ma chemise. Je rejoignis les filles près de la table. J'avalai une coupe de champagne. Aurélie rejoint Jessie sur les petits fauteuils et June m'attrapa par le bras pour me tirer sur la piste. Dos au mur, j'esquissais quelques pas de danse.
Elle me regardait droit dans les yeux, ce n'est pas le genre de femme à se défiler.
Je me dis qu'au final il n'y a pas de hasard et si elle m'a proposé de venir ce soir, c'est que je ne dois pas lui être indifférent. Sinon, pourquoi me proposer de venir à cette soirée ?

Plus près de moi, elle dansait lascivement. J'ai appris à lire le langage du corps et j'en ai fait un réel atout dans mon métier. Déceler le mensonge chez

un employé, la réticence chez un client, l'ennui chez une femme, le désir dans les yeux de ma soumise.
June n'était pas subtile dans ses tentatives, mais pleine de bonne volonté. L'indice le plus probant était le ton de sa voix lorsqu'elle avait appris que j'étais marié, mais surtout, heureux dans mon couple.
Elle m'avait déjà confié ses relations souvent houleuses avec les hommes, et je crois qu'elle devait voir en moi une figure rassurante qui potentiellement pouvait lui apporter la stabilité dont elle avait besoin. J'étais tout sauf ça.
Sur la piste, Magalie semblait en transe. Tout son corps vibrait au rythme de la musique. Je comprends mieux pourquoi elles avaient choisi cet endroit pour venir s'amuser. Aucun homme ne venait leur tourner autour sur la piste. Elles étaient libres, et ne se souciaient de rien d'autre que de danser.
June me regardait les yeux brillants, heureuse, mais je ne m'attardai pas sur la piste. Les quelques pas de danses maladroits que j'effectuai n'avaient rien de sexy, pourtant du coin de l'œil, j'aperçus l'homme à la barbe grisonnante qui me matait avec insistance.

Je retrouvais rapidement le confort de mon fauteuil dans le carré VIP. Aurélie, debout près de la table, dansait une coupe de champagne à la main. Jessie discutait avec un homme près du bar et rigolait fort. J'arrivais à discerner son rire si particulier malgré le brouhaha.

Elle avait réussi à mettre une distance significative entre nous, et ce, de manière totalement involontaire. Nous n'avions rien à nous dire, mais cela ne semblait ne gêner aucun de nous. Sans haine ni amour, il n'y a que de l'indifférence et quelques coupes de champagne.

Aurélie s'approcha de moi. Ses grands yeux verts, embrumés par l'alcool, avaient pris la couleur du désir.

Pleine d'assurance, elle se mit dos à moi, et commença à bouger ses fesses qui se rapprochèrent dangereusement de mon entrejambe.

Sa robe caressait mon sexe, elle s'appuya sur les accoudoirs pour maîtriser totalement cette danse suggestive dans laquelle j'étais piégé.

Elle rejeta ses cheveux en arrière, qui vinrent balayer mon visage. Malgré l'heure tardive et l'atmosphère pesante, ils dégageaient un parfum léger et délicat de vanille. Ses fesses suivaient le rythme avec entrain et l'objectif inavoué mais certain était de sentir mon sexe se durcir sous ses assauts.

Au milieu de tous, personne ne semblait remarquer ce qui se passait dans le carré.

Mes mains attrapèrent ses hanches pour suivre le mouvement, j'appliquai une pression suffisante pour prendre le contrôle et finis par l'écarter doucement.

Elle se redressa et se tourna vers moi le visage triomphant, le sourire conquérant, ses yeux verts remplis de bulles de champagne.

La péniche finit par rejoindre le quai et vers 3 H du matin la soirée toucha à sa fin.
Jessie, épuisée, initia le mouvement et le groupe rejoignit le parking. Nous étions tous éméchés et le champagne avait rempli son rôle.
Aurélie et Jessie prirent un Uber, June m'embrassa sur la joue avec fougue et me laissa en souvenir une superbe trace de rouge à lèvres.
Magalie souhaitait rentrer à pied pour prendre l'air, je sautais sur l'occasion et lui proposais de faire un bout de chemin avec elle avant d'attraper un Uber.

La nuit était calme, mais Lille ne s'endort vraiment jamais.
Des éclats de voix des derniers fêtards résonnaient, des jeunes femmes hélaient un taxi qui ne s'arrêta pas, un groupe de jeunes assis à un abribus attendaient à moitié endormi le premier trajet.
Magalie avait jeté une veste sur ses épaules pour se protéger du froid.
Nous marchions lentement pour profiter de l'air frais. Nous avions quitté depuis un moment la péniche, mais mes oreilles continuaient de bourdonner au son d'une basse qui n'était plus qu'un souvenir.

Nous parlions de tout et de rien, entrecoupés par de longs silences. J'essayais de la cerner, de savoir qui elle était vraiment. J'étais avide de la connaître, mais je ne voulais pas que ce moment privilégié se

transforme en un interrogatoire paternaliste et désagréable.
J'appris tout de même qu'elle avait 32 ans, qu'elle était célibataire et qu'elle travaillait dans un cabinet d'avocat. Mais ce qui m'intéressait le plus, c'était de savoir comment elle avait atterri dans cette soirée.

– Aurélie et moi on se connaît depuis quelques années.

– Vous vous êtes rencontrées comment ? Le boulot ?

– Non, j'étais très amie avec un ex d'Aurélie et on s'est rencontrées à une soirée.

J'avais du mal à la cerner. Elle semblait profiter du moment, mais dans son comportement rien ne transparaissait.
J'essayais d'accrocher son regard, mais il se perdait irrémédiablement dans l'obscurité. Son esprit vagabondait dans la nuit. Elle ne semblait pas accorder autant d'importance que moi à ce moment privilégié.
Je n'insistai pas et j'acceptai que le silence s'invite longuement dans notre discussion. Arrivés Boulevard Jean Baptiste Lebas, j'appelai un Uber.

– Je te dépose quelque part ?

– Je te remercie, je ne suis plus très loin, je continue à pied.

Gentleman, je n'appréciais pas de laisser une jeune femme seule en pleine nuit, sans avoir la certitude qu'elle arriverait saine et sauve à bon port.

– Tu es sûre ?

— Vraiment ça va aller, dit-elle en me souriant.
Je la vis s'éloigner par la fenêtre, baignée par la lumière de l'aube.

La berline remontait le boulevard de la liberté et je surpris un sourire qui s'était glissé sur mon visage.
Si ce genre de soirée ne devait pas devenir une habitude, une énergie nouvelle parcourait mon corps.
Je ne sais pas si June était au courant de ce qui s'était passé ce soir-là, et si cela avait été le cas, m'en aurait-elle voulu ?
Chacune de ces femmes était un choix, et je ne sais pas vraiment s'il m'appartenait; peut-être que l'une d'entre elles serait ma prochaine soumise, peut-être qu'aucune ne me convenait. Parfois, il faut savoir prendre du recul et ne pas chercher à maîtriser totalement les imprévus que la vie met sur notre route.
Chacune à sa manière excitait ma curiosité, mais je préférais les laisser s'approcher de moi plutôt que de les chasser. Encore faudrait-il que June me rappelle...

CHAPITRE 4
LE CIGARE

Marilyn Manson - Sweet Dreams

"J'ai hâte que ton rouge à lèvres quitte ta bouche pour mon corps."

La maison Dressac se trouvait au fond d'une impasse dans le vieux Lille. Un bâtiment cossu où seuls les habitués et les personnes recommandées pouvaient y pénétrer. Derrière la porte massive, le maître des lieux tenait la plus grosse et la plus secrète Civette de la ville.
Le joyau de cet endroit était un humidor aux proportions impressionnantes, véritable salle du trésor où reposaient des cigares d'exception rangés précieusement dans des boîtes en bois exotiques.
Dernier Club de Gentlemen, j'aimais y retrouver Julien, pour me délecter d'un Fuente en sirotant un rhum hors d'âge dans un verre en cristal.

Le fumoir était calme et confortable. Des fauteuils anglais d'époque côtoyaient un parquet brillant et des moulures baroques. La pièce mêlait savamment le charme de l'ancien, porté par un design moderne et épuré.

On pouvait régulièrement y croiser des hommes d'affaires cotés en bourse, des hommes politiques en quête d'intimité, et parfois même un prince, un duc ou encore un riche héritier. L'abonnement à l'année et les tarifs étaient prohibitifs, mais la liste d'attente ne cessait de s'allonger. Monsieur Dressac avait fait le choix de limiter l'accès à un cercle restreint d'adhérents tous plus privilégiés les uns que les autres. Julien et moi fréquentions ce lieu depuis dix ans maintenant. Son poste important au sein de la vie politique française avait grandement facilité notre accès à ce havre de paix pour Gentlemen.

La pendule du salon au tic-tac antique sonna 23 heures. Un verre de Rhum et les volutes de nos cigares accompagnaient une discussion agréable de fin de journée. Julien faisait quotidiennement face à des pressions titanesques. Mes soucis comparés aux siens pouvaient paraître dérisoires, mais la gestion d'une agence de communication, son conseil d'administration, une centaine de salariés, m'apportait également une charge psychologique que j'avais plaisir à déposer à l'accueil de la maison Dressac, pour l'oublier le temps d'un cigare.

Nos sujets de discussion étaient variés, politique bien sûr, économie, faits divers, nos vies de famille respectives, ses vacances en Grèce, mes vacances en Italie, mais jamais nous ne parlions de sexe. Je ne sais pas si cela venait de notre éducation, ou d'une retenue naturelle, mais chacun veillait sur son jardin secret peut-être au risque de partager certaines informations trop confidentielles, quand bien même nous étions les meilleurs amis du monde.

Je ne lui avais jamais parlé de ma soirée sur la péniche et c'était mieux ainsi. D'ailleurs, je ne savais pas si je reverrais Magalie, June ou Aurélie.
Finalement, je crois que je commençais à apprécier ces moments passés avec elles, et la semaine qui s'était écoulée m'avait paru interminable.

Mon téléphone vibra.

Coucou Monsieur, June m'a passé ton numéro de téléphone, bien rentré après la péniche ?
Aurélie

Aurélie n'a vraiment pas froid aux yeux ! Elle a réussi à récupérer mon numéro ! Moi qui pensais ne jamais la revoir, il faut croire que j'ai encore beaucoup à apprendre des femmes !

Hello Aurélie, oui bien rentré :-)

Tu vas bien ?

Je suis avec Magalie, on boit un verre chez moi, enfin il n'y a pas qu'un verre sur la table ! hihi

Passe-lui le bonjour,
j'espère que vous passez une bonne soirée !

Aurélie et Magalie qui boivent un verre ensemble, je me demande vraiment ce qu'elle mijote celle-là... Je ne l'ai déjà pas vu venir sur la péniche mais là...

Oui on a un peu trop picolé d'ailleurs !
Magalie raconte n'importe quoi !
Tu fais quoi toi ?

Il n'y a pas de mal à se faire plaisir !
Je fume un cigare et je bois un verre...

Quand une femme commence à envoyer des messages parce qu'elle a trop bu, ça ne présage jamais rien de bon. Je sens que je vais apprendre des choses !

Un cigare ? hum hum
c'est sexy ça dis donc et surtout
très phallique ! Ca donne des idées !

Ah oui ? :-)
Quel genre d'idées ?

Je n'en reviens pas, est-ce qu'elle serait en train de me chauffer ? Et avec Magalie à côté ? Mais à quoi joue-t-elle ?

Magalie me dit qu'elle aimerait bien goûter
un cigare. Elle n'en a jamais mis en bouche...

Elle devrait essayer c'est délicieux...
Et toi ?

Moi je me débrouille très bien avec ma bouche
mais je crois que Magalie aimerait bien
en apprendre plus ?

Le jeu était excitant et inattendu. Aurélie avait le chic pour trouver les mots exacts pour instaurer un climat sensuel. Rien n'était vulgaire, tout était suggéré, son approche était à la fois piquante et candide. Elle avait définitivement un talent naturel que j'avais sous-estimé.

Avec plaisir, j'aime partager
mes passions.

Je pense à un truc mais j'ai peur
que tu me trouves un peu bizarre.

Dis toujours...
Je ne suis pas sûr que tu puisses me choquer.

J'ai un fantasme,
promis tu ne me juges pas...

non tkt pas dis-moi...

J'ai très envie de tester
un plan à 3 mais j'ose pas...
Pourtant ça m'excite énormément...

Vous êtes deux, je suis là...
Je te laisse faire le calcul...

Hum, intéressant...
ça me plait beaucoup...
mais ça me fait un peu peur...

On peut y aller tout doucement...

Encore plus intéressant...
Comment ?

Je me délectais de la situation et mettais mon stratagème en place. Je ne savais pas si elle-même avait un plan mais j'allais tenter de faire aboutir le mien.

Magalie est débutante...
initie-la à l'art de la fellation...

C'est vrai que c'est un art !
hihihihi

Qu'en dis-tu ?

Ca me va !
Tu fais quoi ce soir ?

La soirée prenait un nouveau tournant, et je me délectais de ce piège qui se refermait.
Je voulais goûter Magalie, j'aurais Aurélie en même temps.
Ma femme n'étant toujours pas rentrée de son voyage, je leur proposais de passer à la maison. De toute façon, elles viendraient à deux, on boirait une coupe de champagne et ca serait très bien.

Je vous attends chez moi...
mon adresse...

On est là dans 1 H...
;-)

Julien me regardait avec un petit sourire.
– Qu'est-ce que tu mijotes encore toi ?
– Rien pourquoi tu dis ça ?
– Depuis tout à l'heure tu passes ton temps à regarder ton téléphone.
– Oh non rien d'important un truc à gérer.
– Tu mens, me dit-il en souriant.

– Non enfin !

– Arrête, c'est la base de mon métier de déceler le mensonge chez les gens.

– Je croyais plutôt que c'était de ne pas te faire griller en mentant aux gens ?

– Tout est question de point de vue, tu sais…

Il rigola avant de vider son verre.

Une heure plus tard, j'étais rentré.

Je pris rapidement une douche, et changeai de tenue. Le cigare a l'inconvénient d'imprégner les tissus et de dégager une odeur très forte de tabac froid même si le fumoir est très bien ventilé. Je délaissai mon costume pour un jean et un tee-shirt beaucoup plus à propos.

L'interphone retentit. Quelques instants plus tard, Aurélie et Magalie étaient installées sur le canapé anthracite.

Aurélie portait une robe rouge un peu transparente. Je pense qu'elle n'était pas de saison, mais peu importe, elle était terriblement sexy.

Magalie, plus stricte, avait opté pour une robe noire décolletée qui laissait apparaître un pendentif en argent dansant au milieu de sa constellation de taches de rousseur.

Je m'attardai un instant sur la paire de talons d'Aurélie. Décidément cette femme avait un goût très pointu en matière de chaussures. Je ne peux pas dire que cela me laissait indifférent. J'aurais mis ma main à couper qu'elles s'étaient préparées spécialement pour l'occasion...

Je n'avais jamais vu les grands yeux verts d'Aurélie pétiller autant.

– C'est beau chez toi, dit-elle.

– Merci.

– J'adore les lofts, c'est super moderne et la déco ici est canon.

– Merci beaucoup.

Magalie, plus réservée, mais tout aussi alcoolisée, rigolait bêtement. Je crois qu'il n'y avait pas eu que quelques verres, mais plutôt quelques bouteilles.

– Je vous sers à boire ?

Magalie s'exclama spontanément :

– Champagne !

Aurélie leva la main maladroitement.

– Champagne !

Elles étaient vraiment ivres, et je me demandais si une coupe de plus était une bonne idée. Je leur servis tout de même car au fond je n'étais pas là pour les chaperonner. De plus, en mettant un pied chez moi, elles auraient dû se douter qu'elles avaient pénétré dans un territoire plein de dangers. Je pense que c'est ce qu'elles étaient venu chercher.

Aurélie avala d'un trait sa coupe, Magalie la suivit. La température monta rapidement quand Aurélie, totalement désinhibée par l'alcool, prit l'initiative.

J'étais assis à coté de Magalie, Aurélie changea de place pour s'asseoir également à côté de moi.
Elle me susurra à l'oreille :
— Magalie n'a jamais vraiment sucé un mec, et je lui ai promis que j'allais lui apprendre. Mais pour ça on a besoin d'un assistant...
La soirée prend décidément un tournant aussi inattendu que passionnant. Ca fait longtemps que je n'ai pas joué les toy boy. Ca promet d'être intéressant... Aurélie initiant Magalie à l'art de la fellation ? Je ne pensais vraiment pas qu'on arriverait aussi vite au cœur du sujet.

Aurélie attrapa la boucle de ma ceinture qu'elle retira d'une main experte. Magalie me regardait avec envie même si la timidité rougissait ses joues...
À moins que ca ne soit le champagne...

En quelques instants, je me trouvais nu sur le canapé, Aurélie à ma droite et Magalie à ma gauche.
Aurélie me regarda droit dans les yeux et glissa sa main sur ma cuisse qu'elle caressa doucement.
Sa peau est vraiment très douce et très chaude !
Son sourire était lumineux et elle se mordilla la lèvre quand sa main s'empara de mon sexe. La pression de ses doigts était souple et ferme et elle commença quelques mouvements de va-et-vient avec délicatesse.
Bon sang, elle est vraiment douée !
Elle s'approcha de mon cou pour m'embrasser.

Quelle aisance, moi qui pensais qu'elle n'y connaissait rien et qu'elle était frustrée, c'est tout le contraire...

Magalie attendait sagement d'être invitée à rejoindre le jeu, Aurélie la regarda puis attrapa sa main qu'elle posa sur mon sexe désormais raidi par l'excitation.
La différence était frappante, Magalie serrait un peu trop fort, et n'avait pas dû branler beaucoup d'hommes dans sa vie. Ses mouvements étaient saccadés, mécaniques et peu sensuels. Je comprenais maintenant pourquoi Aurélie avait parlé d'apprentissage. Elle prit le contrôle de la situation.

Elle glissa devant moi et s'agenouilla entre mes jambes. Elle lança un regard de défi à Magalie puis déposa un baiser sur le bout de mon sexe en rigolant.
Elle me lança un regard malicieux puis me prit entièrement en bouche. Mon corps frémit à son contact.
Je sentais la douceur de ses lèvres m'envelopper et l'humidité de sa bouche lubrifier mon membre.
Elle s'interrompit pour me lécher doucement puis me reprit dans sa bouche avec plus de vigueur.
Je fermai les yeux, ma tête roula en arrière.

Elle invita Magalie qui regardait la scène avec émotion à la rejoindre entre mes jambes. Aurélie tenait mon sexe entre ses mains.

– À ton tour, lui dit-elle avec malice.
Magalie me jeta un regard gêné puis prit à son tour mon sexe dans sa bouche. Je prenais un plaisir fou à regarder Aurélie diriger Magalie. Elle avait de l'expérience et prenait un malin plaisir à lui transmettre son savoir. Je n'étais plus le centre d'attention. Tout se passait désormais entre elles.

J'éprouvais de l'excitation à voir Aurélie dominer Magalie avec autant de finesse. À cet instant, je me sentais tout à fait à ma place, et même si je participais, j'avais l'impression d'être spectateur malgré moi de cette connivence féminine.
Aurélie donnait ses indications avec douceur.
– Prends-le entièrement dans ta bouche, suce-le ma chérie.
Elle posa sa main dans les cheveux roux de Magalie pour la guider et rythmer ses mouvements.
– Plus vite ma chérie, suce-le encore.
Je pouvais voir ses grands yeux bleus qui me jetaient de brefs regards où je discernais autant de timidité que de désir.
– Maintenant lèche de bas en haut doucement.
C'est dingue, elle arrive à lui dire exactement ce dont j'ai envie au moment où j'en ai envie !
Elle caressa ses cheveux puis se rapprocha de son oreille et de mon sexe par la même occasion.
– À mon tour !
Elle reprit mon sexe entre ses mains.

Aurélie me regarda, cracha sur mon membre, puis le reprit immédiatement en bouche. Une décharge électrique parcourut mon corps immédiatement et je me retins de ne pas jouir.
Décidément, elle sait vraiment s'y prendre, cela fait longtemps qu'on ne m'a pas sucé avec autant d'entrain ! Il faut vraiment que je fasse durer le plaisir même si j'ai terriblement envie de jouir.

Aurélie se recule et invite Magalie à la rejoindre. Leurs lèvres se posent sur mon sexe, instinctivement mes mains se posent dans leurs chevelures.
Leurs bouches humides, parfaitement synchronisées parcourent mon membre rigide.
Il faut que je tienne ! Retiens-toi ! C'est tellement bon !
Aurélie se retire pour laisser seule Magalie maîtresse de la situation, je m'immisce toutefois pour murmurer à Magalie :
– Crache ! Suce-moi encore !
Aurélie me fait de gros yeux. C'est elle qui dirige et n'apprécie pas que je sorte de mon rôle.
Si elle savait combien c'est difficile pour moi de ne pas contrôler la situation. j'aimerais pouvoir lui dire qu'ici celui qui donne les ordres, c'est moi. Détends-toi, ce soir, c'est un jeu différent, divertissant et terriblement excitant.

Magalie s'exécute, puis me reprends en bouche avec application. Le mouvement n'est pas parfait, mais le plaisir de la voir lécher puis sucer mon sexe, ses yeux qui me cherchent puis me fuient, sa respiration haletante, et surtout de savoir qu'elle est novice me rend complètement fou.

Aurélie me regarde avec connivence. Je sens qu'elle éprouve énormément de plaisir à diriger ce petit jeu, et regarder Magalie s'affairer entre mes jambes. La tension est de plus en plus fort et je me demande combien de temps je vais pouvoir encore me retenir. Mon sexe est humide, ses lèvres me parcourent sans relâche, je dois mobiliser tout ce qui me reste de volonté pour ne pas jouir dans la bouche de Magalie.

Je prends délicatement son visage entre mes mains pour l'éloigner de mon sexe. Aurélie continue de me regarder avec ses grands yeux verts malicieux.

– Je vais jouir, branle-moi.

Aurélie prend mon sexe, je sens la douceur de sa main me caresser. Puis tout en me regardant me branle avec insistance.

Je ne peux me contenir plus longtemps, et dans un long râle de plaisir, je jouis. Aurélie sourit tout en continuant ses va-et-vient, Magalie, les joues rougies d'une excitation nouvelle n'ose me regarder.

Je prends une grande respiration, puis me lève et entraîne Aurélie avec moi vers la salle de bains tandis que Magalie attrape une coupe de champagne sur la table basse.

L'expérience avait été délicieuse, mais je restais sur ma faim. J'aurais aimé plus. J'aurais voulu les soumettre toutes les deux, prendre l'une puis l'autre et recommencer jusqu'à ce qu'elle jouissent. La longue chevelure rousse de Magalie dissimulant ces grand yeux bleu m'excitaient et s'il n'avait pas été si tard, je crois que j'aurais bien tenté de pousser les choses un peu plus loin.

Une fois la bouteille finie, Magalie me demanda :

– Peut-être qu'on pourrait passer la nuit ici...

– Malheureusement ce n'est pas possible.

Elle sembla surprise de ma réponse.

– Ca n'est pas très gentil ça, et puis la nuit n'est pas finie.

– Je suis désolé mais il y a certaines limites que je ne souhaite pas franchir, et dormir ensemble en est une.

Magalie se redressa sur le canapé, vexée.

– Ok, alors on va y aller, il est tard. Aurélie ? On y va ?

Aurélie avait suivi la discussion sans prononcer un mot.

– Je prends mes affaircs.

Magalie n'avait pas apprécié ma réponse, mais je ne souhaitais pas du tout passer la nuit chez moi avec une autre femme que la mienne. Cela faisait partie des règles que nous nous étions imposées, et je n'avais aucune envie de les transgresser.

Ca ne semblait pas déranger Aurélie qui avait toujours ce petit sourire moqueur et délicieux.

Voilà que je trouve son sourire délicieux, qu'est-ce qui m'arrive, pourtant, elle m'énerve toujours un peu. Je ne sais vraiment pas d'où me vient ce sentiment paradoxal d'attirance et de répulsion. J'ai autant envie d'elle que j'ai envie qu'elle parte.

CHAPITRE 5
INTRODUCTION

Kaaris - Le bruit de mon âme

"L'élégance du vice, c'est de le pratiquer sans jamais le révéler."

Au volant de mon Audi A5, immobilisé dans les bouchons sur le périphérique, je repensais à ce que me disait Julien lorsque nous dégustions un cigare chez Dressac.

– J'aimerais bien être aussi à l'aise que toi avec les femmes... Il faudra que tu me donnes ton secret.

– Tu risques d'être déçu.

– Pourquoi tu dis ça ?

– Parce qu'il n'y a pas de secret en réalité.

– Je vois, juste une question de charme naturel, dit-il en se moquant de moi. Il était pourtant loin de la vérité.

Je n'ai pas toujours eu ce visage. Quand j'étais plus jeune, j'avais un nez difforme.

Ce n'était pas un handicap majeur, mais un frein certain dans toutes mes tentatives de séduction. Je n'étais pas un monstre, mais je n'étais jamais sur la liste des prétendants envisageables. Cela ne m'empêchait pas d'avoir un appétit débordant pour les femmes. Cependant, j'essuyais refus après refus, et je ressentais un profond sentiment d'injustice.

J'étais convaincu d'avoir de nombreuses qualités, et tout ce qu'il fallait pour combler ma partenaire. Mais ce nez... Il me précédait d'une longueur partout où j'allais.

Homme de volonté, j'avais décidé de ne pas me laisser abattre pour autant, et j'étais persuadé que mon esprit pourrait équilibrer cet attribut disgracieux.
J'étais déterminé à mettre tout en œuvre pour ne pas vivre dans une misère affective et sexuelle où j'aurais été victime malgré moi. Alors j'ai travaillé et prit le sujet à bras-le-corps.

Je n'étais peut-être pas sur la liste des prétendants, mais ma vivacité et mon humour faisaient de moi un ami attentif que les jeunes femmes appréciaient. L'exercice était toutefois difficile, et je ne souhaite à aucun homme de passer autant de temps que moi dans cet endroit pire que l'enfer : la friendzone.

Le point positif était qu'à défaut de les séduire, je vivais à leurs cotés, j'entendais leurs confidences, leurs désirs, leurs peines, leurs joies, leurs doutes, leurs faiblesses, leurs histoires d'amour. J'étais souvent triste de les comprendre autant, mais de ne jamais avoir le droit à un baiser.

J'aurais voulu moi aussi en aimer une et qu'elle m'aime en retour. Je lui aurais écrit de la poésie, nous aurions mangé une glace et bu un coca le soir des vacances d'été. Nous aurions fait l'amour dans sa chambre un soir où ses parents auraient été absents. Je serais rentré chez moi au petit matin, avec la certitude que mes parents me passeraient un savon, mais avec la joie et la fierté d'être devenu un homme dans une chambre où un poster de Kurt Cobain nous aurait épié pendant notre première fois.

J'étais sensible, j'avais de l'imagination, mais surtout un nez trop grand pour mon corps frêle.

Alors je me contentais d'écouter religieusement toutes ces informations et devins un expert de la psychologie féminine sans m'en rendre compte. Ma capacité d'écoute et mes facultés d'analyse me permettaient d'emmagasiner un grand nombre d'informations, dont je ne savais vraiment que faire à ce moment précis.

Pendant toutes ces années, n'ayant pas de copine qui accaparait mon temps, ni de véritable groupe d'amis qui monopolisait mes soirées, je lisais Baudelaire, Prévert, Paul Eluard. J'étudiais la mythologie grecque, je dévorais Maupassant, Zola et piochais sans relâche dans la bibliothèque familiale.

À l'âge de 15 ans, j'appris le piano en autodidacte, et chaque dimanche muni d'un vieux lecteur CD, je reproduisais sur le clavier mes morceaux préférés de Berger, Polnareff, des Beatles et de tout le répertoire Pop disponible à la médiathèque de mon quartier.
Enfermé dans le salon, heures après heures, mes doigts couraient sur ce vieux piano que j'appris à caresser avec émotion et délicatesse.

Dans le fond d'un car scolaire, je faillis conclure pour la première fois, mais la petite blonde changea d'avis, m'avouant que son premier choix voulait bien sortir avec elle, et que quitte à choisir, son choix ne se porterait plus sur moi.

J'aurais pu détester les femmes, mais mon cœur ne pouvait s'y résoudre.
Je les aimais toutes. Dans chacune d'elle je voyais au-delà de ce que voient la plupart des hommes. J'arrivais à distinguer ce qu'il y avait de meilleur en elles, et tous les jours, je tombais amoureux.
Je vivais dans un monde entouré de femmes, sans jamais pouvoir y goûter. Cela ne fit que renforcer ma détermination.

J'arrachais tout de même quelques baisers, à de jeunes femmes aventureuses et bienveillantes. Cela ne fit que renforcer mon désir et mon besoin d'amour.
J'étudiais avec assiduité jusqu'à atteindre l'âge de la maturité et entrer à la faculté. Là, j'entamais la deuxième phase de mon cursus et passais à la pratique. Mon nez n'avait pas rétréci avec le temps. Mais ma détermination était désormais inébranlable.
L'apprentissage ne se fait pas dans la douceur d'un baiser, mais bien dans le rejet brutal qui vous renvoie inéluctablement à la réalité.
Je ne plaisais pas, mais j'avais toujours autant envie de connaître l'amour.

Cette période de ma vie, contrairement à l'adolescence, connut un peu plus de succès. J'avais combattu ma timidité infantile et me révélais un bon orateur.
La parole était un de mes atouts les plus précieux. Couplée à cette connaissance aiguisée de la psychologie féminine, j'arrivais, certes avec de nombreux efforts, à faire oublier cet appendice disgracieux pour ne laisser entrevoir que ce qui me mettait à mon avantage.
La privation est un mécanisme qui génère souvent des excès. Mon appétit sexuel en avait été décuplé. J'étais insatiable. Chaque nouvelle femme que je rencontrais me laissait apercevoir la possibilité

d'une nouvelle expérience, d'un nouveau plaisir, d'une nouvelle saveur.
J'étais un enfant devant un marchand de glaces avec pour seule envie de goûter tous les parfums. Je concentrais tous mes efforts dans cette tâche herculéenne quitte à rater la plupart de mes examens.

J'accumulais les conquêtes et les aventures, mais je ne connus l'amour qu'à deux reprises. Je pensais qu'arrivé à ce stade, mon visage, et plus particulièrement mon nez, n'avait plus grande importance et qu'il me serait facile de poursuivre ma route plus sereinement. Mais je me trompais.

Ce nez qui avait été la cause de mon isolement, mais surtout de mon apprentissage forcé, n'était jamais vraiment loin et constituait une brèche dans mon armure que je tentais de colmater inlassablement.

Il était pourtant facile pour n'importe quelle femme de savoir où se situait la faille.
Quand mon second amour et moi nous sommes séparés elle me lança en guise d'adieu :
"Tu sais quand on s'est rencontré et quand j'ai vu ton nez, je me suis demandée si je serais capable de t'aimer..."
Elle sourit, puis disparut de ma vie où elle avait lâché une bombe.
Il m'a fallu quelque temps pour passer outre, mais ma volonté, elle, était sans failles.

Je ne pouvais me résoudre à laisser ce nez détruire ma vie malgré moi. Je me répétais intérieurement que je valais beaucoup plus que ça, qu'un nez ne déterminait pas toute une vie, que mes désirs devaient être plus grands.

Lancé dans la vie active, j'étais convaincu que ces humiliations inhérentes à mon apparence prendraient fin. Que la maturité pousserait les autres à passer outre ce simple détail et que l'on ne s'attacherait plus qu'à mes compétences intrinsèques.

Encore une fois, j'avais tort.
Je me souviens de ce nouvel an dans un bar branché près de la gare Lille Flandres.
Je discutais avec une belle brune, cheveux courts, jambes interminables. J'étais spirituel et détendu, elle était conquise et attentive.
Un homme s'inclut dans notre conversation et quelques instants plus tard en me regardant lança à la jeune femme :
– Tu le trouves mignon ? Il a vraiment un nez de corbeau...
J'étais habitué de ce genre de réflexions. Mon nez et moi étions intimes depuis de longues années. Impassible, je souris et lui répondis :
– J'imagine que tu dis ça parce que tu veux coucher avec elle ?

Elle rigola, et lui décontenancé, nous abandonna sans souffler un mot de plus.
Je continuais de profiter de la fête mais intérieurement j'avais atteint le point de non-retour.

Quelques mois plus tard, je pris rendez-vous chez un chirurgien esthétique pour mettre fin à cette histoire qui n'en aurait probablement jamais sans une intervention en bonne et due forme. La psychologie règle beaucoup de choses, mais il arrive un moment où le bistouri devient nécessaire.

Sur mon lit d'hôpital, je regarde le plafond, j'ai peur.
Dans quelques heures je ne serai plus le même homme, mais la séparation est angoissante. J'ai peur de le perdre, je tiens à lui. Finalement, c'est en partie grâce à ce nez disgracieux que je me suis construis et que j'ai développé une confiance en moi dont on ne pourrait soupçonner l'origine.
C'est grâce à lui qui j'ai appris l'amour avant d'aimer, que j'ai découvert LA femme avant d'aimer LES femmes.

Il a été ma plus grande souffrance et mon plus grand atout, et je suis sur le point de me séparer de lui.
Je suis prêt à sauter dans l'inconnu. J'ai peur.

Arrivé dans la salle d'opération, l'anesthésiste me demande si tout va bien. Je n'ai pas le temps de lui répondre. Tout est noir.
Je me suis réveillé quelques heures plus tard, le visage tuméfié, un long bandage entourant mon crâne et dissimulant mon nouveau nez. Des mèches de coton dans les narines et une violente douleur.
J'ai versé une larme. Ce long chapitre de ma vie était fini.
C'est en me regardant dans le miroir que je me rendis compte de l'ampleur de l'opération.

Pendant les mois qui suivirent, on me demanda si j'avais eu un accident de voiture.
Mon visage portait les stigmates de l'intervention et je portais deux yeux bleuis par les coups que l'on m'avait assénés pour briser l'os. Il fallut attendre encore plusieurs mois pour retrouver un visage présentable.
C'est à ce moment précis que ma vie prit un tournant surprenant.
Mon nez était parti, mais l'homme que j'avais construit pendant ces années était présent plus que jamais.
Le regard des femmes avait changé, pourtant j'étais toujours le même.

Mon pouvoir de séduction avait considérablement augmenté et je pus enfin assouvir tous les fantasmes que j'avais enfouis en moi.

La confiance que j'avais acquise dans l'adversité était mon meilleur atout et mon armure n'avait plus de failles.
Professionnellement, je n'avais plus peur de rien et le développement de mon entreprise fut fulgurant.

J'avais la sensation d'être un coureur qui, pendant la moitié de la course, porte un sac de briques sur son dos et fait tout pour se maintenir dans le peloton. Quand à la moitié de l'épreuve, on l'autorise à déposer son sac, il bondit dans la course comme un tigre libre et vigoureux.

Mon rapport avec l'amour avait lui aussi était affecté. Je savais ce que pensaient au fond d'elles toutes les femmes que j'avais côtoyées par le passé, et j'en avais fait une force. Je ne me laissais plus berné par leurs stratagèmes, et au risque parfois d'être désobligeant, j'aimais manœuvrer pour avoir l'avantage.

Je n'avais cependant plus besoin de les manipuler pour obtenir d'elles quelques faveurs, mais je crois que cela commençait à me manquer. Un 'Oui' trop facile n'a finalement pas la même saveur qu'un "Oui" obtenu au terme de nombreux efforts, retentissant davantage comme une victoire. J'avais besoin de plus d'adrénaline, je la trouvais dans le sexe.

Les relations habituelles, le sexe vanille -cette sexualité si conventionnelle- m'ennuyaient désormais. Il me fallait plus, mais pas uniquement physiquement. Mon adrénaline était psychologique.

Je cherchais à travers les femmes qui traversaient mon lit non plus une jouissance physique, mais une connexion intense qui me rappelait l'emprise que j'exerçais sur mes premières conquêtes. Ma première soumise fut une révélation.

La souffrance n'était pas la clé, je n'y trouvais aucun plaisir. L'abnégation de sa volonté était le meilleur substitut à cette drogue à laquelle j'avais goûté durant ma jeunesse.
Je prenais possession de son être et pénétrait son mental. Ses défenses, une fois tombées, me laissaient investir son intimité la plus sincère.
On assimile souvent la domination à de nombreux accessoires, des rites plus ou moins douloureux, des pratiques déviantes.
La véritable domination est psychologique et j'embrassais avec passion ma position de maître dominateur.

Ma femme m'apporta la dernière pièce du puzzle.
L'emprise psychologique était ma drogue, son amour sans limite mon havre de paix. Elle rentra dans ma vie au moment où j'en avais le plus besoin

et mit fin à de nombreux excès qui auraient fini par me perdre.

Je goûtais enfin au bonheur, mais je ne serais jamais totalement sevré. La soumission serait désormais une part inamovible de ma vie d'homme. Elle finit par le comprendre, et m'accepta tel que j'étais. Nous conclûmes ce pacte de confiance qui me permis de trouver la sérénité sans abandonner le frisson nécessaire à mon bonheur.

Je finis par arriver chez moi après une heure d'embouteillages.
Définitivement, Paris est magique. Peu importe l'heure, le trafic est toujours aussi dense.
Je repensais à ma soumise de la Chambre 57 qui me manquait cruellement. Etait-ce elle qui me manquait ou nos jeux qui comblaient un besoin inextinguible ?

Il fallait que je retrouve cette sensation, ce pouvoir consenti, cette parenthèse éphémère où je pénètre l'autre par l'esprit et je goûte à nouveau au bonheur d'être en elle.
Je ne sais pas pourquoi, mais Magalie occupait toutes mes pensées. Je voulais plus, je voulais être en elle. Je devais absolument la revoir.

CHAPITRE 6
MAGALIE

Shay - Ich Liebe Dich

"Ta paire de talons est la seule chose sur terre capable de me faire baisser les yeux"

La journée m'avait paru interminable.
Le conseil d'administration de l'entreprise avait été d'une rare violence et les désaccords que nous avions à gérer nécessitaient beaucoup de diplomatie.
Je me refusais à licencier autant de jeunes talents prometteurs dans le seul but d'augmenter les profits des actionnaires.
L'argent n'est pas une fin en soi, mais plutôt un moyen. Il faut savoir parfois jouer la partie sur le long terme plutôt que de chercher le profit immédiat.
Investir sur l'avenir ne semblait pas la priorité de plusieurs investisseurs qui ne juraient que par les courbes de croissance.

J'avais beau leur expliquer que l'humain est la clé de tout business, on me répondait par des formules mathématiques et des algorithmes qu'il fallait alléger la masse salariale.
Être entrepreneur, c'est savoir prendre des risques et aller de l'avant quand tout le monde est sur la réserve. Avec le temps et l'âge, le conseil avait tendance à jouer la carte de la sécurité.
Il m'avait paru nécessaire de leur rappeler les risques que j'avais pris dix ans auparavant et qui faisaient qu'aujourd'hui nous étions profitables, réputés sur le marché, et surtout assis autour de cette table.

Nous avions fini par trouver un accord et j'avais réussi à sauver 75 % salariés sur la sellette. En contrepartie, nous avions déterminé des objectifs ambitieux qui m'obligeraient à guider le paquebot qu'était cette entreprise, dans un chenal aussi large que le chas d'une aiguille.
Qu'importe, j'avais réussi à conserver les meilleurs talents et leur capital d'innovation.
J'étais convaincu que nous allions faire la différence sur l'année à venir.

L'après-midi, j'enchaînais les rendez-vous, sans jamais perdre le sourire. Après tout, j'avais choisi cette vie.

La nuit était tombée et peu à peu les bureaux s'étaient vidés. Le temps m'avait appris qu'il ne fallait pas attendre des autres autant que l'on s'imposait à soi.
J'étais une fois de plus le dernier dans le bâtiment.

J'aime ces moments de calme, où le téléphone cesse de sonner, les couloirs sont déserts et le seul bruit que l'on entend, est le vrombissement au loin de la machine à café. J'essaie de répondre à la liste interminable des mails non lus, mais je sens que je n'en verrais pas la fin ce soir.

Je repousse mon fauteuil et m'étire. J'attrape dans la bibliothèque une bouteille de whiskey dissimulée derrière une pile de livres. Le bruit du bouchon est une madeleine de Proust qui me fait voyager et je verse le précieux liquide dans un verre, quant à lui caché derrière une pile de documents comptables.

Tout en sirotant mon single malt, je repense à Magalie et ses yeux d'un bleu que je n'avais jamais vu auparavant. Ses taches de rousseur et la douceur de ses lèvres qui avaient parcouru mon sexe. J'avais très envie qu'elle se plie à ma volonté pour l'emmener vers un plaisir intense et nouveau. Je décelais en elle un potentiel sexuel qui ne demandait qu'à être révélé et j'étais emballé à l'idée de tailler ce diamant brut. Il fallait que je la revoie.

J'attrapais mon téléphone et décidais d'envoyer un message à la seule personne qui pouvait me permettre de prendre contact avec elle.

Hello Aurélie, ça va ?
Alex

Coucou ! Très bien et toi ?

Ca va plutôt bien :-)
Dis-moi tu aurais le numéro
de Magalie Stp ?

Hum je ne sais pas si je peux
te le donner… ;-)
Il faut que tu me racontes…

Et voilà ! Pourquoi j'ai cru que cela serait facile et qu'en envoyant un message à Aurélie elle me donnerait sans aucune question le numéro de Magalie… Je dois être naïf en fin de compte.

Tu veux savoir quoi ?
Tu es bien curieuse :-D

Moi curieuse ?
Pas du tout… Mais j'ai l'impression
que toi tu prépares un truc

Non rien du tout :-)
Je suis sage !

C’est bien ce que je dis.
Tu prépares un truc...
Tu ne me la fais pas à moi !
Ahah

T’exagères !
Allez...

Bon... Ok....
Mais à une condition.

Comment ça elle met une condition ! Elle abuse ! Bon en même temps, je ne suis pas en position de force pour négocier, et ça, elle le sait.

Dis toujours...

Je te passe son numéro
si tu me promets de
tout me raconter...

T’es vraiment trop curieuse !

Est-ce que tu veux VRAIMENT
le numéro de Magalie ?

Tu veux aussi des copies d'écran
et des photos ?

Pourquoi pas...

Allez, arrête...

Promets !

Bon ok t'as gagné !
Promis, je te raconterai

Ah ! Je préfère ça !

Quelle garce ! Elle sait qu'elle me tient et que je n'ai aucune marge de manœuvre. Mais pourquoi veut-elle que je lui raconte ? C'est bizarre.

J'enregistrais le numéro de Magalie et lui envoyais un message sans attendre...

Hello Magalie, Comment ca va
depuis la dernière fois ?
Alex

Si Aurélie avait répondu dans la minute, la réponse de Magalie se faisait attendre.
Au bout d'un quart d'heure, mon téléphone vibra.

Salut, ça va.
Quoi de neuf ?

Encore au boulot,
je pensais à toi et je me disais
qu'on pourrait aller boire un verre.

Pourquoi pas.
Je suis assez débordée au cabinet
mais après-demain si tu veux, on
peut se rejoindre en fin de journée.

Elle me dit oui, mais son message est glacial. Est-ce qu'elle a envie ? Je me demande si au final, c'est une bonne idée. Pourtant l'autre soir, elle avait l'air d'aimer ce que nous faisions. Peut-être est-elle juste comme ça. Je ne devrais pas me faire de film et prendre les choses pour ce qu'elles sont.

Parfait ça m'arrange aussi.
19h30 au bar de l'Hermitage Gantois.

Je ne connais pas mais ok
Bonne soirée :-)
Bisous

Ah quand même ! Il aura fallu attendre la fin de la discussion pour qu'elle se déride un peu. Elle a l'air coincée mais est-ce que ce n'est pas ça qui m'attire ? En tout cas, j'ai hâte de la voir.

Assis dans un fauteuil confortable près du bar, je déguste une coupe de champagne.

Je sais que ce n'est pas du tout le moment, mais j'ai commandé un trio de chocolat pour accompagner mon verre. Le temps que Magalie arrive, j'ai envie de me faire plaisir et cette douceur sucrée et solitaire me ravit.

L'endroit est feutré, calme et élégant. Au centre de la salle, un barman prépare les cocktails sous une verrière majestueuse. Les pierres de taille et les vitraux apparents côtoient la modernité de cet endroit luxueux.
Je n'avais pu me résoudre à me défaire de ma cravate en soie assortie à mon costume impeccable. Qui sait, elle pourrait être utile à d'autres fins que d'habiller ma chemise. Ce soir, j'accueillais Magalie dans mon univers et le jeu suivrait mes règles. Si notre rencontre sur la péniche avait été fortuite et délicieuse, il était temps de retrouver ma place, et qu'elle puisse à son tour me découvrir dans des circonstances et un contexte qui me convenaient.
Magalie finit par arriver et traversa la salle en me cherchant du regard.

Elle porte un tailleur strict gris foncé, ses cheveux sont attachés maladroitement.
Tiens je ne savais pas qu'elle portait des lunettes ? Je préfère sans, on voit mieux ses yeux.

Une fois installée, elle commande une coupe de champagne qu'elle accompagne d'un petit clin d'œil à mon attention.
J'avais envie de la connaître, de savoir tout sur elle, d'apporter à mon intuition tous les éléments possibles pour confirmer ou infirmer les sentiments que j'avais eu à son égard. Elle se détendit après une première gorgée.
Finalement, je n'avais que peu d'informations sur elle, et un âge, un statut marital et une profession ne déterminent pas la personne que l'on est. J'essayais d'en savoir davantage sur sa dernière relation qui me donnerait peut-être plus d'indices sur la femme qu'elle était réellement.

– Tu es célibataire depuis longtemps ? Dis-je d'une voix calme et apaisante.

– Ca va faire 6 mois maintenant.

– Rupture difficile ?

– Oui assez, j'étais très amoureuse mais notre relation était toxique.

– C'est toi qui est partie ?

– Oui j'étais avec un pervers narcissique. Sans m'en rendre compte, il avait fini par me couper de mon entourage et j'étais très malheureuse.

– Je comprends...

– Mais le pire ce n'est pas ça.

– Que peut-il y avoir de pire ?

– Mes parents possèdent une grosse entreprise et je dois avouer que je n'ai jamais manqué de rien.

– L’argent n’est pas un mal. C’est la manière dont on l’utilise qui compte.

– Plus la relation avançait et plus j’ai eu l’impression qu’il n’était avec moi que pour mon argent. J’avais des doutes, mais ça s’est confirmé par la suite.

– Qu’est-ce qui t'a mis la puce à l’oreille ?

– Pour son anniversaire, quand il m'a demandé de lui offrir une montre.

– La montre ?

– Le prix de la montre surtout.

– C’est-à-dire ?

– Une montre à 5000 €, c’est quand même un très très beau cadeau.

– Mais heureusement tu es partie avant ?

– Non, je lui ai acheté...

Comment peut-on être aveuglé à ce point ? L’amour certes nous fait faire des choses étranges, mais là, c’est quand même exagéré !

– Tu l’as récupérée par la suite, j’imagine ?

– Non il est parti avec, c’est un cadeau, ça ne se reprend pas.

Un cadeau à 5000€, si ! Ca se reprend surtout si la relation se termine mal. Je ne comprends pas pourquoi elle a réagi comme ca.

Elle rigolait nerveusement et son rire m'exaspérait. Ses yeux bleus magnifiques la sauvaient.

Je ne posais aucune question sur son travail.
Pour être honnête après une journée passée avec mon département comptable, j'avais envie d'une discussion légère. Je cherchais en elle un peu de fraîcheur.
C'est vrai que c'est un sujet simple pour faire parler quelqu'un si on part du principe que 80 % de notre temps est consacré à travailler, mais j'avais plus envie de connaître ses secrets.
Que faisait-elle quand elle retirait son tailleur, qu'aimait elle manger, qu'aimait-elle faire dans l'intimité de sa chambre, ses fantasmes...
Je fis donc glisser notre discussion jusqu'à ce que le sexe atterrisse sur la table.

– Et niveau sexe ? Qu'est-ce qui te plaît ?

– Je n'ai pas beaucoup d'expérience, tu sais...

Une pure débutante ? Trentenaire ? Son profil est vraiment très intéressant...

– Mais il y a des choses que tu aimes ?

– Je ne sais pas trop, et quand on s'est vu la dernière fois, c'était la deuxième fois de ma vie que je faisais ça.

La deuxième fois que tu as sucé un mec ? Deux fois en trente ans ? Mince ! Cette fille est un spécimen rare qui mérite que je m'y attarde.

– La question n'est pas le nombre de fois où tu l'as fait, mais plutôt si tu y as pris du plaisir...

– Je dois reconnaître que ça m'a plu, surtout la manière dont ça s'est passé.

– En effet, j'ai cru voir ça, dis-je en lui souriant.

Elle rougit et ses yeux tentèrent de s'enfuir dans le fond de sa coupe de champagne.
Quand elle me regarda à nouveau, ses joues s'étaient empourprées et trahissaient les idées qui lui traversaient l'esprit.
La gène qu'elle éprouvait était d'une sincérité désarmante et je me délectais d'autant de naïveté de la part d'une avocate qui n'avait d'autre choix que de se dévoiler.

Après la deuxième coupe, je vis que le champagne lui été déjà monté à la tête. Elle rigolait toujours aussi fort avec cette intonation disgracieuse à la limite de la vulgarité. La salle tout entière n'avait d'yeux que pour elle. J'aurais pu me lever et interrompre ce rendez-vous pour ce simple détail. Mais ma curiosité était plus forte que mon aversion pour le manque d'élégance.

Je commandais de quoi grignoter en espérant que cela absorbe l'alcool et qu'elle reprenne le contrôle. La plupart des hommes cherchent à faire boire les femmes pour les désinhiber, j'avais besoin qu'elle soit en possession de tous ses moyens.
Je voulais la connaître et savoir qui elle était vraiment. Je ne pensais pas que nous en arriverions là, mais elle me parla de l'amour de sa vie, son chat Rookie.
J'écoutais avec un intérêt certain.

Ton chat n'est pas vraiment ce qui m'intéresse le plus chez toi. Mais j'ai l'impression que tu esquives mes questions. Est-ce que tu n'essayerais pas de te protéger derrière lui ?

Je décidais de ne pas abandonner pour autant et tentais de renverser la discussion et la situation par la même occasion. C'était peine perdue.
Une fois lancée, elle ne s'arrêta plus. La jeune femme renfermée et timide était intarissable sur son compagnon, de la marque de ses croquettes, jusqu'à son dernier rendez-vous chez le vétérinaire, j'eus un check-up complet de la bête.
Je vais commencer à avoir des doutes ? Est-ce que je ne me serais pas trompé sur elle ?
Mais ses yeux m'hypnotisaient et je n'arrivais pas à oublier le moment où elle prit mon sexe dans sa bouche et qu'elle me regarda avec désir. Le frisson que j'avais ressenti était puissant et je voulais y goûter à nouveau. Si pour cela, il fallait que je sympathise avec Rookie, alors je ferais peut-être cet effort.

Elle s'éclipsa pour aller aux toilettes et je jetais un coup d'œil à mon téléphone.
Aurélie m'avait envoyé un message.

Alors Monsieur ?
Tout se passe bien ?

Tout se passe très bien.
Magalie est une jeune femme charmante.

Ah oui ?
Ok je suis contente si tout va bien.

On dirait pourtant que tu ne l'es pas. Est-ce que tu ne serais pas un peu jalouse ?

Magalie reprit place devant moi et s'affala dans la banquette. Je déplorais qu'il lui manque cette classe naturelle qui transforme un physique banal en une femme inoubliable. Je ne lui en tins pas rigueur et la fixais avec aplomb.
Elle se redressa, écarta la coupe de champagne vide puis s'approcha comme pour me faire une confidence.
– Est-ce que tu serais prêt à me rendre un petit service?
– Dis-moi, je verrais si c'est dans mes cordes.
– Tu dois sûrement aller régulièrement à des galas ou des cocktails ?
– Oui ça m'arrive pourquoi ?
– Parce que j'en ai un bientôt pour le cabinet, mais je ne sais pas du tout comment m'habiller pour l'occasion, et je n'ai personne qui peut me donner un bon conseil.
Elle me prend pour sa copine ? Ça ne me plaît pas du tout !
– Je n'ai pas pour habitude d'habiller les femmes... C'est plutôt le contraire.

Elle se recula sur la banquette et fit mine d'être déçue.

– Tu ne vas pas m'aider alors ?

– Je n'ai pas dit ça... Pour toi, je peux peut-être faire une exception, mais je préfère tout de suite te mettre en garde. Si je t'habille, il se peut que je te déshabille juste après.

– Ca ne me gêne pas, dit-elle en baissant les yeux.

– Il faudrait dans un premier temps que tu m'invites chez toi...

– Bien sûr, j'habite à deux pas.

Elle répondit avant que j'eus le temps de terminer ma phrase. Ses yeux s'enflammèrent.

Je finis mon verre, elle se leva, je réglais l'addition et nous quittions le bar rapidement pour rejoindre ma voiture.

En pénétrant dans son salon, j'eus un haut-le-cœur. Derrière la jolie rousse au tailleur strict et impeccable, se cachait une jeune femme désorganisée qui vivait dans un appartement sinistré. Sur la table de la cuisine de la vaisselle en décomposition, des bouteilles de vin vides. Des vêtements jetés un peu partout du salon à la salle de bain et une odeur pestilentielle de litière sale qui s'échappait des toilettes. L'appartement Haussmannien avait dû être somptueux lorsqu'elle avait emménagé, mais il y avait un tel laisser-aller que je n'arrivais même pas à trouver un endroit où poser mon manteau ni même m'asseoir.

Rookie trônait sur la table du salon et me regardait avec circonspection.

– Ne fais pas attention au bazar, je n'ai pas eu le temps de ranger.

– Ne t'inquiète pas, tout va bien.

Bien sûr que je te mens, mais ce soir, je vais te goûter à nouveau, et pour ça, je suis prêt à faire un petit effort.

Je me demandais tout de même si j'avais bien fait de la suivre, mais je préférais laisser cette question en suspens.

Quelque chose de puissant m'intimait de rester. Peut-être la pensée qu'il fallait voir au-delà des apparences et que sous ces amas de vaisselle, de vêtements et de cartons sales, se cachait un aphrodisiaque intense que je lécherais sur sa peau.

Il n'y avait qu'une seule manière de le savoir.

Elle ouvrit une bouteille de vin rouge et nous servit deux verres.

Son dressing était dans le salon, et elle m'en ouvrit les portes. Outre le désordre ahurissant qui y régnait, elle réussit à en tirer plusieurs robes qu'elle me présenta.

Je choisis pour elle une longue robe noire un peu transparente, et une plus courte bordée de dentelle.

– Maintenant que j'ai choisi pour toi, à ton tour de défiler pour moi.

Elle semblait surprise, mais n'émit aucune opposition. Une fois la première robe passée, je m'assis dans un coin de canapé vierge de tout désordre. Je faisais tournoyer le liquide rouge dans mon verre et la guidait d'une voix ferme.

– J'ai besoin de te voir, avance vers moi lentement. Tourne-toi.

Elle s'exécuta.

– Très bien maintenant penche-toi en avant que je regarde à quel point cette robe épouse la courbe de tes fesses.

Surprise, elle se pencha maladroitement. J'observais attentivement.

– C'est parfait tu es très sexy dans cette robe, j'adore mais maintenant retire-la et passe la seconde.

Elle se dirigea vers la salle de bain.

– Reste ici, déshabille-toi devant moi.

– Alex, tu exagères, regarde ailleurs

– Quel intérêt, c'est te voir qui m'intéresse.

– Oui mais ça me gêne.

– Ca m'est égal, tu es belle, je veux te voir.

Elle rougit et finit par faire glisser sa robe longue sur ces chevilles, puis enfila rapidement la seconde, plus courte, et me regarda avec défiance.

– Voilà !

– Avance vers moi doucement.

– Encore ?

– Oui je veux te voir encore.

– Ok

– Ne parle pas, avance simplement vers moi, et tourne sur toi-même.

Son regard se brisa sur le mien. Mes yeux la transperçaient jusqu'à lire son âme.

– Tourne encore et relève un peu ta robe que je vois tes jambes.

– Non

– Non ? Fais-le, tu es magnifique et la dentelle sur ta peau claire est un vrai délice.

Le compliment fit son effet et elle remonta légèrement le bas de sa robe.

Elle rougit.

– Je préfère celle-là, sans aucune comparaison. J'aime la courbe de tes fesses et le galbe de tes seins. Tu es sublime.

Désormais, l'atmosphère était lourde et l'excitation était palpable.

Elle déambulait pieds nus et je ne pus m'empêcher de lui demander d'enfiler une paire de talons.

– Pourquoi ?

– Parce que je te le demande. S'il te plaît. Enfile cette paire de talons aiguilles posée juste là...

J'adore les femmes qui portent des talons aiguilles. Leurs fesses se galbent et tout leur corps se cambre.

Elle me rejoint sur le canapé pour finir son verre de vin. Le point positif de ce manque de place dû au manque de rangements, était que nous étions très proches.

Je posais mon verre, écartait une mèche de cheveux sur son visage et sans dire un mot, je l'embrassais.

Elle ferma les yeux et roula sa langue contre la mienne.
Sa respiration s'accéléra et je sentais sa poitrine se gonfler sous sa robe. Elle me prit par la main pour m'emmener jusque dans sa chambre. Elle souriait, plus femme que jamais.

Ferme les yeux...
Allongé sur le lit, je pose une main sur sa cuisse. sa peau frémit. Ma caresse remonte et s'immisce sous sa robe, elle respire plus fort.
Je plonge ma bouche dans son cou pour respirer son parfum, mais une odeur m'incommode fortement. Je me rends compte que les draps n'ont pas dû être changés depuis longtemps.
Je me recule, regarde sa bouche entrouverte et je tente de faire abstraction du chaos autour de nous.
Allongée, elle m'offre son corps.

Ma main caresse ses seins, puis descend lentement sur son ventre. Je remonte le bas de sa robe, et caresse son ventre nu.
Mes doigts la goûtent et descendent délicatement jusqu'à frôler l'élastique de sa culotte. En pénétrant son intimité, je sens son sexe humide.
Elle respire de plus en plus fort. Je suis en elle, je la sens vibrer au moindre de mes gestes. Elle m'attrape le bras, qu'elle serre plus fort à chaque vague de plaisir.

Je la regarde, elle est superbe dans sa robe de cocktail tout en dentelle.

Je déboutonne mon pantalon puis sors mon sexe déjà durci par l'excitation de notre premier baiser. J'ai envie qu'elle me prenne dans sa bouche pendant que je la caresse. Je veux sentir ses lèvres me lécher encore, et ressentir à nouveau les picotements électriques d'un plaisir non dissimulé.
Je tourne son visage, les yeux toujours fermés, elle prend mon sexe dans sa bouche.
Que c'est bon, je ne sais pas ce qui me fait autant d'effet, sa bouche ou l'énergie que son corps dégage ?

Je finis par m'asseoir sur le lit et elle glisse entre mes jambes. Elle continue de me sucer lascivement. Sa maladresse apporte à ce moment un charme auquel je ne suis pas indifférent. Elle fait des mouvements de va-et-vient puis prend mon sexe dans sa main avant d'en lécher le bout.
Je lui murmure :
– Déshabille-toi, je veux te voir.
Elle marque une pause un peu surprise et me regarde droit dans les yeux. Finalement elle s'exécute, mais là où j'attendais la sensualité d'un strip-tease improvisé, elle se contente de retirer ses vêtements de manière mécanique.
Entièrement nue, elle me rejoint sur le lit où j'ai déjà retiré mon pantalon.

Elle se positionne au-dessus de moi. Je sens mon sexe qui caresse le sien, l'humidité de ses lèvres, et je la pénètre avec douceur.
Son bassin commence à décrire un léger mouvement qui lui arrache un soupir.
– Tu m'excites, j'adore comment tu bouges, lui dis-je.
Elle me regarde à nouveau, interrompue par mes mots, et dépose son doigt sur ma bouche pour m'intimer de me taire.
Elle me demande de me taire ? Je n'aime pas ça, j'aime parler quand je fais l'amour.
Les mouvements de son bassin se font de plus en plus intenses, et je sens mon sexe qui la pénètre profondément. J'attrape ses seins constellés de taches de rousseur, que je caresse tantôt délicatement, tantôt avec vigueur.
Elle ferme les yeux et pousse de petits cris.
Mes mains agrippent sa taille pour guider son mouvement, puis glissent sur ses fesses. La tête en arrière, les yeux toujours fermés, elle semble captive d'un plaisir dont je suis exclu.

Rookie, assis sur la table de nuit me regarde fixement et semble contrarié de ce que je fais à sa maîtresse.

Je veux te voir.

Je l'attrape par la taille, la soulève puis la positionne sur le dos avec ardeur. Allongée, elle écarquille les yeux de surprise.
Toujours en elle, je me retire et je viens lécher le bout de son sein. Elle frissonne et je profite de cette diversion pour la pénétrer à nouveau.
– J'aime te sentir, lui dis-je.
Elle ferme les yeux et fait mine de ne pas m'entendre. Les va-et-vient sont de plus intenses et je sens le plaisir monter en elle par vagues successives. Sa respiration devient un long râle qui l'emmène tout droit vers la jouissance.
Je pose ma main sur son cou, qu'elle retire immédiatement.
Elle me saisit le bras, je me dégage pour attraper sa taille, je la pénètre plus encore.
Elle ne bouge pas très bien, mais c'est cela qui m'excite le plus. Savoir qu'elle n'a que peu d'expérience fait de ce moment un instant rare, à la fois maladroit, mais aussi unique que grisant.

J'attrape ses cuisses que je relève pour que ses genoux enserrent mon cou. Je me redresse, pour qu'elle sente mieux mon sexe s'enfoncer en elle. Je lui arrache un cri plus puissant. Je redouble d'efforts et ses cris se synchronisent sur chacun de mes coups de reins. Je cherche ses grands yeux bleus, mais elle les ferme sans cesse.
Bon sang, mais où es-tu, j'ai l'impression que tu cherches à jouir seule, tu joues à quoi ? Regarde-moi !

Je caresse sa bouche et y enfonce un doigt qu'elle finit par lécher, mais rien n'y fait elle n'est pas avec moi, les yeux fermés elle est totalement concentrée sur son plaisir et pas un seul instant sur le mien. Là ou je cherche la connexion, elle cherche la jouissance égoïste.
C'est horrible à avouer, mais j'ai beau la trouver très excitante, je m'ennuie. Pas que je n'ai pas de plaisir, mais je sais qu'il serait beaucoup plus intense si nous arrivions à le partager plutôt qu'à le vivre chacun de notre côté.
– Regarde-moi, regarde-moi ! Lui ordonnais-je.
Ses yeux restent fermés.
J'ai l'impression qu'elle est ailleurs, et cela ne me plaît pas. Je poursuis mes assauts et la pénètre avec force.

Deux personnes qui font l'amour ensemble ne peuvent pas se mentir et je découvrais enfin qui elle était vraiment.

Là où le plaisir se donne pour être reçu, elle ne faisait que prendre.
Je fermais également les yeux, écoutais sa respiration et finis par la faire jouir.
Elle cria, je me retirais, et jouis à mon tour sur son ventre avec une sensation désagréable qu'elle était à mille lieues de moi.
Je ne souriais pas, je cherchais du regard de quoi essuyer le sperme qui coulait sur ses hanches.

Elle rouvrit les yeux.

L'excitation était redescendue et dans cette chambre en désordre, je découvrais tous les détails qui m'avaient échappés.
L'odeur de notre étreinte avait laissé la place à l'odeur des draps sales qui auraient dû être changés depuis bien longtemps.
Elle se blottit près de moi.
– Tu as faim ? Tu veux qu'on commande quelque chose ?
– Non merci, c'est gentil, je ne vais pas tarder de toute façon.
Son regard désapprouvait, mais elle ne dit rien. Je n'avais pas envie de m'attarder dans ses draps sales.
Rookie bondit de la table de nuit sur le lit et miaula.
La descente était vertigineuse.
Je sais que ça ne se fait pas de partir aussi vite, et qu'elle va sûrement mal le prendre, mais je ne cherche pas à être celui que je ne suis pas.
Je ne lui ai rien promis.
Je voulais savoir ce qui se cachait derrière ces grands yeux bleus et sa chevelure rousse, derrière son tailleur et son rire qui m'agaçait.
Elle avait trop fermé les yeux pour que je m'en rende compte, peut-être fallait-il lui laisser une autre chance…
J'attrapais mes vêtements et me rhabillais sans un mot. Elle me suivit du regard et tira un drap sur son corps nu.

– Tu pars ?
– Oui.
– Reste encore un peu s'il te plaît.
Je déposais un baiser sur son front et fuyais son besoin de tendresse.
– Pas ce soir, je ne peux pas rester.
– Tu ne vas pas partir comme ça...

Rookie miaula, je claquais la porte.
Je partis sans me retourner pour ne pas avoir à affronter ses grands yeux bleus qui n'avaient pas compris les règles du jeu.

CHAPITRE 7
SMS

6ix9nine (feat. Nicki Minaj) - FEFE

"L'attente fait monter le désir du sexe, au cerveau "

Lundi 10h30 - Salle de Réunion - Conseil d'administration interminable.

Coucou Monsieur
Alors ce week end ?
Magalie ? Tout ça tout ça...

Hello Aurélie
Excellent et toi ?
Magalie... voilà voilà

C'est-à-dire ?

T'es vraiment curieuse !

De toute façon elle me dira tout

Alors pourquoi tu me demandes ?

Parce que je suis curieuse
évidemment !

J'aimerais surtout savoir pourquoi notre rendez-vous t'intéresse autant...

Je vois ça ?
Et toi ? le week-end ?

Avec mon mec on a acheté un canapé

C'est passionnant

Tu me demandes...

C'est vrai...

Donc Magalie ?

Elle est adorable.
Mais bon pas de nouvelles depuis.

Tu as conclu ?

Tu es bien curieuse.

Tu fais beaucoup de manières.
Tu as conclu ou pas ?

Oui on peut dire ça comme ça.
Et puisque de toute façon elle te racontera tout...

Ah ! C'était comment ?

Tu ne veux quand même pas que je te raconte en détail... C'est vraiment très bizarre. Il n'y a pas que de la curiosité derrière ça.

T'es vraiment bizarre ?
Tu serais pas un peu vicieuse ?

Moiiiiiiiii ?
Bien sûr que non ! ;-)

Ok ok
Tu veux savoir quoi ?

Tout en fait lol

On parle plus tard,
je suis en réunion.

Lundi 19H30 - Bureau - Dossier en retard

Re,
On a passé une bonne soirée
on a fini chez elle, elle a choisi une
robe de cocktail

Quand tu dis plus tard,
c'est vraiment plus tard...

Ca m'arrive de bosser la journée...

Une robe de cocktail ?
Pourquoi ?

Un petit jeu, mais le mieux
ça n'est pas de la mettre
mais de la retirer.

Ah je vois, tu aimes bien jouer...

C'est ça...

Moi aussi :-)
Et donc Magalie ?
Alors c'est un bon coup ?

Décidément, tu ne lâches rien. Mais tu auras beau insister, tu n'en sauras pas plus !

Pourquoi tu veux savoir ça ?

Parce que toutes mes copines
disent qu'elles sont des bons coups.
À force je me pose des questions...

Elle t'a dit qu'elle assurait ?

Non elle m'a dit qu'elle avait pas
trop d'expérience mais qu'elle rendait
les mecs complètement fous.

Ah oui ? Je dirais pas ça...

Ah bon ?
C'est-à-dire ?

Elle est débutante.
Elle manque de pratique.

:-o t'es dur !

Là, non.

mdr !

Je dis juste ce que je pense
mais je t'en dis déjà trop !

Mais non
promis je lui dirais rien !

Je peux te faire confiance ?

Bien sûr !
Tu peux me faire confiance.
Juré craché !

Craché ?

Lol ok vieille expression.
Bref, oui tu peux me faire confiance.
Attends, je dois te laisser mon mec est rentré, je dois faire à manger.

Quelle parfaite ménagère.

Oh hey oh

Ton sex appeal est infini

:-p Bisous Monsieur

Mardi - 15H - TGV Première classe en direction de Lyon.

Hello Aurélie, ça va ?

Ca va et toi ?
Tu m'écris ??
Tu t'ennuies ?

Mince je suis démasqué !
J'avoue, je suis dans le train

Tu vas où ?

À Lyon, j'ai un rendez-vous
pour le boulot.
et toi ?

Je suis au Printemps.

Tu fais quoi ?

Je cherche de la lingerie.

Voilà le genre de choses qui va faire passer plus vite mon trajet...

:-o
Une occasion particulière ?

Mais non, je reviens d'un rendez-vous
monsieur premier degré...
Les femmes ne passent pas leur vie
à acheter de la lingerie.

C’est bien dommage.
C’est une belle occupation...

Cela dit j’ai déjà une armoire bien remplie
de petits bodys sexys et d’autres choses
mignonnes...

Hum... j’aimerais bien voir ça

Je t’enverrais une photo si tu es sage.

Je ne suis jamais sage.

Ah oui ??
C’est encore mieux.

Et toi ?

Et moi quoi ?

Tu es un fille sage ?

D’après toi ?
Je crois que tu en as déjà eu
un aperçu...

C’est vrai...

J’espère que j’aurais le droit
aussi à une photo...

De ?

De ton canapé,
je suis nostalgique...

lol ok je vais lui demander.

Mardi 00h30 - Mon lit dans une chambre d'hôtel à Lyon - J'essaie de m'endormir.

Alex, J'arrive pas à dormir...

Ca ne va pas ?

Pas trop en fait.
Mais j'ai pas envie de te saouler

ça va, dis moi
qu'est-ce qui se passe ?

Je me suis engueulé avec Christophe

C'est qui ?

Mon mec
C'est vrai je ne t'avais jamais
dit son prénom

Pourquoi vous vous êtes engueulés ?

Des conneries tu t'en doutes...

Je suis sûr que ça doit pas
être bien grave

Non mais j'aime pas
quand on s'engueule.
C'est juste que parfois on se
comprend pas du tout.

Ah bon ?
Pourtant ça a l'air d'aller entre vous

Oui mais plus on avance
et plus je me rends compte
qu'on est très différents

Tu veux le quitter ?

Non je l'aime trop

ok alors ça va quand même...

Niveau sexe
ça va de moins en moins.

Moins de plaisir ?

Moins de compréhension,
on veut pas les même choses.
Désolée, je voulais pas t'embêter

Tu ne m'embêtes pas,
j'arrivais pas à dormir

Bon ok ca va.
De toute façon c'est pas trop grave.
On en parle plus tard.

Comme tu veux.

Bonne nuit
Bisous

Mercredi 12h30 - Restaurant - Tartare de saumon - Déjeuner d'affaires

Bon appétit Monsieur

Bon appétit
Mais comment tu sais
que je suis à table ?

J'ai un don !

Un don pour ?

Bon en fait j'ai plein de dons !
Lol

Ca va mieux ?

Oui beaucoup.
Merci de m'avoir répondu hier

Pas de souci

On devrait peut-être aller boire un verre
un soir si tu as du temps

Oui avec plaisir.
Je dois juste regarder mon agenda.

C'est vrai que MONSIEUR
a un planning de ministre.

Disons que je dois m'organiser
:-p

Ok ça marche
tu me diras alors.

Demain Jeudi ?

Non j'ai une soirée de prévue
justement avec Magalie et Jessie

C'est finalement pas moi
qui suis débordé...

:-p
Au moins je vais enfin tout savoir
vu que tu ne m'as rien dit

Je t'en ai déjà dis beaucoup trop !

Blague à part semaine prochaine je serai
plus dispo si ça te va.

Je t'envoie un message ce week-end

ça me va
bisous

Jeudi - 21H - Un Uber avec la musique trop forte et pas de bouteille d'eau

Salut Alex,
J'espère que tu es bien rentré.
Pas de nouvelles ?
Magalie

Salut Magalie,
oui ça va et toi ?
Désolé d'être parti un peu vite
l'autre soir, j'espère que tu

ne m’en veux pas...

Pas de soucis.
On pourrait peut-être aller
boire un verre demain soir ?

Avec plaisir.

Cette fois c’est moi qui choisis
le lieu si ça te va.

Ok ça me va

Je t’envoie l’adresse.

Jeudi - 21H30 - Un Uber avec la musique trop forte
et toujours pas de bouteille d’eau.

Finalement tu vas revoir Magalie ?

Tu n’es pas avec elle en ce moment ?

Si, justement.
Tu vas y aller ?

Oui pourquoi ?

Non juste comme ça
Je...

Tu...

Je voulais juste savoir c'est tout
:-)

T'es bizarre,
il y a quelque chose que je
dois savoir ?

Non rien :-)
Je retourne avec les filles
Bisous.

CHAPITRE 8
LA LETTRE

PLK - Un peu de haine

"Si je t'ouvre mon cœur, c'est que j'accepte aussi que tu puisses me faire souffrir"

Magalie m'avait donné rendez-vous dans un bar de la rue Solferino en face de la place des halles. L'endroit était vieillot, faussement délabré, authentiquement à la mode chez les artistes branchés et les bobos du centre-ville.
La devanture défraîchie en bois verdâtre reprenait les codes des boutiques de l'après-guerre. Un comptoir en bois, des alcôves sombres et un Viking derrière les pompes à bière.
Au-dessus du bar poisseux, un écriteau où l'on pouvait lire "ici pas de wifi, faites-vous des amis". J'aurais clairement préféré avoir un peu de wifi.

J'aurais sûrement dû décliner ce rendez-vous et me souvenir du sentiment qui m'avait envahi après avoir quitté l'appartement de Magalie.

Cela ne me ressemblait pas, mais je ressentais de la culpabilité.
Magalie avait été adorable avec moi et je savais que j'étais parti un peu précipitamment. J'avais bien mille excuses pour justifier mes actes, mais face à une femme à qui l'on vient de faire l'amour, peu tiennent la route, et je le savais.
Je décidais donc de faire amende honorable en acceptant de la retrouver dans ce bar qui finalement, avait un point commun avec son appartement : je n'avais pas envie d'y mettre les pieds.

Elle m'attendait à une table haute en sirotant un jus de fruit avec une paille. À n'en pas douter, elle semblait dans son élément et l'endroit devait lui être familier.
Mon costume impeccable attira tous les regards, symbole d'un patriarcat oppresseur et capitaliste. J'étais juste élégant et parfaitement à mon aise.

Elle portait un jean moulant et une paire de talons, un chemisier légèrement transparent et une veste en cachemire de couleur émeraude.
Ses cheveux détachés ondulaient sur ses épaules à chacun de ses mouvements.
Ses grands yeux bleus me fixaient avec intensité et semblaient remplis d'une assurance nouvelle que je ne lui connaissais pas.
— Tu es ravissante, excuse-moi pour le retard j'ai eu du mal à trouver.

– Merci, c'est normal, il faut connaître cet endroit pour le trouver.
C'est un paradoxe que j'ai du mal à saisir. Comment le connaître si on n'arrive pas le trouver... ? Il faut sûrement venir accompagné...

Abstraction faite de la médiocrité de notre dernier rapport, de la table crasseuse où je n'y poserai pas la manche de ma chemise blanche, de ma volonté d'être un peu moins qu'un connard qui fuit après l'amour, j'étais content de la revoir.
Je la trouvais toujours aussi belle, et j'en vins même à me dire que nous donner une seconde chance pouvait être une bonne idée.
Après tout, rares sont les premières fois réussies, même s'il ne s'agit que de sexe.
Le ton de sa voix était toutefois différent. J'avais du mal à reconnaître la débutante pleine d'incertitudes. Elle semblait puiser en elle pour se donner de l'assurance.

Mon téléphone vibra. Je jetais un œil discrètement à mes messages.

Tout va bien ?
Aurélie

Je ne lui répondis pas.

Mais pourquoi était-elle aussi envahissante. Je trouve vraiment son comportement étrange.

La discussion ne resta pas légère très longtemps et Magalie avait un comportement très différent de notre premier rendez-vous.

– Finalement je ne sais pas grand chose sur toi, me dit-elle.

– Très bien que veux-tu savoir ?

– Ce que tu veux exactement...

Son regard était fixe et cherchait à pénétrer mon âme. Je ne la reconnaissais pas.

– Je ne cherche rien de particulier à part peut-être le plaisir, mais ça tu le sais.

– Tu cherches à faire mal aussi.

– Bien sûr que non.

– Pourtant c'est l'impression que tu donnes.

– Qu'est-ce qui te fait dire ça. Développe...

– La manière dont tu traites les femmes.

– Et comment je les traite ?

– Avec dédain et mépris.

– Tu exagères un peu Magalie.

– Je ne trouve pas.

– Je ne t'ai pas méprisée, bien au contraire. Si tu fais allusion à notre dernier rendez-vous, il me semble que les conditions étaient claires. Est-ce que je dois te les rappeler ?

– Tu n'as donc aucun sentiment ? Un cœur de pierre !

– Non pas du tout, mais j'ai l'impression que tu prends les choses très à cœur.

— Bien sûr ! Tu n'a pas été très correct avec moi.

— Si je l'ai été. Qu'attendais-tu exactement ?

— Rien en particulier, peut-être juste un peu plus de considération ou d'attention. Mais ça j'ai l'impression que tu n'en es pas capable.

Et moi qui pensait passer une soirée agréable et détendue. Je ne vois vraiment pas pourquoi elle s'énerve autant. Mais pas la peine d'en rajouter. Essayons de faire retomber la pression.

— Tu sais que je suis marié, je ne t'ai pas menti, tu sais également que je ne cherche pas à créer une relation, en tout cas pas le genre de relation à laquelle tu sembles faire allusion.

— C'est bien ce que je dis, tu n'as pas de cœur. Tu es capable de venir me baiser chez moi, de partir juste après et accepter de me revoir comme si de rien n'était.

— Je sais que je suis peut-être parti un peu vite, mais je ne t'ai pas manqué de respect pour autant. Nous avons couché ensemble et il y a des limites que je m'impose comme le fait qu'il n'y ait aucune femme qui dorme chez moi.

— Ce sont des limites complètement stupides.

— Non, elles existent parce que je suis marié, que j'aime ma femme et que dans le sexe que je peux avoir en dehors, ce n'est pas la tendresse d'un rapport emprunt de sentiment que je recherche avant tout. Je pensais que tu le savais.

— Je le sais mais tu aurais pu au moins mettre les formes.

– Quelles formes ? J'ai été réglo. Je t'ai tout dit. Tu connais ma situation, je n'ai rien de plus à proposer et ça tu le savais avant d'accepter de m'inviter chez toi. Je crois surtout que c'est toi qui t'es fait un film.

– J'ai juste envie d'avoir un minimum de respect. Tu peux comprendre ça !

– Magalie, contrairement à ce que tu as l'air de penser, et même si je n'ai pas l'habitude de faire ce que je suis sur le point de faire : je m'excuse si je t'ai blessé.

Je n'ai absolument rien à me reprocher, Alex, à quoi tu joues. Lève-toi et pars, elle a beau avoir des yeux à se noyer, ça n'est plus de ton âge ces conneries. Elle est en train d'essayer de te manipuler pour te culpabiliser. Reprends-toi.

– Tu ne m'as pas blessée, qu'est-ce que tu crois.

– Alors je m'excuse simplement de cette incompréhension que nous semblons avoir.

– Bla bla bla, je ne suis pas sûr que tu en aies quelque chose à foutre des autres, et encore moins des femmes, et moi, n'en parlons pas.

– Tu te trompes. Je viens de te l'expliquer. Ne fais pas l'enfant et ne m'oblige pas à répéter les choses simples que je viens de te dire.

– C'est toi qui ne veux pas comprendre.

– Arrête ça immédiatement ! Magalie, tu vas trop loin.

– C'est difficile de ne pas avoir le contrôle ? dit-elle en souriant.

– Ca n'est pas la question. Je ne cherche pas à tout contrôler, juste peut-être un peu plus que d'habitude pendant le sexe.

– Si bien au contraire, tu utilises les gens, tu te sers d'eux.

– Ca va trop loin Magalie. Je ne vois pas de quoi tu parles.

– J'ai vraiment cru que tu étais quelqu'un de bien, et que toi et moi on pourrait avoir un peu plus qu'un coup vite fait.

– Je n'ai rien fait pour te faire du mal, et j'estime être quelqu'un de bien. C'est toi qui es à fleur de peau. Tu me prends pour un monstre ou...

– Un ...

– Je t'interdis de dire un mot de plus.

– Tu m'interdis ? Tu te prends pour qui de m'interdire quoi que ce soit ?

Son visage s'était embrasé, elle semblait bouillir d'une haine infinie.

– Magalie, je vais devoir te laisser si tu continues. J'étais venu pour m'excuser, pour te dire à quel point je trouvais que tu étais quelqu'un de bien, mais je suis en train de changer d'avis. Aucune menace, mais continues et je pars.

– C'est ça.. Tu te prends pour qui avec ton air arrogant...

Je fis mine de me lever.

Mon quotidien est rempli de situations tendues, mais j'avais toujours appliqué un principe très simple. Si la situation ne me convient pas, je ne

reste pas. Renoncer, c'est changer son destin, et j'étais prêt à renoncer à elle.
Personne ne me parle de la sorte, et surtout pas une avocate trentenaire égratignée par la vie qui, par je ne sais quel miracle, a un sursaut de confiance en soi. Je ne laissais rien transparaître et gardais mon sang-froid.
Magalie avait perdu le sien. Je me demandais si elle était bonne avocate, ou alors elle ne devait pas plaider souvent...
Je jetais rapidement un œil à son verre de jus de fruit, qui était presque vide. Je n'avais pas envie qu'elle tente un jeté de jus et qu'elle tache mon costume impeccable. Mais elle se calma me voyant me lever. Elle reprit :

– Tu pars ?

– Tu ne me laisses pas le choix. Je te dis que je suis là pour m'excuser, et toi, tu ne m'écoutes pas. Il parait qu'il n'y a pas plus sourd que celui qui ne veut pas entendre.

Tu me plait, mais pas à ce point.

– Quoi ? T'es sérieux ?

– Oui tu connais les règles, tu sais ce que j'ai à offrir. Je pensais que tu aurais commencé par prendre ce que j'avais à proposer avant d'essayer d'imposer tes conditions.

– Oui... Je sais, mais tu es parti si vite...

– Ok, bon, je peux t'offrir une cigarette ?

Elle marque une pause.

– Oui ok allons prendre l'air.

Devant le bar, sur le trottoir, j'allumais la cigarette de Magalie, puis la mienne et tentait d'apaiser le dialogue.

– Je suis désolé que tu aies pris les choses comme ça. Je pense qu'on a pas assez communiqué toi et moi.

– Sûrement, dit-elle sans me regarder…

– Tu es une fille canon et j'ai adoré la soirée qu'on a passée ensemble. Je suis marié, et tu le sais, forcément ma vie est différente de la tienne et j'ai certaines obligations que je respecte, mais à aucun moment, je n'ai voulu te manquer de respect.

– Si tu le dis… Elle ne me regardait toujours pas.

Je décidais de laisser un peu la parole au silence. J'écoutais le bruit de la fumée et cherchais à accrocher à nouveau ses yeux bleus.

Je ne sais pas si je le faisais pour elle ou pour moi, mais j'étais fermement décidé à me racheter. J'aurais sûrement dû partir. Elle vivait la situation avec son cœur, un cœur en manque d'amour qui ne souhaitait qu'en donner.

Maladroite, perdue dans ses sentiments, elle ne faisait pas la part des choses.

J'écrasais ma cigarette, je pensais retourner à la voiture, mais je ne le fis pas.

– Magalie… On arrête ?

Même si je n'ai rien fait et que tu réagis comme une enfant…

– Oui... Ok... Je me suis peut-être un peu emballée, dit-elle en tirant nerveusement sur sa cigarette. J'ai compris ce que tu m'as dit, excuse-moi. Je crois que je me suis fait un film.. M'en veux pas ça doit être le spectre de ma rupture qui m'a faite partir au quart de tour...

– Ok je comprends, ça va...

– Ca te dérange si je fume une autre cigarette et que je passe un coup de fil. Je te rejoins juste après. Tu commandes une bouteille de champagne ?

– Une bouteille ? Déjà, j'espère qu'ils en ont, et puis tu me dis tout ça et tu veux qu'on fête ça au champagne ?

– Ils en ont et promis, je vais me faire pardonner ! dit-elle en souriant.

Si sa précédente rupture l'avait aigrie et rendu paranoïaque, je n'avais ni le temps ni l'envie de jouer les amants post rupture. Mais je ne trouvais pas le moment opportun pour lui signifier.

Là où elle semblait me reprocher un manque d'investissement, je voyais une inconnue avec qui j'avais fait l'amour un soir. Rien de plus.

Bien sûr, il faut créer une connexion pour décupler le plaisir, mais chaque chose arrive dans un certain ordre. Elle commençait par la fin. Les reproches avant le plaisir.

Je commandais deux coupes de champagne au bar, la bouteille attendrait, puis sur ma chaise haute, dans mon costume trop propre pour cet endroit poisseux, j'attendais qu'elle finisse sa cigarette, son coup de fil, pour que nous puissions remettre tout cela à plat et repartir sur de nouvelles bases.

Au bout d'une dizaine de minutes, ne la voyant toujours pas revenir, je décidais de ressortir pour voir si tout allait bien.
Elle n'était plus là.
J'appelais son numéro. Messagerie.
J'essayais encore, messagerie.
Je criais son nom dans la rue.
J'avais beau ne pas avoir apprécié cette discussion, je n'avais pas envie qu'il lui arrive quelque chose de mal.
Je commençais à remonter la rue quand le barman et sa longue barbe noire passèrent la tête par la porte.
– Hey, si tu pars sans payer j'appelle les flics !
– Non, non je...
Je retourne dans le bar, me dirige vers la caisse. Le barman me regarde avec sévérité.
Je sors ma carte bancaire.
– Vous réglez la totalité je présume ?
– Oui
– Ok, la fille qui était avec vous est partie ?
Quelle humiliation.
– On dirait.
– Elle m'a dit de vous donner ça quand vous régleriez l'addition.

Il me tend une enveloppe blanche accompagné du reçu de paiement.
Je quitte le bar sans un mot. Une fois sorti, j'ouvre l'enveloppe d'où je tire une lettre manuscrite.

"N'est pas dominant qui veut...
Tu croyais que j'accepterais sagement le moindre de tes caprices.
Tu me baises, et tu t'en vas sans un mot.
Je t'invite à rester près de moi, tu me méprises.
Tes mots, tes gestes, ton comportement, tu me dégoûtes.
Alors je n'attends pas que tu recommences, et te laisse là comme le con que tu es.
Personne ne te parle jamais comme ça j'imagine ?
Pourtant tu le mérites.
À force de malmener les femmes tu croyais quoi ?
Un jour on tombe sur une fille comme moi qui ne se laisse pas faire.
Une fille qui te dit les choses et ce que tu es vraiment.
Je ne comprends pas comment j'ai pu t'ouvrir mon cœur et mon corps, je me sens sale désormais.
Je te laisse donc seul et je m'en vais boire quelques coupes de champagne avec des amis qui eux, sauront m'apprécier à ma juste valeur.
Je te souhaite de souffrir Monsieur.
Magalie."

Elle est trop dans l'affect.

Sa dernière rupture l'a vraiment aigrie.
Mais en lisant cette lettre, je pensais à Aurélie et ses messages bizarres.
J'attrapais mon téléphone et l'appelais sur-le-champ.

– Je ne te dérange pas ? dis-je calmement.

– Je suis au restaurant, je peux te rappeler ?

– Non je veux te parler tout de suite.

– Attends je vais sortir laisse-moi une minute, je te rappelle.

– Non maintenant, dis-je en haussant le ton.

– Ok ok, attends.

Je ne lui laissais pas le temps de sortir et reprenais immédiatement.

– Tu savais.

– Comment ça ?

– Aurélie, tu savais ?

– Mais quoi !

– La lettre.

– Quelle lettre ?

– Magalie... Arrête de me prendre pour un con. Tu savais et tu ne m'as rien dit.

– Je...

– Pourquoi Aurélie ? RÉPONDS !

– Je... en fait...

Je marquais une pause pour lui laisser le temps de retrouver le fil de sa pensée.

– Relis nos conversations, tu savais ce qui allait m'arriver et tu n'as rien fait pour éviter ça, dis-je calmement.

– Je ne pensais pas que Magalie le ferait. Elle nous en avait parlé comme ça. Elle nous a dit que tu as été odieux avec elle et qu'elle voulait se venger. Je ne pensais pas qu'elle était sérieuse.

– Mais tu savais...

– Oui mais pourquoi j'aurais dû faire un choix, après tout je la connais depuis plus longtemps que toi. Dis-moi pourquoi je devais absolument te le dire ?

– Parce que tu m'as dis que je pouvais te faire confiance.

– On a fait des trucs qu'une fois et j'étais bourrée, ça ne fait pas de nous des personnes proches.

– Je t'ai envoyé un message dans lequel je te demandais si je pouvais te faire confiance. Tu te souviens ... ?

– Euh... oui ?

– C'était lundi à 19h37 très précise.

– Sûrement...

– Aurélie, je vais t'apprendre une chose, chacun des mots que je prononce ne l'est jamais au hasard. Je t'ai demandé si je pouvais te faire confiance et tu m'as menti.

– Vraiment je ne pensais pas que...

– Je voulais juste en être sûr.

Au téléphone, Aurélie resta muette. Je raccrochais.

Je pliais la lettre et la remis avec précaution dans son enveloppe. Je la regarde, et c'est Magalie que je vois.
Je la déchire en 4 et la jette dans le caniveau sans un remords.

J'ouvre la porte de ma voiture, la berline noire démarre et m'extirpe de cet endroit poisseux où je ne remettrai jamais plus les pieds.

CHAPITRE 9
LOGE PRIVATIVE

Booba - GLAIVE

"Quand j'imagine notre avenir,
c'est bizarre tu finis toujours toute nue"

Il a fallu que je goûte aux loges privatives du Stade Pierre Mauroy pour m'intéresser un peu plus au football. Assis dans un canapé confortable, une coupe de Taittinger et un plateau d'huîtres sur la table basse, il est difficile de ne pas prendre de plaisir. Une grande baie vitrée nous donne une vue imprenable sur le stade et Julien suit le match avec passion.

L'endroit est feutré et suffisamment grand pour accueillir une dizaine de personnes. Il est divisé en deux parties. Un coin salon et un bar laqué noir, où un membre du personnel du stade s'occupe du service. Entièrement dédié à notre loge, il veille à ce que nous ne manquions de rien et que la succession d'amuse-bouches et de plats soit parfaitement synchronisée avec le déroulé du match. Le bar dispose d'une sélection d'alcools raffinés que nous pouvons consommer à discrétion. Une porte épaisse assure la confidentialité du lieu. Sur le côté droit de la baie vitrée, une porte donne accès à un espace dans les gradins réservés à notre loge, pour que les vrais amateurs puissent également vivre le match et ressentir la clameur du stade.

Julien avait certains privilèges dont je profitais avec plaisir, cette loge en était un. Nous n'étions pas seuls. Il avait également invité certains mécènes de son parti politique, un préfet, des capitaines d'industrie et une chanteuse à la mode accompagnée de son manager. Il avait l'intelligence de rassembler le temps d'une soirée des personnes d'horizons variés qui, sans le savoir, avaient tous des points communs. Passée la première coupe, les discussions étaient lancées et chacun découvrait chez l'autre un point d'accroche insoupçonné.
Un goût pour le golf, pour les voitures, pour la musique... Mais tous avaient ce point commun, d'aimer le champagne.

J'ai une facilité à créer du contact avec des étrangers, mais pour ma vie privée, c'est tout le contraire. Julien et moi étions amis depuis longtemps. Nous nous étions rencontrés avant que mon entreprise prenne de l'envergure, et qu'il grimpe les échelons de la vie politique.

Nous étions de vrais amis, je crois même que c'était mon seul ami.

J'ai toujours été surpris par le nombre d'amis qu'ont les gens. Mais je ne suis pas convaincu qu'ils aient la même définition que moi du mot ami. Un réseau de connaissances tout au plus.
Pour hiérarchiser mon carnet d'adresses et le degré de proximité de mes contacts, j'y appliquais un principe simple.
La rapidité à laquelle j'arrive à le joindre, sachant que si je tombe sur sa messagerie, combien de temps lui faudrait-t-il pour me rappeler ? La possibilité ou non de lui demander un service sur-le-champ et qu'il s'exécute. Sa disponibilité pour m'aider à enterrer un corps en pleine nuit au milieu d'une forêt.

Julien remplissait ces 3 critères et je les remplissais pour lui. Dieu merci, nous n'avions jamais eu besoin ni l'un ni l'autre d'enterrer un corps en pleine nuit. Je plaisantais souvent en lui disant que de toute façon, il avait des gens pour le faire à sa place. Il se contentait de sourire sans me répondre.
Il nous avait fallu presque 10 ans pour atteindre ce niveau d'entente. Peut-être parce que je ne donne pas ma confiance rapidement, qui plus est dans les sphères dans lesquelles j'évolue. La plupart des gens sont hypocrites, égoïstes, mais tellement souriants et gentils qu'on se laisserait surprendre.

J'avais appris à aimer cette solitude que l'on ressent parfois en plein milieu de la foule. Il y a beaucoup de monde autour, mais pas les personnes qui comptent.

Je repensais à Magalie et à sa réaction puérile. Je n'avais pas été attristé par son acte car elle n'avait franchi aucune des barrières de mon cœur. Pour créer la proximité qu'elle avait évoquée, nous aurions dû passer beaucoup plus de temps ensemble et véritablement apprendre à nous connaître. J'ai l'impression que parfois certaines personnes veulent aller trop vite en ouvrant leur cœur un peu trop tôt.
Le problème quand on ouvre son cœur c'est aussi que l'on donne à l'autre la possibilité de nous faire souffrir.
C'est une grande responsabilité qu'on lui offre, et cela me paraît nécessaire d'y appliquer un processus de sélection drastique pour éviter autant que possible de mauvaises surprises.

Nous ne nous étions pas reparlés depuis sa lettre il y a maintenant 6 mois. Je n'avais d'ailleurs revu aucune des filles de la péniche. Il me semblait que tout ceci m'était arrivé dans une autre vie.

Plongé dans le travail, j'étais concentré sur la mise en place des moyens nécessaires pour atteindre les objectifs fixés par le conseil d'administration.

J'avais peu de marge de manœuvre mais j'étais bien décidé à conserver et valoriser les talents que nous avions recrutés. Malheureusement la conjoncture ne nous était pas favorable et je devais faire face à des remontrances régulières du conseil qui préférait me critiquer que m'encourager.

Assis dans cette loge, j'étais heureux de pouvoir penser à autre chose, même si un massage aurait été plus relaxant.

Les discussions entre hommes de pouvoir se résument souvent à savoir qui fait le plus gros chiffre d'affaire, qui a le plus de salariés, qui possède la plus grosse voiture, qui part le plus loin en vacances. Je préférais me demander qui partirait avec la jolie fille.

Ce n'était pas forcément celui qui avait le plus à chaque fois. C'est d'ailleurs cela qui me permettait de juger rapidement les autres hommes que je rencontrais. Je ne parle pas de séduction, mais bien de psychologie. La véritable masculinité se suffira d'un ticket de métro et d'un billet de 5 euros en poche pour faire voyager la femme qu'il convoite, là où la plupart des faux mâles dominants ont besoin d'une carte gold et d'une voiture de luxe. Bien sûr il existe des femmes vénales, et c'est en partie à cause d'elles que se complique le jeu.

Pour trouver la perle rare qui viendrait pimenter mes nuits, je devais prendre en considération tout cela.

En regardant le match à travers la grande baie vitrée, j'essayais d'imaginer cette femme qui semblait systématiquement m'échapper. Peut-être qu'en étant plus précis sur mes attentes, et grâce à la loi de l'attraction, je finirais par la rencontrer. Il parait que l'univers nous envoie ce dont nous avons besoin si nous le formalisons de manière explicite. La femme dont j'avais besoin aurait pu ressembler à ça.

Je l'imagine rentrer dans cette loge, élégante dans sa robe noire. Une paire de talons, pour habiller ses jambes. Des bracelets d'argent pendus au poignet, cheveux longs, du rouge sur ses lèvres, les courbes de son corps définissent à elles seules la géométrie du plaisir. Elle s'avance vers le bar, on lui tend une coupe de champagne qu'elle accepte. Elle sourit, parle avec douceur, mais son regard cache l'étincelle du vice.

Je ne la quitte pas des yeux le temps qu'elle se fraye un chemin à travers les invités. Elle s'installe près de moi sur le canapé, mais étrangement je ne vois pas bien son visage que ses cheveux sans cesse viennent masquer. Je lève mon verre pour trinquer avec elle à cette soirée de prestige que nous rendrons à coup sûr inoubliable.

Sa voix est fraîche, et ses mots sont choisis, parfois piquants mais toujours emprunts d'une bienveillance rassurante.
J'arrive presque à entendre le son de sa voix dans le tumulte.

– À quoi trinquons-nous Alex ?

– Au rêve éveillé que je suis en train de faire ? Qu'en dis-tu ?

– C'est parfait. J'espère qu'il durera plus longtemps que cette coupe.

– Je l'espère aussi, parce que je veux tout savoir de toi.

– Que veux-tu savoir ?

– Où est-ce que tu te caches sur cette terre ?

– Peut-être que tu m'as déjà trouvée.

– Je rêve de toi la nuit, mais à chaque fois tu disparais.

– Tu vas devoir peut-être rêver un peu plus fort...

Est-ce que je rêve vraiment ? Impossible tout a l'air si réel...

– J'ai hâte de pouvoir partager avec toi tellement de choses.

– Tu ne penses qu'au sexe Alex.

– J'y pense oui.

– Il n'y a pas que ça pourtant, et tu le sais.

– Oui je sais. C'est pour ça que je veux tout connaitre de toi. Parce que je vais me connecter à toi, et t'emmener au-delà de tes propres limites.

– Est-ce pour moi que tu souhaites cela ou pour ton plaisir égoïste ?

– Pour nous deux.

– Vraiment ?

– Oui, la jouissance totale ne peut être un acte égoïste. C'est un partage.

– Et comment souhaites-tu que nous partagions cela ?

– Accepte de te soumettre à moi.

– Cela me fait un peu peur.

– Pourquoi ?

– Se livrer totalement à l'autre n'est pas sans risque. Si je t'ouvre mon âme et mon cœur que viendras-tu y planter ? Les graines de la souffrance ou celles de l'amour ? Dans les deux cas, cela me fait peur.

– Je serais ton bouclier, je te protègerais du monde et de sa vulgarité. Nous choisirions ensemble d'explorer le plaisir sous toutes ses formes. Tu te donnerais à moi et je serais tiens.

– Mais tu veux me soumettre ?

– Oui parce qu'il y a toujours un qui domine l'autre.

– Ne pouvons-nous pas être simplement égaux.

– Dans le plaisir, mais pas dans les rôles que nous occupons.

– Tu en es sûr ?

– J'ai envie de te guider là où tu n'irais pas de toi-même. Dans des plaisirs que tu te refuserais, par peur ou intimidation. Je serais là à chaque instant pour te pousser et te protéger.

– Est-ce que j'éprouverais vraiment le plaisir dont tu parles ?

– Plus que jamais. Et tu me remercieras. Tu seras ma soumise mais je serais ton obligé.

– Est-ce que cela fera mal ?

– Uniquement si tu le souhaites.

– Je ne le souhaite pas.

– Alors tu n'auras pas mal, mais je m'emparerais de toi et de tes pensées.

– Pourquoi ?

– Parce que je te connaîtrais si bien que je saurais anticiper tes désirs avant même que tu n'y penses.

– Y arriveras-tu si je me livre ?

– Je le sens oui.

– Je te dirais tout alors ?

– Tout, et tu seras mienne. Tu m'appartiendras, et je serais à toi.

– Tu m'aimeras ?

Julien me secoua énergiquement.

– Hey réveille-toi ! Le match est fini, on a pris une belle déculottée !

– Ah oui.... euh.... merde....

– T'es pas avec moi toi...

– Si si, je suis là.

– T'as trop bu ?

– Non, bien sûr que non, tu sais que ce n'est pas avec deux coupes que tu vas me perdre.

– Oui mais ca fait cinq minutes que tu as les yeux dans le vague, tu m'inquiètes.

– Tout va bien, j'étais dans mes pensées.

– Perdu dans tes pensées, je te rassure ça s'est vu ! Tu as encore le temps pour une coupe avant qu'on se mette en route. Si je mets tout le monde dehors je sens que le préfet va m'en vouloir. Ça fait une heure qu'il tient la jambe de la belle blonde.

– Oui oui, pas de souci pour moi.

– D'ailleurs, je suis surpris que tu ne lui aies pas adressé la parole de la soirée.

– Oui c'est vrai, désolé.

– Ne t'excuse pas. Tu fais ce que tu veux.

– Oui oui bien sûr, mais ne t'inquiète pas tout va bien.

– Je ne te reconnais pas du tout là... Arrête de me mentir.

– Je t'ai dit ça va, mais je ne vais pas pousser le préfet du bar, et puis je pense que ça n'aiderait pas tes affaires Julien.

– En effet, tu sais très bien que personne n'est ici par hasard...

– C'est toi qui est pire que moi finalement !

– Pourquoi tu dis ça ?

– Tu nous manipules tous en fait ?

– Tu trouves ?

– Tu fais ça de manière intelligente et au moins tu as la décence de faire couler le champagne à flot et je t'en remercie.

– Il paraît qu'on n'a pas rien sans rien.

– Je sais maintenant pourquoi on est amis, j'avais besoin de trouver pire que moi !

– Je ne suis pas pire que toi… Nous œuvrons chacun dans des domaines différents.
Il éclata de rire, il était heureux de cette soirée même si l'équipe avait perdu. Je le soupçonnais d'avoir réussi à finaliser une entente avec l'un ou plusieurs de ses convives. Le business avant tout, lui et moi étions similaires sur ce point.

Julien rejoignit ses invités, me laissant de le canapé. Je tournais la tête, elle était toujours là et me regardait à travers ses cheveux qui masquait son visage. Je n'arrivais pas bien à discerner ses traits. Ses jambes étaient croisées avec élégance et sa silhouette d'une rare beauté.
– Tu n'as pas répondu à ma question Alex…
– Je m'étonne que tu sois toujours là. Est-ce que je rêve encore.
– À toi de me le dire.
– C'est bizarre, j'ai l'impression qu'on se voit pour la première fois et pourtant qu'on se connait depuis mille ans. Je ne sais même pas comment tu t'appelles.
– C'est important ?
– Oui ça l'est…
– J'ai le plus beau des prénoms, tu le sais au fond de toi. Ouvre ton cœur et laisse-le pour une fois parler. Arrête de cacher autant tes sentiments.
– Je ne les cache pas.
– Si, et tu le fais depuis tellement longtemps.

– Je ne m'en rends pas compte, mais peut-être parce que de dévoiler trop ses sentiments nous rend faible.

– Pourtant si tu veux que je sois à toi, et que nous goûtions à ce qui te rend si vivant, il faudra que toi aussi tu t'ouvres à moi .

– Comment ?

– En te montrant à moi tel que tu es.

– Tu me vois tel que je suis.

– Comme tous les gens dans la pièce, je te vois tel que tu as décidé de te montrer. Je veux que tu arrêtes d'être cette personne qui n'est pas vraiment toi.

– Je n'ai pourtant pas l'impression de jouer un jeu.

– Pourtant c'est dans le jeu que tu te révèles ton vrai visage.

– Alors jouons ensemble.

– Il est trop tôt.

– Pourquoi ?

– Parce qu'il faut que tu apprennes d'abord à ouvrir ton cœur pour que je puisse me soumettre à tes désirs. Je ne serais jamais complètement celle que tu espères si je n'arrive pas à lire en toi un prélude à l'amour.

– L'amour ?

– J'ai besoin de t'aimer pour te donner ce que tu veux. Sans amour rien n'est possible, pas même nous. J'ai besoin que tu aimes vraiment comme tu ne l'as jamais fait auparavant.

– Je connais l'amour.

– Tu ne connais rien.
– Apprends-moi.
– Je ne peux pas c'est à toi de trouver ton propre chemin. Sans cela nous ne pourrons jamais être réunis toi et moi.
– Alors je trouverais ce chemin et nous goûterons ensemble à ce plaisir que je cherche tant.
– Je ne demande que ça. Je ne souhaite qu'une seule chose.
– Dis-moi...
– Être tienne pour toujours...
Mon téléphone vibra.
Je le sortis de ma poche, en relevant la tête, elle n'était plus là. Je regardais un peu hagard autour de moi, mais je crus sentir son parfum vanillé s'évaporer doucement.
Je ne connais même pas son prénom...
Sur mon téléphone le message qui s'y était affiché était pour le moins inattendu.

Coucou ça va... ?
Aurélie.

Elle a le culot de m'envoyer un message ? Elle m'énerve et pourtant j'ai envie de lui répondre.

Salut

Tu m'en veux toujours ?

Je ne crois pas.
C'était il y a longtemps
et pas si important que ça...

Tu es sûr ?
Je m'en veux tu sais.

Pourtant tu as choisi
Magalie ce soir là.

Oui mais je me suis trompée.

??

Tu sais elle et moi on ne se parle
plus depuis un moment.
Et je pense beaucoup à ce que j'ai fait,
ce que je t'ai dit.

C'est du passé, je n'y pense plus.

Désolée de te déranger alors.

Tu ne me déranges pas,
mais je ne sais pas pourquoi
tu es encore là-dessus

Peut-être parce que je suis
une femme et que je ne gère
pas bien la culpabilité.

Peut-être...

Bon je comprends si tu m'en veux
mais je voulais juste te dire
que j'étais désolée.
Bisous

Bonne soirée.

Pourquoi avait-elle le besoin de m'envoyer un message pour s'excuser. Pour moi cette histoire appartenait déjà au passé, et j'avais tiré un trait sur Magalie sans le moindre regret. Elle aurait dû s'en douter.

Pourtant, je dois reconnaître que j'étais content de la lire à nouveau. Nous n'étions certes pas proches, mais Aurélie avait définitivement un je ne sais quoi qui ne m'avait pas laissé indifférent. Peut-être étais-je passé à coté de quelque chose ? Est-ce que je ne m'étais pas laissé hypnotisé par Magalie, quand j'aurais dû me plonger dans ses yeux verts.
C'est d'ailleurs pour ça que j'avais répondu. Je n'aurais jamais dû donner suite à son message. En lui répondant j'avais rouvert la boîte de pandore et lui avait permis à nouveau de rentrer dans ma vie.
Je ne le voulais pas ? Peut-être que si au fond, mais pas dans les termes et conditions qui avaient régis nos premiers échanges.

Mais je connais les femmes et je savais qu'elle avait dû hésiter de longues heures avant d'envoyer ce SMS anodin. Il était lourd de sens pour elle et je ne pouvais l'ignorer. Je crois qu'au fond elle avait envie de me revoir. Pourquoi ? Je ne le saurais peut-être jamais, car je n'avais pas envie d'aller dans son sens ni de l'aider en quoi que ce soit. Elle m'avait trahi une fois, elle pourrait me trahir à nouveau.

Beaucoup pensent qu'il est nécessaire de donner une seconde chance. Je ne suis pas d'accord avec ça. La seconde chance est un acte de faiblesse qui permet à quelqu'un qui vous a fait du mal une fois, de recommencer avec votre propre consentement.
Je n'étais pas prêt à subir à nouveau la trahison. Bien sûr cela n'avait eu aucun impact direct sur ma vie, mais c'est surtout mon amour propre qui avait encaissé le choc.

Je ne prêtais pas plus attention à ces messages, et me resservis une autre coupe de champagne avant de rejoindre Julien et ses invités.
Les gradins se vident peu à peu et les lumières du terrain s'éteignent. Seuls résonnent dans les couloirs les rires qui s'échappent des loges encore occupées. Peu importe l'équipe gagnante un soir de fête dans une loge. Elle sera toujours le prétexte d'une soirée réussie où coulent le champagne et les confidences.

CHAPITRE 10
HASARD ?

Miley Cyrus - Wrecking Ball

"Te dévorer du regard m'a ouvert l'appétit"

Lundi matin à peine arrivé au bureau, ma secrétaire déroula avec moi le planning de la journée. La liste des dossiers en attente aurait bien mérité qu'on lui consacre deux jours au lieu d'une dizaine de minutes, entre un café et la salle de réunion du conseil d'administration.

Ils étaient tous là avec leur visage amicalement hypocrite. Les sourires du lundi matin cachaient bien les pièges qu'ils m'avaient préparé pour cette réunion.
Les chiffres n'étaient pas bon.
J'avais pu sauvegarder une partie des jeunes talents de l'agence mais les objectifs ambitieux au fil des mois devenaient irréalisables.

Ils le savaient et je le savais également. La situation empirait de plus en plus et sans un miracle, nous ne pourrions éviter le crash. Je me voulais rassurant mais mon pouvoir de conviction ne suffisait pas. Les chiffres s'expliquent, on peut leur faire dire beaucoup de choses, mais dans certains cas, ils disent tous d'une même voix que le bateau coule.

Je travaillais maintenant depuis deux mois sur un gros dossier. Si j'arrivais à le concrétiser, alors nous pourrions tous crier au miracle. Malheureusement le conseil était sceptique sur l'issue positive des évènements. Je ne voulais pas pour autant perdre espoir.
La société Xtra, à qui je devais arracher cette signature, serait notre porte de sortie et le coup de fouet qui relancerait la machine... ou le marteau qui scellerait notre cercueil. La pression était énorme et personne ne cherchait à me faciliter la tâche.

Deux heures plus tard, je regagnais mon bureau épuisé par tant de mauvaise volonté et de pessimisme.
En traversant l'atrium, je passais devant les grandes baies vitrées de la salle de réunion Corail.
Autour d'une table blanche d'un designer célèbre qui avait surfacturé son œuvre, la DRH et son assistante étaient en plein entretien.
Derrière l'écran d'un ordinateur portable, je reconnus immédiatement ses grands yeux verts.

Elle était là. Assise dans l'enceinte même de l'agence. Ses longs cheveux, un perfecto noir et son visage malicieux, pourtant quelque chose en elle avait changé. J'avais l'impression de la découvrir à nouveau. Peut-être était-ce sa peau matte que je n'avais jamais vraiment remarquée ou son grain de beauté juste au-dessus de la lèvre. Il parait que chaque grain de beauté possède une signification. Je suis sûr que le sien en avait une particulière que je découvrirais peut-être un jour.

La situation était trop belle pour que je n'en profite pas pour m'amuser un peu.

Je lui envoyais un message :

J'aime beaucoup ce perfecto noir

Je pouvais l'apercevoir tenter de regarder son téléphone sans être repérée par la DRH. Elle jetait de brefs regards à son téléphone qu'elle avait sorti sous la table tout en tentant de garder le contact visuel.
Elle s'en sort pas trop mal ! Mais on ne va pas s'arrêter tout de suite !

Ca va, pas trop stressée ?

Elle regarda à nouveau son téléphone dissimulé sous la table puis scruta la baie vitrée.

Elle devait probablement essayer de m'apercevoir. Je fis un pas en arrière pour me dissimuler derrière une plante verte géante qui faisait office de coupe vue.

Si tu continues à regarder ton téléphone, tu vas te faire repérer.

Elle lut le message et éteignit son portable.
Madame Tillemont, en charge des ressources humaines, avait dû lui poser une question qu'elle n'avait pas dû entendre. Je pouvais lire la gêne sur son visage.
Mince j'espère que je ne vais pas faire foirer son entretien ! Bon en même temps, c'est plutôt drôle !

Ma secrétaire finit par me débusquer de ma cachette, repoussa une feuille géante et approcha son visage sévère près du mien.
– Monsieur on vous attend, je vous ai cherché partout.
– Oui, oui, pas maintenant je suis très occupé.
– Mais Monsieur...
– Je suis vraiment très occupé Fabienne.
– Monsieur, j'insiste.
– Dans combien de temps est mon rendez-vous ?
– Il est déjà dans votre bureau.
– Faites-le patienter, dites-lui que j'arrive bientôt.
– Monsieur...

– Je ne sais pas, servez-leur un café, de l'eau, un jus... Ce qu'ils veulent.

– C'est déjà fait Monsieur.

– Bon très bien, dites-leur que je serai là dans cinq petites minutes.

– Merci Monsieur.

La porte de la salle de réunion s'ouvrit et Madame Tillemont dirigea Aurélie vers l'accueil.

Je ne perdis pas un instant et envoyai à Aurélie un nouveau message.

Alors ? Ca s'est bien passé ?

Alex ? Tu es là ?

Tu joues à quoi ?

Tu as cinq minutes ?

Attends-moi à l'accueil.

Je remontais un couloir adjacent et arrivais à l'accueil. Le parquet grinçait sous mes Mc Finlay. Je saluais la secrétaire en plein appel téléphonique. Aurélie était assise sur un canapé rouge absorbée par son téléphone. Elle sursauta au son de ma voix.

– Alex ? Qu'est-ce que tu fais là ?

– Salut Aurélie, écoute je passais par là.

– Non mais qu'est-ce que tu fais là ?

Elle avait l'air gênée, en colère, mais en même temps contente de me voir. Ses joues avaient prit une légère couleur rougeâtre.

L'atmosphère avait changé en m'approchant d'elle. Tout était devenu électrique. Mon cœur battait plus fort, le sang affluait dans mes tempes. Je crois qu'elle m'excitait.

– La même chose que toi, je travaille.

– Tu travailles ? Je croyais que tu étais agent immobilier...

– Ah oui le costume c'est pour ça, mais non en fait.

– J'étais persuadée !

– Oui mais toi, tu fais quoi ici. Tu m'as dit que tu étais graphiste. Je croyais que tu bossais chez toi devant ton ordinateur avec un mug et un chat qui ronronne sur tes genoux.

– Magnifique cliché...

Elle avait l'air satisfaite de ce jeu de mot inattendu et ma surprise lui donna la sensation d'avoir marqué un point.

– Je n'en doute pas, mais pourquoi tu es ici ?

– Je suis venue pour passer un entretien d'embauche.

– Ah oui ? Ca s'est bien passé ?

– Je ne sais pas trop, on est plusieurs sur le poste et la compétition est plutôt rude.

– C'est vrai mais je suis sûr que c'est toi qui l'auras ! Tu as du talent.

– Merci, mais toi tu fais quoi ici ?

– Je te l'ai dit, je travaille.

– Oui mais tu fais quoi dans cette boite, c'est vrai qu'on a jamais vraiment discuté de ton job.

– Oh tu sais j'essaie de faire de mon mieux, Je gère différents projets.
Je ne voulais pas qu'elle sache que cette boite était la mienne. Je ne savais pas encore si lui révéler cette information me serait utile ou non.
– Tu sais, vu que tu es là, je voulais m'excuser pour la dernière fois. Comme je te le disais par sms, je m'en suis voulue énormément, et je m'en veux encore maintenant.
– Ça fait vraiment longtemps, je n'y pense plus.
– Jure-le !
– Je le jure votre honneur !
– C'est un vrai mensonge ça ?
– Je ne mens jamais.
– C'est un mensonge ça ?
– Peut-être !
– Tu m'énerves !
– Moi aussi ça me fait plaisir de te revoir.
Elle arborait un large sourire et notre discussion légère était d'un rafraîchissement divin dans cette morne journée.
– J'espère qu'on va se revoir bientôt, dis-je
– Ça dépend.
– Ça dépend de quoi ?
– Si je suis embauchée ici ou si un soir j'ai un peu bu et que je débarquais chez toi sans prévenir.
– Les deux cas sont intéressants mais si tu préviens c'est peut-être mieux non ?
– Ohhhh t'aimes pas jouer.

– Si, mais n'oublie pas que je suis un homme marié.

– Rabat-joie !

– Et si je venais chez toi sans prévenir ?

– Tu ferais la connaissance de mon mec.

– Je ne sais pas si c'est une bonne idée.

– Peut-être que c'est ton genre...

– T'exagères...

Elle se moque de moi encore, cette fille n'est vraiment pas possible ! Et le pire dans tout ça c'est que ça me plait.

Mon téléphone n'arrêtait pas de vibrer dans ma poche. Sans le regarder, je savais que ma secrétaire était en train de me spammer pour que je regagne mon bureau et mon rendez vous qui m'attendait et devait s'impatienter.

– Je dois y aller Aurélie, je ne peux pas rester.

– Encore une fois tu fuis !

– Non je suis en retard à un rendez vous.

– C'est ça... Toujours une bonne excuse.

– Ce n'est pas mon genre de partir en douce.

– Pourtant c'est ce que tu fais.

– Non mais je travaille aussi accessoirement.

– Oui bien sûr je comprends, dit-elle en souriant et en se mordant la lèvre.

– Ca m'a fait vraiment plaisir de te revoir.

– Moi aussi mais peut-être que ça devrait arriver plus souvent tu ne crois pas ?

Un doux parfum traversa le hall d'accueil, un mélange de vanille et noix de coco.

Aurélie se tenait devant moi et me fixait de ses grands yeux verts qui me dévoraient.

– Si tu veux, on peut aller déjeuner ensemble un midi en attendant de voir si tu es prise ici ?

– Tant que je suis prise ici ou ailleurs...

– Je pense que ça va finir par arriver très bientôt.

– Pour ça il faut qu'on s'appelle.

– Ça me va, je file.

L'odeur de vanille disparut, mon téléphone vibra à nouveau. Je quittais Aurélie qui me regarda partir avec un sourire que j'eus plaisir à voir.

Je ne sais pas pourquoi mais revoir Aurélie m'avait mis de bonne humeur. Je la trouvais magnifique et me rendis compte que j'avais peut-être réglé son cas un peu trop rapidement. Après tout pouvait-on parler de trahison ? Nous ne nous connaissions pas, elle avait choisi de couvrir son amie, n'aurais-je pas fait de même. J'étais en train de succomber doucement et j'aurais trouvé n'importe quelle excuse pour tirer un trait définitif sur ce qui s'était passé et qui aujourd'hui ne devait plus nous éloigner.

Avant de pénétrer dans mon bureau, j'interpellais ma secrétaire.

– Appelez Madame Tillemont, et dites-lui de passer me voir après mon rendez-vous, j'aimerais m'entretenir avec elle.

– Oui Monsieur.

Une fois mon rendez-vous terminé, la DRH pénétrait dans mon bureau. La cinquantaine, des cheveux de jais, une silhouette fine et une paire de lunettes bleues vissée sur son visage. Elle était visiblement mal à l'aise, ne comprenant pas vraiment le but de cet entretien.

– Asseyez-vous.

Elle s'exécuta sans dire un mot.

– J'aimerais faire un point sur le recrutement que vous êtes en train d'effectuer sur le poste de graphiste.

– Bien sûr monsieur, que voulez-vous savoir ?

– Avez-vous déjà vu l'ensemble des candidats ?

– Oui, j'en ai rencontré trois, et la dernière tout à l'heure.

– Avez-vous déjà un avis, notamment sur votre dernier entretien.

– Nous cherchons un graphiste senior pour rentrer sur les budgets grande distribution, la demoiselle que j'ai vu aujourd'hui me semble manquer un peu d'expérience.

– Son travail ne vous a pas convaincu ?

– Si, mais le poste nécessite une certaine maturité vu la difficulté des sujets.

– Vous ne pensez pas qu'elle pourrait convenir donc ?

– Je ne sais pas encore, j'ai besoin de rencontrer le directeur de création pour prendre une décision.

– Quand avez-vous prévu de clôturer ce sujet ?

– Fin de semaine prochaine. Les délais sont courts.

– J'aimerais également pouvoir consulter ces trois dossiers, pourriez-vous me les communiquer ?

– Bien sûr. Ils seront sur votre bureau dès demain matin, mais je peux très bien m'en charger monsieur, j'imagine que vous avez des sujets plus importants à traiter.

– Je ne doute pas de votre jugement, mais j'aimerais tout de même y jeter un œil.

– Bien sûr Monsieur.

Elle quitta rapidement le bureau sans dire un mot de plus.

J'étais face à un dilemme.

Recruter Aurélie sachant que nous avions eu une aventure, même si elle avait été de courte durée, n'était pas une bonne idée. Il est toujours dangereux de mélanger sa vie professionnelle et sa vie privée. Je pouvais demander simplement à Mme Tillemont de rejeter son dossier.

Par ailleurs, je pouvais faire en sorte que sa candidature soit retenue pour ce poste en glissant un mot au directeur de création.

Outre ce choix, il m'apparaissait évident que je n'étais pas honnête envers moi-même. Revoir Aurélie avait ravivé le souvenir de cette agréable soirée, et je me demandais de plus en plus si je souhaitais l'avoir dans mes bureaux ou dans mon lit.

Il parait que ce sont les renoncements qui sont les choix les plus puissants car ils mettent à l'épreuve notre esprit critique et notre force de caractère. Dans les deux cas, je devrais renoncer à une facette de cette belle jeune femme. Prendrais-je la collaboratrice ou l'amante ?

La journée toucha à sa fin et je n'eus pas longtemps à attendre pour avoir de ses nouvelles.

Mieux qu'un déjeuner
je te propose un vernissage.

Ah oui pourquoi pas.
Quand ?

Ce soir si tu es dispo.
J'ai deux invitations.

Tu n'a pas proposé à ton mec ?

Il n'aime pas ce genre de sortie.
Les expos c'est pas son truc.

Je ne suis pas un second choix...

Qui te dit que je lui ai proposé ?
J'ai envie d'y aller avec toi.

Ca me fait plaisir,
c'est quoi cette expo.

Sculpture, une artiste qui s'appelle
Isabel Miramontes.

Vraiment ? J'adore son travail.
Je rêve d'acheter une de ses
œuvres.

Peut-être ce soir ?

Qui sait...
Quelle heure ?

19h près de la Halle aux sucres,
La Melting Art Gallery

Ca marche
À tout à l'heure

Parfois le hasard fait bien les choses, et sans le savoir Aurélie avait fait un sans fautes. J'appréciais sa spontanéité. Elle avait su en quelques heures et quelques phrases balayer tout ce qui aurait pu nous éloigner. Ne restaient que les bonnes choses, celles dont on aime se souvenir.

Je me dépêchais de boucler mes derniers dossiers pour la rejoindre. J'en profitais également pour passer un coup de fil qui pourrait changer le cours de la soirée. J'aime avoir un coup d'avance et déteste me trouver pris au dépourvu.

CHAPITRE 11
SEXPO

Josman - J'aime Bien!

"Gravir les marches de ton cœur pour t'attraper dans l'ascenseur."

La petite galerie d'art de la rue de la Halle était bondée. La nuit était tombée et à travers la vitrine on pouvait apercevoir la foule des invités qui, une coupe de mousseux à la main, s'extasiait d'œuvres en œuvres.

Je n'avais pas eu le temps de me changer et arborais comme à mon habitude un costume cravate impeccable orné d'une pince en argent. Aurélie me tendit une coupe, je lui montrais mon œuvre préférée.

– Ce que j'aime avec le travail d'Isabel Miramontes, c'est qu'elle insuffle dans ses œuvres une poésie profonde.

– C'est vrai que c'est beau je ne connaissais pas du tout.

– Je suis vraiment amoureux de son travail, il y a une dimension onirique qui me fascine.

– Tu as goûté le mousseux ?

– Non pas encore.

Je bus une gorgée.

– Il est dégueulasse, lui répondis-je.

– Pourquoi tout le monde en boit alors ?

– D'après toi ?

– Parce que c'est gratuit ?

– Et parce que la plupart des gens ici pensent que c'est du champagne et sont incapables de faire la différence.

– Définitivement ils n'ont pas le goût des bonnes choses.

– Je vois qu'on ne te la fait pas à toi.

– Qu'est-ce que tu crois, j'ai de l'éducation.

– Recracher un mousseux fait partie de l'éducation ?

– Recracher non, mais apprécier une bonne bouteille.

– Tu es encore plus aristocrate que moi.

– N'en déplaise à ma mère, je suis sûre qu'elle t'adorerais.

Aurélie posa discrètement son verre.

– Une gorgée de plus et c'est la migraine assurée.

– Tu vis dangereusement.

– Toi surtout tu fais le malin.

– Cette coupe me donne une contenance et un échappatoire en cas de rencontre fortuite et de discussion ennuyeuse.

– C'est-à-dire ?

– La technique est simple. Une discussion t'ennuie, tu termines ta coupe et tu prétextes d'aller en chercher une autre pour fuir.

– Quel courage.

– Il n'est pas question de courage mais bien de stratégie.

– Je vois que tu es un habitué de ce genre de soirée.

– Si tu savais le nombre de discussions inintéressantes que j'ai réussi à esquiver grâce à ce stratagème !

– Au risque de boire du mauvais mousseux ?

– Il faut savoir faire des choix...

– Tu passes un bon moment j'espère.

– Oui, vraiment. C'est un plaisir de venir découvrir tant de chefs-d'œuvre réunis au même endroit. J'aime l'art mais je déteste les vernissages. Les vrais amateurs préfèrent découvrir une œuvre dans le calme d'une après-midi. Il faut de la sérénité pour apprécier la pureté d'une œuvre, parce que les sentiments profonds se murmurent comme un secret et ont besoin de silence pour se faire entendre.

Les vernissages sont des rassemblements mondains où chacun aime se montrer. Je me demande souvent s'il n'y a pas plus d'intérêt à se faire entendre qu'à se faire voir. Je ne préférais pas répondre à cette question puisqu'au final j'avais gouté au mousseux et donc je faisais partie de cette assemblée.

– Aurélie, je trouve que tout ceci manque de vrai champagne.

– Je trouve aussi, tu as une idée ?
– Partons, j'ai les yeux remplis de la beauté de ces œuvres.
– Qu'est-ce que tu parles bien !
– Te fous pas de moi.
– Non je n'oserais pas ! On va où ?
– Pas très loin, je suis garé à deux pas.
– Je ne monte pas avec un inconnu !
– On se connait un peu mieux.
– Nous ne sommes pas intimes.
– En es-tu sûre ? Tu veux que je te rafraichisse la mémoire ?
Elle rougit.
Je ne sais pas ce qui s'est passé, mais en 6 mois j'ai l'impression d'avoir affaire à une nouvelle femme. Je la trouve différente, toujours aussi sexy mais avec une aisance nouvelle et une spontanéité que j'adore.

Nous prîmes la voiture pour rejoindre le Couvent des Minimes le long du quai du Wault, un hôtel 5 étoiles qui, comme son nom l'indique, est un ancien couvent. La splendide et majestueuse cour intérieure a été surmontée d'une verrière, sous laquelle un bar, un restaurant et de nombreux canapés ont pris place.
Au fond, un pianiste joue une vieille chanson de Frank Sinatra sur un piano à queue blanc.

Le serveur déposa deux coupes de Moët sur la table basse qui faisait face au canapé bleu confortable dans lequel nous avions pris place. Nous étions côte à côte, et l'atmosphère relaxante et feutrée était une incitation à ce que chacun livre ses secrets les plus inavouables.

– Que penses-tu de cet endroit ?

– J'adore, mais je le connaissais en même temps.

– Ah...

– Tu crois quoi... À quoi buvons-nous ? dit-elle en me tendant sa coupe pour que nous trinquions.

– Je trinque à ceux qui s'aiment.

– Tu ne serais pas romantique toi au fond ?

– Peut-être un peu.

– Un peu beaucoup, je ne t'imaginais pas si fleur bleue.

– Et comment m'imaginais-tu ?

– Froid, dur, un cœur de pierre, l'homme qui ne sourit jamais même quand il rit.

– T'exagères pas un peu.

– Si un peu.

– Je suis plein d'humour au contraire.

– Heureusement que tu le précises, j'ai failli rater ça ! Et toi tu me vois comment?

– Sincèrement ?

– Oui sauf si c'est trop dur je préfère que tu me mentes.

– Tu connais ce mot attachiante ?

– Oui et je le déteste.

– Moi aussi, mais il y a un peu de ça.

– T'abuses, dit-elle d'un ton outrée.

– Tu trouves ?

– Je ne suis pas chiante ce n'est pas vrai. Je suis adorable. Très très adorable même.

– Juste adorable ?

– Je peux être même plus que ça.

Elle se rapprocha de moi dans le canapé jusqu'à ce que ces jambes touchent les miennes.

– Tu as l'air crispé ? Je te mets mal à l'aise ?

– Pas du tout Aurélie.

– Alors pourquoi tu ne dis plus rien ?

– Parce que je te regarde.

– Et donc tu ne sais pas faire deux choses en même temps ?

– Tu ne serais pas un peu joueuse toi ?

– Bien sûr ! J'adore jouer.

Elle posa sa main sur ma cuisse tout en me regardant.

– Comme ça ? Au milieu de la salle devant tout le monde ?

– C'est ça qui est amusant !

Cela fait longtemps que je n'ai pas eu une discussion aussi stimulante, et enfin quelqu'un qui n'a pas peur de frôler la limite des interdits. On va voir si elle assume ses paroles.

– Très bien est-ce que ce sont de simples paroles ou tu serais prête à aller plus loin.

– Bien sûr

Sa main monta doucement de ma cuisse pour venir caresser mon sexe. Je sentis sa paume chaude parcourir mon entrejambe.

– Ce genre d'interdit, dit-elle en se mordant la lèvre.
Un serveur passa à proximité de la table et la main d'Aurélie regagna rapidement ma cuisse. Elle me regarda d'un regard complice. Sa poitrine gonflée s'offrait à moi et m'invitait à m'y perdre. Un parfum de vanille s'échappa de ses cheveux, qu'elle releva pour dégager son cou.

Je poursuivis.
– Il nous faut encore du champagne je pense.
– Oui, même si là tout de suite, j'aurais besoin d'autre chose.
– Est-ce que tu me dis ça parce que tu penses que ce n'est pas possible ?
– Je te dis ça parce que j'en ai envie.
Plus je la regardais et plus je pouvais voir le désir bouillir en elle. Je passais mon bras derrière elle pour que ma main vienne effleurer son épaule. À chaque fois que nos regards se rencontraient, le choc était sans précédent, et l'appel de nos corps assourdissant.

Le serveur déposa deux nouvelles coupes sur la table et s'éloigna. La main d'Aurélie regagna immédiatement mon entrejambe pour le caresser avec douceur et sensualité. Au contact de sa main je sentais mon sexe se durcir peu à peu. Je caressais ses cheveux et me demandais comment je pourrais bien me lever de ce canapé avec une telle érection.

– Est-ce que tu as envie de moi ? me dit-elle ?

– Oui, et toi ?

– Je caresse ton sexe, tu crois quoi ? Que j'ai envie de tapas ?

– Remarque si on parle de tapas...

– Je te vois venir avec ton humour bancal...

– Je pense au contraire que tu ne vois rien venir du tout.

– Comment ça ?

Je sortis de ma poche une carte magnétique que j'avais récupérée pendant qu'elle s'était rendue aux toilettes en arrivant.

– Si tu veux j'ai réservé une chambre.

– Tu avais prévu ton coup c'est pas possible ?

– Ca te déplait ?

– Non j'adore ça.

Elle me prit la carte des mains et se leva.

– On y va ?

Je me levais, dissimulais l'érection avec mon manteau et me dirigeais avec elle vers l'ascenseur. Elle me stoppa.

– Prenons plutôt les escaliers.

Il était encore tôt et la cage d'escalier était déserte. La moquette rouge épaisse étouffait le bruit de nos pas. Arrivés à l'entresol, elle s'approcha de moi et mit sa main sur mon sexe.

– Je n'attendrais pas qu'on arrive à la chambre. C'est encore loin ?

– Deux étages, on aurait dû prendre l'ascenseur.

– Je ne pense pas.

J'attrapais son visage d'une main et l'embrassais. Je goûtais ses lèvres et respirais son parfum au plus près de son cou.

Elle desserra d'une main experte ma ceinture, puis glissa une main dans mon pantalon. Elle attrapa mon sexe.

– Je t'ai dit que je n'attendrais pas.

– Qui te dit que tu vas devoir attendre.

Je lâchais mon manteau et ouvris le haut de mon pantalon, elle en sortit mon sexe durci par l'excitation. Devant moi, à genoux, elle me prit dans sa bouche.

Ses lèvres léchaient avidement mon sexe, et sa respiration s'accéléra.

J'essayais de discerner le moindre bruit de porte ou de pas, je regardais autour de moi, mais je n'entendais que le bruit de sa bouche sur mon sexe qui me dévorait.

L'adrénaline envahissait mon corps, et je n'arrivais plus à me concentrer sur cette cage d'escalier heureusement vide. Tout mon être ressentait ses lèvres, sa langue, la chaleur de sa bouche qui prenaient tout entier mon membre dur.

Je pris délicatement sa tête entre mes mains que j'éloignais de mon sexe. Je remontais mon pantalon, la pris par la main.

– Allons-y

Elle se releva et je lus sur son visage un petit sourire de contentement. Elle avait réussi à me soumettre à son bon vouloir et me tenir dans sa bouche jusqu'à

ce que je me laisse emporter par le plaisir. La partie n'était pas finie.
Nous gravîmes les marches jusqu'au troisième étage où se situait la chambre. Je n'ai jamais monté aussi vite des marches de ma vie, je pense d'ailleurs qu'elle non plus.

J'ouvre la porte.
Une fois à l'intérieur, je jette mon manteau et la colle contre le mur. D'une main je lui prends la cuisse, sa jambe s'enroule autour de la mienne. Je l'embrasse avec avidité avant que l'un d'entre nous ne prononce un mot. Mon autre main attrape sa poitrine. Elle se cambre. Sa respiration s'accélère et je sens sa chaleur. Sa main se faufile et caresse mon sexe.
Je retire ma ceinture, elle retire mon pantalon, elle ne me laisse aucun choix et continue ce que nous avions commencé quelques instants avant. Elle est insatiable et sa bouche parcourt mon sexe avec désir et entrain. Sa langue me goûte, ses lèvres me retrouvent et je sens monter en moi une excitation que je n'avais pas ressenti depuis tellement longtemps.
Qu'est-ce que c'est bon…
Mes mains se posent sur ses épaules, puis sur son cou, je relève ses cheveux que j'agrippe pour lui intimer un rythme plus soutenu.
Je me retire puis lui intime de se relever. Nous avançons dans la chambre plongée dans l'obscurité.

Elle retire ses bottines, puis ses collants et s'allonge sur le lit.
Encore debout ma main s'immisce sous sa robe jusqu'à ce que mon pouce lui caresse doucement le sexe. Je sens son string humide sous mes doigts, elle se tortille et se caresse les seins.
Mon sexe en érection aimerait la goûter, la sentir, la pénétrer avec ardeur mais j'ai tout mon temps.
Je lui retire doucement le string, puis continue de la caresser. Je m'allonge à côté d'elle sans arrêter ce jeu dans lequel mes doigts ont la parole.
Près de son oreille, je ne peux m'empêcher de lui parler.

– J'ai envie de te donner du plaisir.

– Continue.

– Sens mes mains qui te goûtent, et te parcourent, sens mon souffle sur ton visage. Je vais bientôt être en toi et tu vas me sentir. Je vais te prendre.

– Oui vas-y.

Je bascule sur elle et prends mon sexe dans une main. Je caresse son sexe avec le mien avant de la pénétrer. Elle pousse un long soupir de plaisir sans équivoque. Je relève ses cuisses et la pénètre plus profond encore.
Elle est humide et son sexe enserre le mien. Je ressens chaque parcelle de son corps avec plus d'intensité, je suis en elle autant qu'elle s'ouvre à moi.
Elle porte encore sa robe.

– Retire ta robe, je veux te voir nue.

Elle s'exécute et je découvre son corps. Sa peau matte, ses hanches, ses seins.
Sans dire un mot, je me replonge en elle. Ma main agrippe sa poitrine et ma langue parcourt avec célérité ses tétons qui se durcissent sous mes assauts répétés.
Tout en la pénétrant, je la lèche, je la goûte.
Sa peau a cette odeur de vanille qui m'est familière, une odeur qui m'a toujours poursuivi sans que je ne sache jamais d'où elle provenait.
Elle se cambre de plus en plus.
– Continue, ne t'arrête pas.
Mes deux mains attrapent ses fesses fermement et je la prends plus fort. Je redouble d'énergie pour qu'elle sente en permanence les va-et-viens de mon corps sur le sien. Elle tremble de plaisir, elle commence à s'abandonner. Je m'interromps.
– Retourne-toi.
Elle se redresse sur le lit puis se retourne, à genoux, je la prends à nouveau et mon sexe trouve sans détour le chemin.
L'étreinte est animale et n'offre aucun répit. Le temps de la trêve n'est pas arrivé et je m'abandonne également à cette pulsion qui nous guide elle et moi.
Ma main lui assène une fessée sonore, qui claque au contact de sa peau. Elle gémit de plaisir. L'entente est instinctive et le plaisir partagé.
– Encore me dit-elle.

Je lui assène une autre fessée qu'elle gémit à nouveau de plaisir.
Mes coups de reins redoublent d'intensité. Je fais glisser une main à l'intérieur de sa cuisse, jusqu'à effleurer son clitoris que je caresse avec délicatesse. Tout son corps vibre.
De petits mouvement rotatifs la font se cambrer à nouveau.
– Ne t'arrête pas, continue, continue...
Je sens que la tension qui tient son corps est sur le point de lâcher et que nous allons dans un instant franchir le point de non retour, l'orgasme qui rend les gens vivants et heureux.
Tout son corps tremble et un cri de plaisir envahit la pièce. Je suis également à deux doigts de jouir mais je tente malgré tout de me retenir.
Elle s'affale sur le lit encore toute tremblante, je roule sur le côté.
Le sexe dans la main, je continue de me caresser, elle me voit, ses yeux brillent. Elle se rue sur mon membre qu'elle lèche avec avidité, elle me prend en bouche. Elle est à cet instant mon univers, un tout indivisible dans lequel je me fonds, mon sexe est en elle, son désir est en moi, je jouis dans sa bouche, elle avale tout de moi.
Mon cœur bat si fort que j'ai l'impression qu'il cherche à s'échapper de ma poitrine. Allongée à côté de moi, Aurélie cherche à reprendre son souffle et calmer son corps qui tremble encore.

J'attends le moment fatidique où elle me demande si nous passons la nuit ensemble, mais elle ne dit rien.
Elle me jette un regard complice en s'asseyant sur le bord du lit.
– J'ai soif.
J'attrape une bouteille d'eau dans le minibar.
– Merci, mais je pensais plus à du champagne. Taittinger ?
Elle attrape la bouteille, boit et me la tend pour que je boive à mon tour.
– Si tu veux on peut redescendre au bar pour prendre une coupe avant que je te raccompagne.
– Voilà une excellente idée.
Nous sortons de la chambre, traversons le couloir puis prenons l'ascenseur.
Je fus surpris de voir à quel point la parenthèse torride que nous venions de vivre, s'était refermée avec simplicité pour laisser place à une deuxième partie de soirée décontractée et agréable.

Plusieurs coupes de champagne se succédèrent, une planche de fromage accompagné d'une confiture de figues, et beaucoup d'anecdotes sur nos vies qui semblaient avoir plus de points communs que je ne l'aurais imaginé.
Elle parlait avec douceur, libre et discrète à la fois.
Elle souriait avec malice, confiante et fragile en même temps.

Le Couvent des Minimes retrouva peu à peu le silence et le pianiste joua sa dernière note avant de ranger ses partitions. La musique d’une confidence se termine parfois dans l'éternité d’un silence.

CHAPITRE 12
SOUMISE

Dinos - XNXX

"Mes mains seront ta prison et ton corps me sera soumis"

Il y a exactement un an, six mois et douze jours que j'ai perdu une partie de moi dans la chambre 57.
Il est tard et le parking souterrain dans lequel je suis garé est vide. Assis au volant de ma voiture, je repense à elle. Près de mon cœur je garde sa lettre précieusement. Je ne sais pas si c'était elle ou notre relation qui me manquait le plus, mais ce qui est sûr, c'est que j'éprouvais un manque. Peut-être qu'à défaut d'avoir trouver une remplaçante, je m'accrochais à l'illusion du passé. La solitude a tendance à idéaliser les relations passées, même si elles ne sont pas parfaites.

Il nous avait fallu deux longues et belles années pour apprendre à nous connaître et atteindre ce

degré de connexion que peu de gens sur terre vivront un jour.
Avec minutie j'avais appris à lire en elle. Dans un souffle, je sentais l'ennui. Dans un battement de cil le dégoût. Dans une moue boudeuse le désir. Dans un regard, l'infini de nos êtres. Elle était mon tout et avait fini par me vouloir tout à elle.
Malheureusement nous avions transgressé la règle principale pour que notre entente fonctionne. Il y avait beaucoup d'amour mais nous n'aurions jamais dû tomber amoureux.

Un parfum de vanille se répandit doucement dans l'habitacle. Je tournai la tête et je la vis installée sur le siège passager. Je savais qu'elle n'existait pas, qu'elle vivait uniquement dans mes pensées, et pourtant elle était bel et bien là, magnifique, assise sur le siège en cuir.
Elle n'est pas réelle, Alex, qu'est-ce qui t'arrive, réveille-toi.
Je n'arrivais pas à distinguer son visage dans la pénombre. Elle portait un long manteau noir d'où jaillissaient ses longues jambes.
– Tu devrais brûler cette lettre Alex.
– Tu as raison. Je ne sais pas pourquoi je la garde.
– Alors pourquoi tu ne le fais pas. Il faut savoir laisser les choses partir quand le moment est arrivé.
– Je sais bien...

— Tant qu'elle sera en ta possession, tu ne pourras jamais me trouver. Il faut que tu acceptes qu'elle n'était pas la bonne.

— Et comment te trouverais-je ?

— En brûlant cette lettre...

Sans un mot, j'ouvre la portière, sors de la voiture. Je tire de ma poche un briquet. La flamme lèche le coin de la feuille qui s'embrase presque aussitôt.

— Voilà c'est fait ! criais-je seul dans le parking désert.

Je remontais dans la voiture haletant d'avoir surmonté cette épreuve. La portière claqua dans le parking aussi vide que moi. Les yeux dans le vague je prenais conscience de mon geste. L'impulsivité de mon acte était la réponse à une nostalgie oppressante, que je suppliais chaque jour de me quitter. Maintenant que cette lettre avait disparu, peut-être que le spectre de ma soumise me quitterait également.

— Tu vois, ce n'était pas si difficile. Tu te sens mieux ?

- Je ne sais pas.

— Arrête de bouder, elle devait partir, votre histoire était arrivée à son terme. Laisse-la quitter tes pensées et concentre-toi sur l'avenir.

— Très bien, maintenant que j'ai brûlé la lettre, comment je te trouve ? Tu n'as beau être qu'un rêve, j'ai cette sensation étrange que tu existes quelque part et que nous allons nous rencontrer.

– Bientôt, sois patient, mais avant j'aimerais que tu me parles.

– De quoi veux-tu qu'on parle ?

– Des jeux auxquels nous allons jouer.

Je m'enfonçais dans le siège en cuir de la berline et pris une position confortable. Je ne cherchais plus à la regarder, son visage se dérobait systématiquement. Seul son parfum de vanille et sa voix douce et bienveillante me signifiait sa présence.

– Que veux-tu savoir exactement ?

– Si je vais avoir mal...

– Non tu n'auras pas mal rassure-toi.

– Alors pourquoi tout le monde dit que la domination se fait dans la souffrance ?

– Parce qu'il existe autant de sexualités que d'individus, mais moi je n'aime pas la souffrance.

– Pas de cravache ?

– Non.

– Pas de martinet ?

– Non plus.

– Des menottes ?

– Peut-être mais ça n'est pas le plus important.

– Qu'est-ce qui est le plus important ?

– L'emprise.

– C'est-à-dire ?

– La plupart des gens pensent que les pratiques de domination et de soumission sont uniquement le fait d'infliger à l'autre de la souffrance physique ou des humiliations pour dépasser les limites de sa propre personnalité. Avec le temps et l'expérience, je me suis rendu compte qu'il existait quelque chose de beaucoup plus profond et puissant.

– De quoi parles-tu ?

J'eus l'impression qu'elle s'approcha plus près de moi. Sa voix semblait me murmurer au creux de l'oreille.

Elle n'existe pas, et pourtant je la sens si proche. Quelle sensation étrange.

Je repris mon explication après un court instant de silence.

– Comment sais-tu que tu fais confiance à quelqu'un ?

– Dis-moi...

– En plaçant entre ses mains la chose la plus importante que tu possèdes.

– Ma vie ?

– Non n'exagérons pas, je dirais plutôt ton libre arbitre.

– Ma liberté ?

– Pas exactement. Le libre arbitre, c'est notre capacité à faire des choix. C'est la seule chose qui te permet sur terre de te définir comme individu unique.

– Et si je ne choisis rien.

– C'est déjà un choix. Chaque action que tu effectues est issue d'un choix, c'est la première chose d'ailleurs qu'on te prend lorsqu'on te met en prison. Tu ne décides plus de rien.

– Quel rapport avec nos jeux ? Je ne te suis plus du tout.

– J'y arrive... Tu vas connaître l'abandon total.

– Comment ça ?

– Un état dans lequel tu n'auras plus à faire aucun choix, juste à te laisser guider par le son de ma voix et exécuter les ordres que je te donnerai.

– Pourquoi y prendrais-je du plaisir ?

– Parce que je te connaîtrais si bien que mes ordres combleront tes désirs avant même que tu aies pu consciemment les formuler.

– Tu vas penser à ma place ?

– Dans un certain sens. Tu n'auras pas à te demander ce que je veux ou ce que tu veux, tu n'auras qu'à te laisser guider jusqu'à atteindre la jouissance.

– Comment arriveras-tu à anticiper mes désirs ? Tu lis dans les pensées ?

– Non, mais je vais apprendre à te connaître avec minutie. Je vais analyser chacun de tes gestes, chacun de tes mots, jusqu'à savoir utiliser ton propre langage.

– Tu parles comme un psychopathe Alex... Tu me fais peur...

– Non, je parle d'amour, parce qu'au fond c'est ça l'amour. Apprendre à connaître l'autre mieux que lui-même.

– Alors on va s'aimer ?

– Bien sûr, avec une intensité telle que tout le reste te semblera fade. Sans amour rien n'est possible. C'est un jeu qui se joue entre adultes consentants qui ont choisi d'ouvrir leur cœur l'un à l'autre. Sans cela, tu ne ressentiras aucun plaisir.

– Et toi ? Où prends-tu ton plaisir ? Ne me dis pas que c'est une démarche purement altruiste où seul le plaisir de l'autre compte.

Sa voix avait prit un ton ironique, presque moqueur. Elle n'était pas convaincue par la sincérité de ma démarche et je pouvais le sentir.

– Bien sûr que non, mon plaisir est ailleurs. Il est certes dans le corps puisque le jeu auquel nous allons jouer nous amènera inexorablement à la jouissance, mais il est surtout dans la tête. Comme je te le disais, il y a autant de sexualités que d'individus, et pour ma part j'éprouve un plaisir immense à être au contrôle. Diriger, ordonner, soumettre avec pour seul objectif le plaisir. La domination est un moyen d'exciter le cerveau et non un prétexte pour infliger une souffrance.

– Tu es définitivement cérébral Alex. C'est rare chez un homme.

– Oui je sais, mais c'est vraiment ça qui me permet de décupler le plaisir physique : le mien, mais aussi bientôt le tien. Le pressentir, l'imaginer, l'ordonner, le matérialiser. C'est un acte créatif extrême où l'autre devient à la fois l'instrument et le bénéficiaire.

– Ca n'est pas un peu tordu ? Il suffit juste de s'aimer et le plaisir se crée, non ?

Je marquais une pause. Ses mots résonnèrent dans l'habitacle.

Je sais qu'elle n'existe pas et pourtant j'apprécie sa repartie et nos discussions. J'ai l'impression qu'elle me connait depuis tellement longtemps. Je devrais peut-être me méfier...

– Evidemment, c'est possible de fonctionner comme ça, mais si tu acceptes mon emprise, alors nous entamerons le processus créatif d'un plaisir sans limites.

– Un acte de création ou un acte d'amour ?

– Les deux, mais ça ne sera pas aussi immédiat que tu le penses.

– Ca va prendre du temps de s'aimer ?

– Bien sûr, mais il faudra plus que du temps pour cela.

– Que faudra-t-il alors ?

– Que nous vivions des expériences si fortes que tu seras malgré toi obligée de libérer ce qu'il y a de plus intime et secret en toi.

– Quel genre d'expériences ?

– Tu le découvriras bien assez tôt.

– Je ne sais pas si j'arriverais à me livrer totalement.

– Si et à la fin tu m'appartiendras.

– Je t'appartiendrai ?

Je sentis sa voix s'éloigner du creux de mon oreille. Son ton s'était durci et elle semblait dubitative.

– Oui tu seras totalement mienne.

– Voilà que tu parles à nouveau comme un psychopathe.

– Pas du tout. M'appartenir ne devrait pas te faire peur, au contraire.

– Je n'appartiens à personne, je suis libre.

Tu es un rêve surtout, je ne vois pas comment tu pourrais être totalement libre.

– Oui tu es libre, jusqu'à ce que tu décides de m'appartenir. Ce n'est pas moi qui te l'imposerais. Je ne ferais que te guider dans ce parcours. Une fois que nous en sortirons grandis et plus adultes, tu ne voudras plus jamais qu'un autre pose les mains sur toi.

– Et c'est donc ça t'appartenir ? Ca ressemble plus à de la fidélité qui est quelque chose de commun non ?

– Appartenir n'est pas être fidèle. Tu peux très bien m'appartenir et coucher avec quelqu'un d'autre à la condition que je le désire et que je te le permette.

– J'ai l'impression que tu veux surtout m'ôter mon pouvoir de décision.

– Non jamais. Je t'aimerai parce que tu es libre, et tu consentiras librement à me donner ton pouvoir de décision, la démarche n'est pas la même. Il y a une énorme différence entre imposer quelque chose à quelqu'un avec ou sans son consentement. La beauté de la chose, c'est que c'est toi qui m'offriras spontanément ton consentement. C'est un acte de bonté et de confiance extrême où chacun des deux individus est en symbiose parfaite avec l'autre.

– Ca ressemble à de l'amour.

– C'est de l'amour dans sa forme la plus pure mais c'est difficile à concevoir pour beaucoup.

– Je commence à le comprendre. Donc t'appartenir ce n'est pas forcément mettre des menottes et être ligotée ?

– Non pas du tout. Les menottes sont un jeu qui utilise un accessoire, m'appartenir est un acte de foi en nous.

– Tu en parles avec beaucoup de poésie, comment me feras-tu l'amour ?

– Tu le sauras bientôt...

On toqua à la vitre de la voiture. Un vigile moustachu me regardait avec circonspection. Une lampe torche dans une main, il scruta l'intérieur du véhicule.

– Monsieur vous allez bien ?

J'ouvrais la vitre.

– Oui tout va bien qu'y a-t-il monsieur ?

– On a été averti d'un départ de feu.

– Un départ de feu ?

– Un détecteur de fumée silencieux qui s'est mis en route, alors me voilà.

– On dirait qu'il n'y a pas le feu.

– En effet vous êtes perspicace.

– Donc tout va bien ?

– Je vous retourne la question ?

– Oui tout va bien je dois y aller d'ailleurs.

– Je dois prendre votre nom et prénom et j'ai besoin d'une signature sur mon registre.

– Vous avez un stylo ?
Le vigile me tend son registre et un stylo que je signe sans vraiment prêter attention. Je le laisse s'éloigner en grommelant.
Dans la voiture, le parfum de vanille a disparu, je la cherchais sur le siège passager mais elle n'était plus là.
Je me rendais bien compte que j'étais en proie à des hallucinations. Je savais que je n'étais pas fou mais ces visions étaient si réelles, nos discussions si profondes.

Je démarrais la voiture et sortais du parking.
La nuit avait doucement enveloppé la ville.

CHAPITRE 13
365 JOURS

Craig David - 7 Days

"Dans le vice sois ma complice"

Assis dans mon bureau je consultais mon planning. À 14H je devais rejoindre Madame Tillemont en salle corail pour finaliser l'embauche d'un nouveau graphiste.
En temps normal je ne participais pas à ce genre d'entretien que je laissais aux bons soins de mon directeur de création, mais pour celui d'Aurélie je ferais une exception.
Elle avait été informée que le directeur de l'agence serait présent mais à aucun moment elle ne se doutait qu'il s'agissait de moi. J'étais impatient de voir sa réaction au moment où j'entrerais dans la salle de réunion. Cela peut paraître puéril, mais ce genre d'occasion se présente rarement et il aurait été dommage de ne pas en profiter.
Je savais qu'en intervenant sur son dossier de candidature je transgressais une des règles que je m'étais

imposé, à savoir mélanger vie privée et vie professionnelle. J'étais cependant prêt à prendre le risque.

14H30, je traverse le couloir un café à la main, dépasse la plante verte géante, et longe la baie vitrée de la salle corail. Aurélie m'aperçoit de la salle et me fait un petit sourire jusqu'à ce que je pousse la porte vitrée et pénètre dans la salle. Son sourire se transforme en stupéfaction.

– Bonjour Mademoiselle, ravi de vous rencontrer.

Elle me tendit la main un peu hébétée.

– Bonjour Monsieur.

Je pris place à côté de Mme tillemont qui avait déjà débuté l'entretien, Elle m'invita à le poursuivre.

– Merci d'être avec nous pour ce dernier entretien. Notre directeur de création ne pouvant être parmi nous aujourd'hui, c'est moi qui exceptionnellement le remplacerais.

Aurélie, stupéfaite, n'arrivait pas à détacher son regard de mon visage. Elle me scrutait se demandant comment elle avait pu ignorer qui j'étais.

Je poursuivis.

– Sans aucun doute, votre portfolio a été convaincant, mais j'aimerais vous poser quelques questions complémentaires si vous le permettez.

Elle marqua un silence avant de reprendre ses esprits et répondre.

– Bien sûr je vous écoute.

– Dans notre agence, nous sommes très attachés aux compétences mais également au savoir-être de nos salariés. Nous sommes convaincus que la dimension humaine est un atout.

— Absolument.

— Que pensez-vous apporter humainement à notre équipe.

Elle semblait déstabilisée et fit tout son possible pour masquer le stress qui l'avait envahie.

— Et bien je pense avoir de bonnes capacités d'écoute et d'analyse, et puis je suis d'un naturel optimiste.

— Etes-vous loyale ?

Intérieurement je m'amusais de remettre sur le tapis ce petit grain de sable qui avait nourri notre première mésentente.

— Oui je suis loyale, mais qu'entendez-vous par là ?

— Est-ce que vous seriez prête à prendre parti pour un membre de notre agence.

— Oui si ça n'est pas à l'encontre de mes convictions et que j'estime la situation juste.

— Je n'en doute pas. J'ai également une autre question.

— Je vous écoute.

— En dehors de vos compétences professionnelles, avez-vous une compétence particulière que vous pourriez mettre ici à profit.

Elle me fixa droit dans les yeux puis rougit. Je pensais à l'escalier du Couvent des Minimes et la manière dont elle avait su me donner du plaisir.

Elle se reprit et continua.

– On me dit souvent que j'ai un côté apaisant et que je sais détendre l'atmosphère.
C'est vrai qu'elle avait su me détendre, elle pense à la même chose que moi !
Elle me regardait avec défi et le fait que Madame Tillemont n'ait aucune idée de ce qui se passait réellement excitait mon intellect au plus haut point.
Je lui posais une autre question.
– Pensez-vous que pour travailler il faille obligatoirement prendre du plaisir sur le sujet que l'on traite ?
Elle ne lâchait pas mon regard. Elle était bien décidée à me tenir tête et ne pas se laisser déstabiliser. Le jeu commençait enfin.
– Je pense qu'on peut prendre du plaisir dans beaucoup de domaines, et parfois même sur certains sujets compliqués. Au travail, j'essaie toujours de prendre autant de plaisir que possible. Vous savez je ne me suis jamais forcée pour cela, c'est une chose qui me vient naturellement.
– Pensez-vous prendre du plaisir dans notre agence ?
– J'en suis persuadée, les sujets que vous traitez me plaisent beaucoup et j'ai hâte de pouvoir donner le maximum.
– Vous êtes prête à rester tard ? Faire des heures supplémentaires ?
– Oui bien sûr, si cela est nécessaire alors vous pourrez compter sur moi.

– Cela ne risque pas de vous poser de problèmes dans votre vie privée.

– Non je ne crois pas, j'ai envie de m'investir totalement dans ce nouveau travail et d'y apporter toute la motivation dont je dispose.

– C'est un travail éprouvant qui nécessite d'avoir une résistance à la pression et aux délais courts.

– Je sais gérer la pression, surtout si je peux m'appuyer sur une équipe solide.

– Notre équipe est très solide, et pleine d'enthousiasme.

– Je n'en doute pas.

– La plupart du temps la réalité du métier rattrape nos collaborateurs qui ont du mal à tenir le rythme soutenu que nous pratiquons ici.

– J'aime quand le rythme est soutenu, je m'ennuie vite et j'ai besoin d'adrénaline.

– Vous en aurez si vous nous rejoignez.

– J'arrive déjà à m'en rendre compte.

Elle jouait nerveusement avec son stylo et faisait tout ce qui était en son pouvoir pour masquer son anxiété. Elle décida de renverser la partie à ma grande surprise.

– Je peux vous poser une question ?

– Oui bien sûr je vous en pire.

– Est-ce que nous serons amenés à travailler directement ensemble ?

Je n'eus pas le temps de répondre, Madame Tillemont prit la parole.

– Normalement, non, vous serez en relation directe avec le directeur de création, intégrée dans une équipe créative avec d'autres graphistes et concepteurs rédacteurs.

– Très bien, dit-elle.

Je rajoutais toutefois.

– Mais cela pourrait arriver dans le cadre de dossiers plus personnels où j'aurais besoin de l'expertise et de l'avis éclairé d'une personne de confiance. Etes-vous une personne de confiance Aurélie ?

– Oui, vous pouvez compter sur moi. Et si l'envie vous prenait d'avoir besoin de mes services, je serais contente de pouvoir vous montrer plus en détail l'étendue de mes talents.

– C'est une proposition que je retiens avec plaisir. Je vous remercie.

Aurélie me dévorait des yeux. Je touillais mon café et affichait un sourire narquois. Je me délectais de cet entretien étrange où l'objet du recrutement n'était, à n'en pas douter, certainement pas ses compétences en graphisme.

Je me levais.

– Veuillez m'excuser mais je dois vous laisser. Je suis ravi de vous avoir rencontré et j'espère vous croiser bientôt au sein de notre agence.

– Je l'espère également, dit-elle en se levant tout en me serrant la main.

– Madame Tillemont, je vous laisse finaliser le dossier de candidature.

Madame Tillemont hocha la tête. Aurélie me regardait et j'essayais d'imaginer ses pensées.
Il a osé, il s'est moqué de moi, il abuse, je le déteste, il est sexy, j'ai hâte de venir travailler lundi...
Je ne sais pas vraiment si c'est ce qu'elle pensait, mais ses grands yeux verts avaient encore beaucoup de choses à m'apprendre.

Elle commença le lundi suivant et rejoignit l'équipe de création.

Pendant les 365 jours qui suivirent, le quotidien au sein de l'agence eut une nouvelle saveur. Les premiers mois, Aurélie prit ses marques avec ses nouveaux collaborateurs. Je la croisais de temps en temps à la machine à café discutant avec d'autres graphistes. Des bonjours polis, des discussions convenus et des regards qui en disaient long sur ses intentions.

De mon côté, la situation ne s'améliorait pas. Le conseil était toujours aussi alarmiste sur la santé financière de l'entreprise. Le contrat avec Xtra n'était toujours pas signé et l'avancée du projet avait adopté une lenteur administrative de plus en plus inquiétante. Je finissais souvent tard, un verre de single malt pour seul compagnon, à chercher une nouvelle opportunité pour maintenir à flot un navire qui pouvait sombrer à la moindre tempête.

Concentré sur mes responsabilités, je sortais peu et consacrais la grande majorité de mon temps libre à multiplier les rendez-vous professionnels.
Je ne voulais pas perdre espoir et repensais à la crise que nous avions traversée quelques années auparavant et dont nous nous étions sortis à force de travail et de volonté. Frôler la mort n'a pas que des inconvénients. Humainement, j'étais ressorti plus fort de cette douloureuse expérience. J'essayais de me souvenir de ces instants où je pensais que tout était perdu pour minimiser la crise à laquelle nous faisions face. Si j'avais pu m'en sortir une fois, je pourrais m'en sortir à nouveau. J'avais appris à vivre avec ce stress qui était devenu une composante inamovible de mon parcours.

Aurélie avait pris l'habitude de finir tard. Je ne sais pas si elle était vraiment débordée mais il nous arrivait souvent de nous retrouver seuls en fin de journée.
Au fil du temps, nous avions pris certaines habitudes, comme celle de nous retrouver vers 19h en salle de pause pour boire un café et discuter. Nous parlions de nos journées, des dossiers et de la solidité de la photocopieuse. Nous avions également commencé à dresser un plan minutieux de l'emplacement des caméras de sécurité et de comment se déplacer dans l'entreprise comme des ninjas sans être vus ni enregistrés.

Grâce à elle je découvris l'entreprise sous un nouveau jour.
Je pus me rendre compte que la table de la salle de réunion où se tenait le conseil était à une hauteur parfaite pour la pratique de la levrette. Ils m'auraient sûrement fustigé s'ils avaient su ce que nous faisions sur ces fauteuils confortables de notables insupportables.
Le bureau de la comptabilité avait une parfaite insonorisation et une moquette moelleuse. Je m'étonnais même que nous ayons autant investi dans ce revêtement de sol. Nous faisions l'amour avec passion près des archives et des bilans financiers.
Le canapé en cuir de mon bureau avait tendance à grincer et collait sous ses fesses jusqu'à lui laisser des traces. Nous avions rapidement abandonné cette option qui ne convenait ni à l'un ni à l'autre.
L'atrium était spacieux et reposant mais surtout idéal pour une fellation en fin de journée. J'aimais m'y délasser en la regardant me prendre en bouche.
Avides d'exploration, nous avions même estimé acceptable de tester la cage d'escalier où les marches étaient idéales pour que ma tête entre ses jambes fasse résonner ses soupirs de plaisir jusqu'au dernier étage.
Le bureau du directeur de création était un de nos endroits préférés et son tapis blanc à poil long s'emmêlait dans ses cheveux bruns. Elle me demandait si c'était comme cela qu'il fallait procéder pour

avoir une augmentation, je lui répondais que nous devrions tester le bureau de Madame Tillemont. Nous ne le faisions pas car Aurélie était allergique aux chats et son bureau la faisait éternuer systématiquement. C’est très pénible d’avoir une crise d'éternuements en pleine fellation, nous avions frôlé l’accident et donc abandonné toute tentative dans ce bureau. N’en déplaise à la DRH qui aurait été outrée de savoir ce qui se tramait entre ces murs.
Nous avions écarté de nombreux endroits et au fil du temps j’avais acquis une connaissance parfaite des lieux que j’avais négligé par le passé.

Les mois se succédaient et notre complicité grandissait au fur et à mesure. Outre nos discussions et nos explorations, nous avions pris l’habitude de nous retrouver certains soirs pour aller boire un verre ou dîner au restaurant. Il n’y avait pas forcément de sexe ces soirs-là mais de longues discussions où chacun avait plaisir à écouter l’autre.
Nous faisions toujours attention de choisir des lieux où nous espérions ne jamais croiser quelqu’un que nous connaissions. N’auraient-ils pas trouvé bizarre que je me trouve en compagnie d’une de mes salariés à une heure tardive ?
Un de nos endroits préférés était le Zango, un bar restaurant de la rue de Gand où l’on pouvait déguster un plateau de shooters de rhum accompagné de tapas. Le restaurant était suffisamment sombre

pour se cacher des regards indiscrets et la banquette en L de notre table préférée, un endroit parfait pour les confidences.

Je ne sais pas pourquoi tout le monde aime diner face-à-face, nous préférions être côte à côte. Pas besoin de s'affaler sur la table pour qu'elle se rapproche de mon oreille pour me murmurer des mots obscènes.
Ce qui me plaisait le plus était d'avoir trouver en elle un équilibre parfait entre la profondeur de nos discussions et la décontraction de nos ébats. Tantôt sérieux, nous dissertions sur l'avenir du monde, tantôt complices dans le vice, nous aimions trouver de nouveaux jeux qui excitaient nos sens.
Rien n'était subit, tout était naturel.

Les mois passaient et ne faisaient que renforcer cette connivence qui s'était créée dans le jeu. Aurélie avait décidé de vivre avec légèreté et j'avais été happé dans ce tourbillon magnifique où les plaisirs du corps ne sont que l'aboutissement de l'entente des êtres.
Les bars et restaurants firent peu à peu place à de nouvelles aventures. Nous étions en recherche permanente de nouvelles expériences qui pourraient autant nous divertir que nous enrichir.

À Tournai, en Belgique, nous avions décidé un soir de nous inscrire à un atelier de dégustation de vin.

L'apprentissage ne fut que de courte durée puisqu'en parfaits mauvaises élèves nous n'écoutions rien et buvions tout sans jamais recracher.
Un soir, nous avions décidé de nous faire un apéritif un peu particulier à l'agence. Nous avions acheté une bouteille de vin rouge chez les Vins Gourmands rue Esquermoise et commandé une box apéro un peu spéciale chez Minus Farm.
Dans cette box, pas de fromage ou de charcuterie comme à l'accoutumée, mais des grillons grillés, des vers de farine comestibles et des criquets énormes. Il paraît que tout est dans la tête mais croquer dans un criquet était une épreuve pour mon palais occidental. Impossible de finir la box, mais je gardais dans mon téléphone quelques vidéos extraordinaires des grimaces d'Aurélie enfournant un grillon dans sa bouche et tentant tant bien que mal de le croquer puis d'avaler sans le recracher.

Pour noël, avant d'aller boire un verre, nous nous étions arrêtés sur la grand Place, Aurélie voulait absolument m'emmener sur la Grande Roue. Une fois au sommet je me rendis compte que j'étais paralysé par le vertige. Ajouté à cela les bruits métalliques de la structure qui me semblait au bord de l'effondrement, je m'agrippais à la barre centrale de notre nacelle, un sourire crispé sur le visage. Bloqué dans cette position, Aurélie ne trouva rien de mieux que de sortir son téléphone pour immortaliser l'instant en m'assurant qu'elle se servirait de ces clichés compromettants si la situation l'exigeait.

Aurélie était la seule personne qui partageait ma passion pour les huîtres. J'avais beau chercher dans mon entourage, personne n'appréciait ce mets délicieux. Pour grignoter avec l'apéro, nous nous arrêtions parfois chez Boyster, un bar à huîtres. On nous servait une belle douzaine accompagnée d'une coupe de champagne que nous avalions avec plaisir assis sur de hauts tabourets dans ce bar minuscule de la rue Léonard Danel.

Toujours en quête de nouvelles expériences, nous étions prêts à prendre la voiture pour aller découvrir de nouveaux endroits, le plaisir se trouvant parfois à une petite heure de route. Passée la frontière belge nous nous étions arrêtés à OstDuinkerk au Bar caprice. La particularité de ce bar : un fumoir à cigare très agréable. Je commandais un fuente et Aurélie fit de même. Accompagné d'un gin tonic, nous profitions de ce luxe inaccessible en France à deux pas de la mer du nord.
Nous apprenions à nous connaître et la meilleure manière pour cela était de partager de nouvelles expériences. La règle était simple : faire ensemble des choses que nous n'avions jamais faites avant. Le plaisir résidait dans le partage de la découverte. Échanger nos impressions, nos ressentis, s'amuser

des mauvaises surprises comme des bonnes avec pour seul objectif de cerner les goûts de chacun. Nous étions également friands de défis et le jeu du cap ou pas cap était notre favori.

Fin d'un excellent dîner dans un restaurant de la rue de Gand. Nous nous apprêtons à partir, rejoindre de la voiture où une bouteille de champagne était sagement rangée dans une glacière dans le coffre. Le plan : la déguster au milieu d'un champ en pleine campagne. Aurélie me fit remarquer à juste titre que nous avions tout prévu sauf d'apporter deux coupes. Il fallait donc impérativement repartir de ce restaurant avec des verres. Elle me regarda intriguée.

– Tu ne vas quand même pas...

Je me levais vers le bar au fond de la salle pour régler, Aurélie me suivait. Une fois arrivé devant la patronne qui tenait la caisse, je sortais ma carte bancaire et lui lançais avec aplomb et décontraction :

– Je sais que ma demande va vous paraître surprenante mais pourrais-je, en plus de l'addition, vous régler l'achat de deux verres ?

– Deux verres ?

– Oui, nous sommes attendus à une crémaillère et nos hôtes ont oublié le carton avec la vaisselle. Ils ont demandé à chacun de venir avec les leurs. Bien sûr, il est tard et nous avons oublié. Pourriez-vous nous aider ?

– Euh mais quel genre de verres ?

– Oh peu importe, ceux que vous n'utilisez pas pour le service, des verres à moutarde, ça nous dépannerait énormément.

La demande était tellement inhabituelle pour cette femme qu'elle attrapa deux verres long drink sur une étagère derrière qu'elle me tendit.

– Je vous les offre, ça me fait plaisir.

– Merci beaucoup Madame !

Aurélie me regardait avec deux yeux ronds. Elle était surprise que je me sois lancé aussi spontanément et surtout que mon menu mensonge ait fonctionné.

On dit souvent que plus c'est gros et plus ça passe. Sûrement parce que cela crée tout comme dans l'hypnose un bug dans le cerveau de l'interlocuteur. Il s'attend à un déroulé habituel d'une situation habituelle, et le fait que cette situation ne se passe absolument pas comme prévue crée une brèche dans son cerveau qu'il est souvent possible d'exploiter.

Ma demande n'était pas choquante mais tellement inattendue que la patronne n'avait pas de modèle préétabli pour me répondre, et je pouvais lui appliquer d'une certaine manière mon emprise, ou peut-être tout simplement était-elle gentille et bienveillante...

– Je ne pensais pas que ça marcherait, me dit-elle en sortant du restaurant.

– Tu ne me fais pas confiance ?

– Si mais là tu m'as surprise. Bravo, chapeau bas.

– Merci. Prochaine fois, je te regarde faire.
– Je ne pourrais jamais faire ça !
– Oh il n'y a rien de difficile. Qu'est-ce que je risquais après tout, qu'elle refuse ? Et puis tu sais, vu l'addition elle pouvait bien nous offrir deux verres...
– En effet, au moins ça m'aura éviter de glisser les verres sur la table dans mon sac à main ou sous ma robe.
– Mince j'aurais bien aimé voir ça.
– Tu es vraiment plein de surprises. Pas mal en tout cas !
– Et encore tu n'as pas tout vu, dis-je avec une pointe de fierté.
365 jours plus tard nous avions partagé tellement de premières fois ensemble, tellement d'expériences intenses, que notre complicité avait atteint une maturité que la plupart des couples mettent plusieurs années à atteindre. Le secret n'était pas dans le temps passé ensemble mais bien dans ce que nous avions fait et vécu ensemble. Ce sont les première fois que l'on partage ensemble qui nous rapprochent, alors nous avions testé autant qu'il était possible de le faire.
La suite de nos expérimentations allait bientôt nous faire passer à un autre stade.

Si j'avais peu à peu mis de côté la possibilité de trouver une nouvelle soumise, plus notre relation se renforçait, plus j'envisageais cette possibilité.

Je commençais à me demander si Aurélie ne pourrait pas être celle que je recherchais. Je ne voulais pas être trop rapide pour m'imaginer une suite qui n'existerait peut-être pas. Avec Magalie j'avais commis cette erreur, je ne voulais pas la reproduire avec elle.

Je prenais ce qu'Aurélie avait à m'offrir, sans rien attendre de plus. Peut-être que ce serait elle, peut-être qu'il s'agirait d'une autre. Le temps serait mon meilleur allié pour m'apporter les réponses dont j'avais besoin.

J'eus un début de réponse un soir de novembre.

CHAPITRE 14
LE CLUB

Tricky - Hell Is Round the Corner

"Prise et éprise"

Une fois garé sur le parking, j'allume une cigarette. Aurélie porte un long manteau noir et me réclame du feu. Derrière nous une grande bâtisse avec un chat pour emblème, une rangée de marches, et tout en haut une lourde porte noire surmontée d'une douce lumière rose. L'endroit est réputé en Belgique et dans le milieu libertin.
J'expire lentement un nuage de fumée et regarde Aurélie qui semble un peu stressée.

Je me souviens de notre discussion la semaine précédente. Nous étions assis dans la salle de pause de l'agence. Nous avions ouvert une bouteille de vin après une longue journée de travail et Aurélie me lança avec malice :

– Est-ce que tu as déjà été dans un club libertin ?

– Non jamais je dois avouer.

– Jamais ?

– En effet. Tu as l'air surprise.

– Bien sûr que je suis surprise, un homme d'expérience comme toi n'a jamais mis les pieds de sa vie dans un club libertin ? J'ai du mal à te croire.

– Et pourtant c'est la vérité.

– Il faut que tu m'expliques...

– À vrai dire, l'occasion ne s'est jamais présentée, et je dois avouer que je n'ai jamais cherché non plus à tenter l'expérience.

– On devrait essayer...

– Tu es sérieuse ?

– Je suis sérieuse et curieuse. Pas toi ?

– Si mais qu'est-ce qui t'attire ? Tu veux essayer l'échangisme ?

– Non pas spécialement, ça ne m'attire pas plus que ça, mais j'aimerais surtout savoir à quoi ça ressemble...

– Tu veux qu'on essaie ?

– Oui...

– Si tu veux je peux regarder, pas loin de la frontière je sais qu'il y a quelques clubs...

– À vrai dire j'ai déjà regardé...

– Bizarrement ça ne me surprend pas...

– Je trainais sur internet et j'ai regardé quelques sites.

– Ok très bien, tu penses à quoi ?

– J'ai vu un club qui s'appelle le Chat noir.

– Je connais ce club, il est réputé dans la région.

– On pourrait aller là-bas peut-être...

– Pourquoi pas après tout. Et on irait quand ?

– Un week-end de préférence, ils font des soirées couples.

– Et pourquoi une soirée couples ?

– J'ai pas envie de me retrouver là-bas dans une soirée avec que des mecs.

– Je comprends. Et qu'est-ce que tu as vu ?

– Tiens, regarde.

Elle sortit son téléphone et accéda au site qu'elle me montra.

– Samedi prochain ils font une soirée "Pute et soumisc". Bon j'avoue que la thématique ne m'emballe pas trop mais après tout, si c'est juste pour regarder ça peut quand même le faire.

J'explosais de rire en finissant mon verre de vin.

– Pute et soumise ? Je ne sais pas qui s'occupe de trouver le nom des soirées mais il est très inspiré.

Elle ne prêta pas attention à mes paroles. Elle était focalisée sur son téléphone.

– Ici tu as les tarifs, et là les conditions d'admission.

- Sur le principe ça me va, ça peut être marrant.

– Par contre si on y va, on est un couple ?

– J'en ai bien l'impression.

Elle leva la tête et me lança un petit sourire complice.

– Mais on va se faire griller ?

– Pourquoi tu dis ça ?

– Je sais pas il faudra bien qu'on discute ? On va dire quoi ?

– Pas besoin de gros mensonge tu sais. On improvisera.

– T'es sûr ?

Oui je suis sûr, l'improvisation ça me connait, comment peux-tu en douter.

– Oui on verra bien sur place, répondis-je.

– Ca te tente vraiment ?

– Pourquoi pas ?

– Je ne te sens pas plus emballé que ça ?

– Si ça me plait, je n'ai jamais mis les pieds dans un club libertin mais je sens que nous allons vivre une nouvelle première fois ensemble.

– Ah trop bien ! Je suis grave stressée à l'idée d'y aller mais ça m'excite énormément.

Sur le parking, Aurélie avait plus l'air plus stressée qu'excitée. J'écrasais ma cigarette et sonnais à la porte de l'établissement. Elle s'ouvrit lentement dans un mouvement automatisé.

Nous pénétrons dans le hall. La pièce n'est pas très grande. La lumière est tamisée et une porte à double battant nous isole du reste du club. Derrière un comptoir, une femme d'une cinquantaine d'années au sourire avenant, blonde, cheveux bouclés, s'occupe du couple qui nous précède. Un vigile assis sur un tabouret nous observe sans animosité. Dans un coin, une large vitrine éclairée. À l'intérieur des sextoys et de la lingerie. Aurélie jette un œil puis me regarde pour tenter de lire mes pensées. Le couple qui nous précédait quitte le comptoir et passe la porte. J'essaie de jeter un œil mais la personne à l'accueil m'interpelle avec gentillesse.

– Bonsoir et bienvenue. Vous êtes membres ?

– Non c'est la première fois que nous venons ici, lui répondis-je avec assurance.

Je déteste être pris pour un débutant, pourtant ce soir et du haut de mes quarante ans il s'agissait bien d'un dépucelage en bon et due forme.

– Alors je vais faire votre fiche et prendre vos noms. Regardez la webcam ici, je vais faire une photo de vous pour notre fichier. Il vous faut régler l'adhésion qui est de 80€ et valable pour un an. C'est une adhésion couple, puis les droits d'entrée pour la soirée qui s'élèvent à 60 euros.

Je tends ma carte bancaire sans broncher.

–Je vais également prendre vos clés de voiture. Vous les récupérerez en partant.

– Très bien.

– Voici la clé de votre vestiaire. En rentrant derrière cette porte, vous descendez l'escalier tout de suite à droite. Vous voulez que je vous explique comment ça se passe ?

– Oui avec plaisir.

– Jusqu'à 21 heures, vous pourrez avoir accès au buffet et dîner au rez-de-chaussée, l'accès au bar est gratuit et à discrétion. Passé 23 heures, tenues légères obligatoires pour tout le monde. Au premier étage vous pourrez accéder à l'espace coquin. Vous y trouverez également un sauna et un jacuzzi. Des serviettes sont à votre disposition. L'accès au premier étage ne peut se faire qu'en petite tenue, vous ne pouvez pas monter habillés. Pour le reste, je pense que vous vous débrouillerez très bien tout seuls.

Je lui souris en prenant les clés du vestiaire.

– Je pense aussi. Je vous remercie.

– Passez une bonne soirée.

J'ouvre la porte à double battant et nous pénétrons dans le club. La musique est forte et l'endroit est bondé. Devant nous, le bar, mais je n'arrive pas à voir le reste de l'endroit qui suit la géométrie de cette ancienne bâtisse. Sur notre droite, un escalier en colimaçon.

– Allons d'abord au vestiaire poser nos manteaux et nous mettre à l'aise, dis-je à Aurélie.

– Ca me va.

Nous empruntons l'escalier pour nous rendre au sous-sol. Plusieurs rangées de casiers s'étendent devant nous dans un véritable labyrinthe souterrain. Nous finissons par trouver le nôtre qui se situe dans une petite pièce tout au fond. Un couple est en train de se changer. Le vestiaire est mixte, une femme seins nus enfile un déshabillé transparent et ne semble pas faire attention à nous. Dans le fond de la pièce une petite coiffeuse avec un miroir et un sèche-cheveux. Il y a également un accès aux toilettes et à un espace douche. Notre casier n'est pas très grand et nous tentons d'y faire rentrer tant bien que mal nos affaires.

La clé du casier est attachée à un élastique pour pouvoir la porter au poignet, cela me rappelle la piscine. L'endroit est propre, malgré une légère odeur de transpiration, mais je ne m'en étonne pas. Après tout nous sommes dans un vestiaire.

Nous regagnons le rez-de-chaussée en empruntant le même escalier. Celui-ci continue vers le premier étage, mais nous sommes encore trop habillés pour pouvoir nous y rendre.
Nous revenons à notre point de départ, à quelques mètres du bar.
Posé sur le coin du comptoir, un distributeur d'eau ainsi qu'un large bol en argent rempli de préservatifs de toutes les couleurs. Sur notre gauche, l'espace fumeur que l'on aperçoit derrière une grande porte vitrée. Une table haute, des banquettes rouges, des hommes et des femmes à moitié nus fument et finissent leurs verres en rigolant.

Il est encore tôt et pourtant beaucoup de femmes sont déjà en sous-vêtements. Il fait chaud et avec ma chemise j'ai l'impression d'être trop habillé. Aurélie porte une très jolie robe pourpre, sa paire de créoles que j'aime tant et une paire de talons noires.
– Tu veux qu'on boive un verre ? me dit-elle.
– Oui je pense que ça sera un bon début.
Nous commandons deux vodka Redbull au bar.
Aurélie boit une gorgée.
– Ils ont mis de l'alcool ?

– C'est vrai qu'on ne sent pas la vodka.

– En même temps le bar est à discrétion.

– Je suis convaincu qu'ils coupent leurs bouteilles à l'eau.

– Non quand même pas. Tu crois ?

– J'ai vu la barmaid verser une dose, si l'alcool était pur on le sentirait.

– Je sens qu'on va devoir boire beaucoup pour être un peu ivre.

– J'aurais dû prendre une bouteille dans la voiture ! Je faisais ça quand j'étais étudiant !

– Moi aussi… Bon je sais, ça n'est pas très distingué pour une nana.

– En même temps qui ne l'a pas fait ! Boire sur le parking avant d'aller en boite !

– Je vois que j'ai affaire un expert.

– À l'époque j'avais surtout moins de moyens.

Tout en sirotant notre vodka Redbull au bar, nous en profitons pour regarder autour de nous et nous familiariser avec le lieu où nous nous trouvons. Le bar se poursuit dans un renfoncement qui donne sur une salle plus vaste où a été aménagée une piste de danse. Tout autour, des tables et banquettes rouges, qui devaient être à la mode il y a une dizaine d'années. Pour l'instant personne ne danse, les gens sont attablés et dînent. On peut observer un va-et-vient permanent vers une autre salle sur le côté ou doit être installé le buffet. Un homme en marcel, caleçon Calvin Klein et claquettes de plage en ressort avec une assiette rempli de bœuf bourguignon. Il se dirige vers une table près de la piste où il rejoint une femme et un groupe d'amis.

L'ambiance est détendue et personne ne semble s'attarder sur nous. Aurélie scrute autour d'elle, un peu sur ses gardes. J'ai tout de même une légère sensation de ne pas être à ma place, mais je n'y prête pas plus attention que ça.

Si on m'avait dit qu'un jour je mettrais les pieds dans un club libertin, je ne l'aurais pas cru. J'aime le sexe c'est un fait, mais j'ai un peu de mal avec cette approche de la sexualité. Je préfère les rapports plus en nuances. Ici j'ai l'impression d'être au Macumba du sexe !

La moyenne d'âge est plus élevée que je ne l'imaginais. La plupart des couples ont passé la quarantaine, et il n'y a que très peu de trentenaires. Personne ne semble se juger et je remarque vite que beaucoup se connaissent déjà.

Nous décidons de dîner et nous rendons au buffet. Dans la salle prévue à cette effet, il y a des bacs en inox avec plusieurs plats en libre service, mais également des salades et divers accompagnements. La nourriture est rustique, mais bien présentée. Aurélie tient son assiette contre sa poitrine et me regarde désemparée.

— Je ne m'attendais pas à ça, dit-elle.

— Moi non plus.

— Le self avant la soirée, c'est un concept !

– Je suis sûr que les gens adorent, jouons le jeu et trouvons un endroit pour nous asseoir.
Nous remplissons nos assiettes et regagnons la salle principale où nous cherchons une table. L’endroit est bondé et nous décidons de partager une table avec un couple déjà installé. Après tout nous sommes là pour vivre pleinement l'expérience et même si je n’ai pas du tout envie de sympathiser avec des inconnus pour l’instant, il faudra bien que je m’en accommode.

Nous nous asseyons et tentons de faire la conversation, mais je me rends vite compte que si nous avons choisi notre table, nous n’avons pas choisi le couple qui s’y trouvait. L’instant est surréaliste.
Je nous présente comme un couple d’architectes Lillois, qui essayons pour la première fois le libertinage.
S’ensuit alors une discussion improbable durant laquelle la jeune femme brune aux cheveux lisses et aux tatouages de pattes de chat sur la poitrine nous fait un comparatif des meilleurs clubs essayés avec son mari. Le Chat noir, bien évidemment arrive en tête.
La discussion devient encore plus étrange lorsqu’elle commence à nous parler de ses enfants, nous montrant une photo d’eux qu’elle garde toujours sur elle.
Aurélie est gênée. Cela me coupe l’appétit.
Elle me regarde, ses yeux me suppliant de la sauver.

Nous finissons par trouver un prétexte pour quitter la table et nous réfugier dans l'espace fumeur.
Une grande femme en porte-jarretelles et à la fesse tombante nous bloque le passage.
Je suis obligé de me frotter à elle pour accéder à la banquette. Les gens rigolent fort, l'endroit est bruyant. Nous arrivons toutefois à trouver un renfoncement où j'allume ma cigarette.
Aurélie me chuchote au creux de l'oreille.
– Je ne m'attendais vraiment pas à ça tu sais, je pensais que c'était plus classe, plus subtil.
– Moi non plus mais au final ça ne m'étonne pas. Nous sommes samedi soir et j'ai l'impression que tout le monde se connait déjà et vient se retrouver. Tiens d'ailleurs écoute la conversation juste à coté.

Debout, accoudés à une table haute, deux couples discutent. Un homme plutôt petit et rond avec un paréo, torse nu accompagné de son épouse perdue dans un filet de mailles transparentes. Face à eux, un quinqua à la peau bronzée, pantalon blanc et tee shirt blanc, et sa femme, blonde platine avec une robe moulante blanche tellement échancrée sur sa poitrine qu'on pouvait presque voir ses tétons.
Monsieur paréo semble les connaître.
– On vous a attendu la semaine dernière à la soirée “strip de salopes”
C'est l'homme bronzé qui lui répond.

– Oui on aurait aimé venir mais c'était l'anniversaire de notre fils.
Sa femme poursuit.
– Par contre après on a fait un saut au club de Bruay, c'était vraiment bien.

On avait donné rendez-vous à un couple qu'on a rencontré sur le site nouslibertin.com et c'était parfait. Très gentil, respectueux.

L'homme bronzé enchaîne :
– La nana suçait tellement bien ! Valérie a failli être jalouse.
Sa femme lui donne un coup de coude.
– En attendant, celle qui te fait jouir en moins de 5 minutes, c'est moi.

L'homme en paréo :
– C'est vrai ça, je me souviens de la dernière fois où tu m'as sucé Valérie c'était vraiment super.
– Qu'est-ce que tu veux, j'ai du talent.
Qu'est-ce que je fais ici...
Il ne m'en fallait pas plus pour saisir toute la psychologie de l'endroit où Aurélie et moi nous trouvions. Des couples à l'esprit ouvert, à l'aise sur le sexe qui se rejoignent tous les week-end pour passer une bonne soirée entre amis. Ils échangent sur internet, se donnent rendez-vous et finissent d'une manière ou d'une autre par baiser ensemble dans une décontraction totale.

Comme beaucoup de choses, il faut du temps pour s'intégrer dans un milieu et il fallait bien plus d'une soirée pour sympathiser et goûter pleinement à cet univers. Toutefois, je ne le souhaitais pas plus que ça.

Aurélie me regardais avec circonspection et me dit :

– Je crois qu'il va falloir boire plus...

– Je pense aussi...

– Mais avec les doses qu'ils font je vais passer ma soirée aux toilettes !

– J'ai peut-être une solution...

La cigarette terminée, nous regagnons le bar et les tables se vident peu à peu au profit de la piste de danse qui se remplit. Les tables sont débarrassées et nous arrivons à trouver un endroit idéal pour voir sans être vus. Je fais un aller-retour au bar et commande en supplément une bouteille de champagne hors de prix.

Tant pis, quitte à être ici autant tout faire pour passer une bonne soirée et j'ai besoin d'alcool.

La serveuse noire au crâne rasé nous apporte un sceau avec deux coupes. Le champagne est médiocre, l'addition est salée, mais le taux d'alcool est bel et bien là tant et si bien qu'au bout de la deuxième coupe, Aurélie et moi arrivons enfin à nous détendre.

Sur la piste de danse, l'ambiance est montée d'un cran. Les femmes se sont dénudées et des rapprochements s'opèrent. L'odeur de nourriture plane toujours mais désormais l'atmosphère à changé. Des couples, se dirigent peu à peu vers l'escalier qui accède au premier étage, suivis par d'autres, et quelques hommes seuls qui sont en minorité.

Aurélie et moi continuons d'observer ce ballet étonnant tout en nous resservant une nouvelle coupe de champagne. Elle a posé une main sur mon entrejambe et me regarde interrogative.

– Il va falloir que nous en sachions plus sur ce mystérieux premier étage...

– Il va surtout falloir qu'on se déshabille parce que si tu regardes bien nous devons être les seuls encore habillés.

– Tu as raison, retournons au vestiaire pour nous changer.

Le sous-sol est en effervescence et de nombreux couples sont en train de passer des tenues plus légères pour poursuivre la soirée. Les femmes portent des déshabillés, de la dentelle, des body ultra moulants aux couleurs vives, des bas, des portes-jarretelles... Chacune se montre alors sous ses plus beaux atours.

Pour les hommes, se déshabiller se résume à se retrouver torse nu, simplement vêtu d'un caleçon.

Aurélie enfile une robe courte et transparente qui laisse entrevoir des dessous noirs en dentelle. Un peu mal à l'aise en boxer, nous regagnons le rez-de-chaussée.

– Tu veux qu'on monte tout de suite au premier ou on prend un dernier verre ? lui dis-je

– Buvons un verre si tu veux.

Nous finissons une dernière vodka Redbull avant de gravir les marches nous conduisant au premier étage.

L'ambiance y est tout à fait différente. La musique résonne au loin et seuls des cris de plaisir, des soupirs et des bruits de corps s'entrechoquant rompent le silence.

Il fait sombre et seules quelques rares lumières tamisées nous permettent de nous guider dans ce labyrinthe.

Le couloir donne accès à de nombreux renfoncements annexes qui se terminent en petites salles et en espaces coquins.

Je prends Aurélie par la main.

– On fait un tour ?

– Oui, on pourrait aller au jacuzzi ?

Au bout du couloir se trouve le jacuzzi, l'endroit est déjà complet et trois couples profitent du lieu. En face, une zone réservée aux douches. Sur les étagères sont disposées des serviettes blanches épaisses.

Nous revenons sur nos pas et poursuivons l'exploration.

Chaque couloir nous révèle de nouvelles surprises et les salles occupées ou non sont toutes différentes. Certaines ont des ouvertures qui permettent de voir

ce qui s'y passe, d'autres des ouvertures pour que les hommes y insèrent leur pénis.
Certaines sont plus vastes que d'autres et offrent suffisamment d'espace pour six personnes, quand d'autres sont tellement petites qu'à deux on pourrait s'y sentir à l'étroit. Dans une salle, un rétroprojecteur diffuse des images pornographiques, dans une autre, les murs sont entièrement recouverts de miroirs. Des couples s'entremêlent dans ce décor surprenant, parfois à deux, parfois à quatre. On aperçoit un homme de dos qui pénètre une femme qui crie de tout son souffle, tandis qu'un couple juste à côté d'eux se lèchent mutuellement. Il se retire et les hommes échangent leurs places.
Devant l'entrée de la pièce a été positionnée une petite poubelle blanche, sur laquelle Aurélie attire mon attention.

– Pourquoi ils ont mis ça là ?

– Je pense que c'est pour signifier qu'ils ne veulent pas être rejoints ni dérangés.

– Ah ok.

Deux hommes en caleçon, la main sur leur sexe nous suivent dans notre exploration attendant le moment où l'un de nous les inviterait à nous rejoindre. Je me retourne pour leur signifier que nous ne sommes pas intéressés.
Les couples se croisent, se frôlent, mais rien ne se fait ici. Je me rends compte que tout les couples qui sont en train de faire l'amour se sont rencontrés pendant la première partie de la soirée.

Au bout d'un moment, nous finissons par nous asseoir dans une grande pièce. De chaque côté de l'espace central sont disposés de larges matelas avec un revêtement plastique.
Nous nous asseyons et Aurélie se rapproche de moi. En face de nous une femme blonde aux cheveux longs est en train de se faire prendre en levrette par un homme dont je n'arrive pas à voir le visage. Deux autres hommes s'approchent d'elle.
– Toi je te connais, approche, dit-elle à l'un des deux.
Elle prend son sexe dans sa main qu'elle branle puis finit par le prendre en bouche.
Un autre homme s'approche d'elle pour lui caresser les seins. Elle attrape son sexe qu'elle commence à branler.
Aurélie laisse glisser sa main dans mon caleçon et commence à caresser mon sexe.
Elle finit par le sortir du caleçon que j'ôte totalement. Je l'embrasse tout en lui caressant les seins.
Elle plonge sur mon sexe qu'elle commence à lécher avec avidité. Je me délecte du spectacle de cette blonde prise par trois hommes pendant qu'Aurélie me suce.
Finalement nous avons trouvé le meilleur endroit de la soirée, l'ambiance est étrange mais très agréable.
Je finis par me relever pour l'allonger devant moi. Je fais glisser sa culotte en dentelle noire puis écarte ses cuisses. Elle est déjà humide et avec un doigt je caresse son sexe. Elle tourne la tête sur le côté pour

profiter également des exploits de cette belle blonde qui continue de se faire prendre. L'homme derrière elle laisse la place à un autre qui poursuit ce qu'avait commencé le premier. Je plonge ma tête entre les cuisses d'Aurélie et lèche avec douceur ses lèvres. Elle pousse un soupir de plaisir. Ma langue s'immisce plus profondément en elle et je commence à titiller son intimité avec délicatesse et détermination.

Je vais te faire jouir. Je suis sûr que ça t'excite de regarder ce spectacle pendant que je te lèche.

Ses soupirs se transforment en cris qui se mêlent à ceux de la jeune femme blonde en face de nous. Elle ne se retient pas et se caresse les seins que j'ai abandonnés depuis trop longtemps.

Je me redresse et relève sa robe que je finis par ôter. J'attrape ses seins ronds dans mes mains puis viens retirer le soutien-gorge délicat qui les contraint. Ma langue s'agite sur l'un, elle crie, puis sur l'autre, elle crie à nouveau. Je descends ma main qui désormais caresse son sexe et continue ce que ma langue avait commencé.

Elle se cambre. Je me rapproche de son oreille.

— Pas tout de suite, tu vas jouir mais pas tout de suite.

— Si continue.

Je replonge ma tête entre ses cuisses et mes doigts habiles rendent à ma langue son sexe chaud et humide.

Je la goûte à nouveau et la parcours, rythmant son souffle et ses cris qu'elle ne peut plus contrôler.

– Prends-moi j'ai envie de te sentir, prends-moi.

– Non pas tout de suite.

– Si.

– Il faut que tu patientes encore.

J'embrasse son sexe, je le lèche encore, puis mes doigts viennent en renfort. Elle ne peut plus se contenir et jouit dans un tremblement que son corps n'avait pas anticipé.

Je me recule et la regarde. La blonde aux cheveux longs est à présent allongée. Un homme la prend tandis que les deux autres, au niveau de sa bouche, leur sexe en érection, se font sucer l'un après l'autre.

Je me demande si elle nous regarde, je suis sûr que ça doit autant l'exciter que nous de nous mater.

Aurélie n'a pas fini de jouir mais je ne lui laisse pas une seconde de répit. Je la pénètre et sens son sexe chaud enserrer le mien. Elle pousse un cri de plaisir et de surprise, la blonde tourne la tête vers elle avec une curiosité non dissimulée. J'éprouve une certaine fierté, qu'Aurélie et moi ayons réussi à attirer son attention.

Aurélie respire rapidement, la bouche grande ouverte pour chercher un second souffle. J'attrape ses poignets et maîtrise ses bras. Je la pénètre plus fort et ses jambes s'enroulent autour de moi. Son corps se cambre. Je m'étends sur elle pour lui murmurer au plus près de son visage.

– Est-ce que tu me sens en toi ?

– Oui, soupire-t-elle.

– Est-ce que cela te plait ?

– Oui, gémit-elle.

– Est-ce que je continue ?

– Oui, ne t'arrête pas...

– Je vais te faire jouir ?

Elle n'a pas le temps de répondre qu'elle ferme les yeux et contracte ses cuisses, je sens le plaisir qui monte, je lâche ses poignets et ses bras agrippent mon dos.

Je place une main sur sa bouche pour étouffer le bruit de ses cris et continue à lui parler.

– Tu peux crier aussi fort que tu veux, personne n'entendra. Là tout de suite, à cet instant, tu es à moi et à moi seul.

Je continue de la pénétrer sans marquer la moindre pause, elle cherche un échappatoire qui n'existe pas. De ma main s'échappe ses petits cris aigus qui m'indiquent qu'elle est sur le point de jouir. Tout son corps tremble, elle jouit à nouveau, je me retire. Elle est parcourue des spasmes d'un plaisir intense, d'une jouissance extrême.

Je m'assois à côté d'elle et continue de me masturber tout en regardant la blonde en face de nous qui se tend sous les coups de reins de ses multiples partenaires.

Aurélie se rapproche de moi et prend mon sexe dans sa main. Elle écarte la mienne. Elle approche sa bouche puis accompagne le mouvement de petits coups de langue. Je sens son souffle, je passe une main dans ses cheveux et dégage son visage trempé de notre étreinte. Elle continue de me goûter. Une décharge électrique me parcourt le corps et je jouis tandis qu'elle continue de me branler.

Nous attrapons quelques mouchoirs dans un distributeur intelligemment positionné dans la pièce. La blonde aux cheveux longs n'en finit plus de jouir, puis c'est au tour des hommes qui l'accompagnent. Ils jouissent chacun leur tour sur sa poitrine.

Nous reprenons notre souffle tout en contemplant la scène.

Aurélie, blottie près de moi, me murmure :

– J'ai soif.

– Moi aussi.

– On descend au bar ?

– Oui bonne idée.

Assis au bar en caleçon, j'essaie de garder un semblant de dignité. Aurélie l'a bien remarqué et ne peut s'empêcher de se moquer de moi.

– Si tes employés te voyaient...

– Ils se diraient quoi ? Ah si... que même en caleçon assis au bar avec mon verre je suis élégant.

– Non je ne crois pas qu'ils penseraient ça ! dit-elle en rigolant.

– Alors qu'est-ce qu'ils se diraient ?

– Que tu as des samedis soir plutôt originaux.

– À qui le dis tu... C'est pareil pour toi.

– Oui mais j'assume !

– Moi aussi j'assume, mais cet endroit manque définitivement de raffinement.

– En même temps tu t'attendais à quoi ? Ca reste un club libertin.

– Oui mais j'avais espéré que ça soit un peu plus haut de gamme...

Nous observions les gens danser sur la piste, avec pour seul et unique but d'essayer de comprendre mieux le profil type du libertin. La tâche était difficile tant il y avait de personnes et de comportements différents. Dans un coin un homme d'âge mûr assis sur une banquette regardait danser devant lui la jeune femme sublime qui l'accompagnait. La différence d'âge était flagrante mais ne semblait gêner personne. D'autres hommes tentaient d'approcher cette magnifique créature mais systématiquement le vieil homme faisait un petit geste de la main à la jeune fille pour lui intimer de garder ses distances.

Sur la piste une jeune femme dansait à moitié nue. Plusieurs hommes autour d'elle s'étaient rapprochés dont un qui avait commencé à lui caresser le sexe. Un autre s'approcha pour lui caresser la poitrine, et devant un public conquis, ravi d'un spectacle aussi excitant, elle finit par jouir.

Plus loin dans un coin, un couple très discret regardait la scène avec attention. Ils ne parlaient pas. Ils avaient l'air perdus. Je les observais pendant cinq bonne minutes et à aucun moment je ne les vis prononcer le moindre mot.

Une femme aux seins nus nous frôla au bar dans un éclat de rire. Elle traversa la salle, rayonnante, saluant chacune des personnes qu'elle croisait. Nul doute qu'il s'agissait d'une habituée de longue date. Elle portait un pendentif argenté orné d'une pierre bleu qui brillait de mille feux.
Elle embrassa sur la bouche plusieurs hommes qu'elle croisa. Il semblait que cela soit normal dans ce genre d'endroit.
L'un d'eux lui attrapa les fesses et elle se colla à lui en riant à gorge déployée. Elle n'avait pas de gêne, elle était chez elle.

Assis dans le fumoir au milieu d'un groupe de femmes au rire gras, Aurélie me toisa.

– Alors ? Fin de soirée ? Tu es crevé ?

– Non ça va je vais bien.

– Ah c'est une bonne nouvelle on va pouvoir remettre ça !

– Comment ça ?

– Tu croyais qu'on allait le faire qu'une fois et puis repartir ?

– Je ne crois rien du tout mais je ne savais pas que tu avais toujours faim.

– En effet j'ai toujours faim et je me dis qu'on a pas été au deuxième étage !

– C'est vrai qu'il y a un deuxième étage.

– Oui et tant qu'à faire, autant voir ce que nous pouvons y faire, dit-elle en m'embrassant dans le cou.

– Je ne suis pas partisan de la quantité, je préfère la qualité.

– Moi je préfère la qualité ET la quantité ! Ne me dis pas que toi c'est une fois et puis rideau ?

– Je ne dis pas ça, au contraire, dis-je en caressant sa poitrine.

Elle abuse. Nous avons eu un moment intense et elle veut remettre ça tout de suite. J'aurais préféré me reposer encore un peu mais je vais la prendre à son propre jeu.

Piqué dans mon ego, j'écrasai ma cigarette et me levai avec fierté, torse nu, le caleçon plus bombé que jamais.

– Quelle stature, Quelles fesses !

– Merci !

– Très sexy dis donc.

– Je sais ! Suis-moi à la conquête de ce nouvel espace !

– À vos ordres !

– J'aime quand tu dis ça...

Aurélie se leva et nous gravîmes les marches jusqu'au deuxième étage. Il ressemblait beaucoup au premier mais les espaces étaient plus petits. Sous les combles, dans une pièce plus grande que les autres, était suspendue une balançoire. Aurélie ne put s'empêcher de l'essayer. Nous traversons le couloir qui débouche sur un espace particulier. Une sorte de grotte entièrement matelassée, dont un des murs avait été aménagé pour que l'on puisse, de la pièce

voisine, se tenir debout et observer ce qui s'y passe. Des trous avaient également été percés dans la cloison pour que les hommes puissent y introduire leur pénis et les mettre à disposition des occupants de cette grotte. Pour y entrer, il fallait passer par une ouverture qui ressemblait à celle d'un igloo. J'y suivais Aurélie qui trouva l'endroit assez confortable.
Je m'allonge près d'elle et commence à la caresser doucement. D'abord son cou, puis ses épaules, ses seins puis son ventre. Je remonte le long de sa cuisse avant d'effleurer délicatement son sexe. Sa main attrape le mien qui prend son temps pour se réveiller. Sa langue vient se perdre sur mon téton et je suis surpris du frisson qui me parcourt. J'embrasse ses lèvres et nos langues s'entremêlent avec douceur.

Sa main qui me branle est douce. Elle prend mon sexe dans sa bouche pour l'humidifier et accélère le mouvement. Il ne faut pas longtemps pour que je sois dur à nouveau. Je suis allongé sur le dos et elle grimpe sur moi telle une amazone prête à partir au combat. Mon sexe pénètre en elle, déjà mouillée par l'excitation. Je la regarde, elle est superbe, le dos cambré, les seins dressés. Elle se mordille la lèvre et ses yeux à demi fermés suggèrent l'intensité des sensations. Mes mains attrapent ses seins que je cajole avec fermeté. Son bassin opère un mouvement de va-et-vient tantôt lent, tantôt rapide. Elle exprime son plaisir dans les mouvements de son corps, je la sens sur moi, ses genoux qui se resserrent autour de mes hanches. Elle accélère de plus en plus. Mes mains abandonnent ses seins pour prendre avec fermeté ses fesses. Je guide et domine ses mouvements. Elle se cambre et sa tête tombe en arrière déversant sa chevelure, révélant sa paire de créoles argentées. Elle crie de plaisir, la jouissance est sincère et s'étouffe dans la grotte où nous nous trouvons. Je la soulève puis la plaque sur le dos tout en accélérant mes coups de reins. Notre étreinte brûle son corps qui se tortille sous moi.

– Tourne-toi ! luis dis-je

Elle se met à quatre pattes et je la prends en levrette. Ma main attrape ses cheveux et lui arrache un cri de plaisir. Mon autre main lui assène une fessée qui la fait crier à nouveau.

Je me penche sur elle jusqu'à lui murmurer au creux de l'oreille

– Est-ce que tu es à moi ?

Elle ne me répond pas, je la pénètre plus fort tout en reposant ma question.

– Est-ce que tu es à moi ?

– Oui...

Je lève la tête et je vois à travers une vitre en plexiglas que plusieurs hommes nous observent de l'autre côté de la cloison. L'un d'entre eux a déjà sorti son sexe et se branle en nous regardant. Je tire les cheveux d'Aurélie pour contraindre son regard à observer cet inconnu à qui elle procure du plaisir.

Nous n'avons pas mis la poubelle devant l'entrée de la grotte et un autre homme vient s'allonger à côté de nous. Il la regarde et se branle avec énergie.

– Tu vois comment tu rends fou tous ces hommes. Ils te veulent mais tu m'appartiens. Tu es à moi.

– Oui je suis à toi.

– Tu vas leur donner encore plus de plaisir.

– Branle ce mec à côté.

Aurélie attrape le sexe de l'homme allongé et commence à le branler pendant que j'intensifie mes coups de reins. Un autre homme de l'autre côté de la cloison a également commencé à se branler.

– Suce-le maintenant, prends-le dans ta bouche pendant que je te baise.

Aurélie s'exécute et suce l'homme allongé qui pousse un râle de plaisir. Il tente de lui toucher les seins mais je repousse sa main.

Je prononce d'une voix forte pour que tous les hommes autour de nous m'entendent.

– Je décide, c'est moi qui fixe les règles. Retire ta main.

Aurélie s'écarte de l'homme. Toujours en elle, je m'approche de son oreille et lui murmure.

– Ca va, tu vas bien ?

– Oui.

– Ca t'excite ?

– Oui.

– On peut arrêter dès que tu le souhaites, il suffit que tu me le dises.

– Ca va.

Je me relève et lui assène une nouvelle fessée qui la fait crier un peu plus fort. Je la tourne vers la cloison où les deux hommes en érection ont passé leur pénis par les orifices prévus à cet effet. Aurélie attrape le sexe d'un des deux puis le branle.

– Suce-le maintenant, lui dis-je.

Aurélie se redresse, s'exécute tout en branlant le second.

– Maintenant l'autre.

Elle suce l'autre homme dont on peut entendre les râles de plaisir derrière la cloison.

– C'est bien, continue.

L'homme allongé à côté de nous continue de se branler.

– Fais-le jouir Aurélie, je veux te voir le branler jusqu'à ce qu'il jouisse.

Aurélie attrape le sexe de l'homme qui se contracte, quelques instants plus tard, il éjacule sur son ventre. Je passe ma main entre ses cuisses et la caresse tout en continuant de la pénétrer. Elle se cambre sous mes doigts, elle ressent mon sexe dur qui la pénètre sans relâche.

De l'autre côté de la cloison, les hommes qui continuent à se branler finissent par jouir. Je retourne Aurélie sur le dos et la pénètre encore. Elle jouit quelques instants plus tard dans un cri puissant. Elle se tord, je la pénètre encore.

Je m'étends sur elle et lui murmure :

– Tu es totalement à moi désormais.

– Je suis à toi... dit-elle dans un souffle.

– Oui, tu m'appartiens entièrement.

Les hommes disparurent peu à peu comme des ombres dans la nuit nous laissant seuls. Aurélie se blottit près de moi tremblante de plaisir, émue par cette nouvelle expérience qui lui avait fait dépasser ses propres limites.
Je fermais les yeux, le dos collé sur le matelas en plastique en pensant à la coupe de champagne qui conclurait notre soirée au club.

CHAPITRE 15
LE DÔME

Lenny Kravitz - I Belong To You

*"Si tu te soumets à moi,
ton plaisir se résumera à deux mots : Oui Monsieur"*

Assis à la terrasse du Dôme à Anvers, une serveuse asiatique dépose sur la table deux coupes d'un blanc de blanc cuvée prestige. Je regarde Aurélie assise face à moi. Ses yeux brillent et suivent avec attention les amuse-bouches qui nous sont présentés. Elle porte une robe noire en dentelle et son perfecto en cuir. Son rouge à lèvres contraste avec ses dents blanches. Sa coiffure a changé, plus assumée, plus libre, plus femme. Nous trinquons à ceux qui s'aiment. La première gorgée est toujours la plus délicieuse, c'est l'instant magique où le précieux breuvage surprend et révèle la splendeur de ses arômes. Les bulles pétillent sur la langue et le bruit intime de la coupe qui crépite, annonce la promesse d'un moment agréable.

Depuis deux ans, je ne m'étais autorisé aucun jour de repos en pleine semaine. Il avait fallu qu'Aurélie pose ses RTT pour que je saisisse l'occasion. Nous avions convenu de déjeuner ensemble. Elle fut surprise quand je lui annonçais qu'il nous faudrait une petite heure pour rejoindre le restaurant où je souhaitais l'emmener. Le Dôme n'était pas un restaurant mais bel et bien une expérience, qui plus est, que l'on partage.

Une brise fraîche se leva sur la terrasse encore vide. Nous finîmes nos coupes avant de nous diriger vers notre table à l'intérieur. Le Dôme ne porte pas ce nom par hasard. La salle principale se tient sous une coupole majestueuse habillée d'un lustre monumental. Des nappes blanches, de larges verres à vin et des couverts d'un très grand raffinement. Pénétrer dans cette salle, c'est se plonger dans le luxe des années folles, voyager dans le temps vers une époque où le jazz et le champagne coulaient à flot.

Je m'installe, tandis qu'Aurélie s'absente quelques instants. Je parcours la carte des vins, en cherchant quelle bouteille nous ravirait pour le déjeuner.
Un léger parfum de vanille vient me chatouiller les narines. Je lève les yeux, elle est face à moi.
Une robe de soirée verte, un port de tête altier et un visage que je n'arrive toujours pas à distinguer.

Alex, merde qu'est-ce qui t'arrive, t'es encore en train de rêver. Je me frotte les yeux, mais la femme mystérieuse est assise devant moi.

Elle rompit le silence.

– Tu as choisi le vin ?

– Rassure-moi tu n'existes pas ! Je suis en train de rêver ?

– Pourquoi toujours être aussi terre à terre. Est-ce si important ?

– Oui c'est important, je vais finir par croire que je suis complètement fou.

– Tu ne l'es pas rassure-toi, mais aujourd'hui est un jour important.

– Ah bon ?

– Ne fais pas l'innocent, je sais ce que tu as apporté avec toi et que tu comptes lui donner.

– Comment le sais-tu ?

– Je le sais c'est tout, mais rassure-toi, c'est une très bonne idée. Je pense que ça va lui plaire.

– Tu as l'air sûre de toi.

– Oui parce qu'elle, c'est un peu moi.

Ses cheveux, qui masquaient son visage, s'envolèrent comme portés par un souffle léger, dévoilant un grain de beauté au-dessus de sa lèvre supérieure.

– Aurélie ? m'exclamai-je

Elle passa derrière moi et me frôla avant de s'installer sur la banquette chassant le mirage à qui je m'adressais.

– Tu parles tout seul Alex ? dit-elle en s'asseyant.

– Non... Je...

– Tu.... parles tout seul oui !

– Non je lisais la carte des vins. Rouge ou blanc ?

– Je te fais confiance.

– Tu as raison, et nous boirons un verre de vin rouge. Un côte de bourg 2015.

– Parfait. Je suis sûre que cela sera très bon.

– Je pense oui.

Je ne suis pas fou, elle était bien assise devant moi. Qu'est-ce qui m'arrive...

Le Maître d'hôtel nous apporta la carte, puis prit notre commande, avant de s'éclipser avec discrétion.

Aurélie ne tarissait pas d'éloges sur l'endroit dans lequel nous étions attablés. Elle se sentait parfaitement à son aise.

– Je suis content que nous puissions enfin déjeuner ensemble Alex. J'avais très envie d'avoir un moment où je t'ai pour moi et que nous puissions discuter ensemble. J'en ai besoin surtout après ce qui s'est passé la semaine dernière au club.

– Je comprends et c'est tout à fait normal. Je pense aussi que c'était important qu'on puisse en parler.

– Tu sais, après ce qui s'est passé j'ai beaucoup réfléchi et je dois avouer que j'étais perdue.

– Tu regrettes ?

– Je ne crois pas, je ne me suis surtout pas reconnue. Je ne pensais pas que je ferais ça un jour.

– C'est vrai, c'est particulier.

– J'ai apprécié la manière dont tu t'es comporté et je me suis sentie en sécurité. Ca m'a beaucoup rassurée. Par contre après ça pour être honnête avec toi j'ai eu beaucoup de mal à avoir des rapports sexuels avec mon mec.

– Ah bon ? Je ne savais pas... Pourquoi ?

– Je ne sais pas, ce n'est pas de sa faute, Christophe est vraiment gentil, je m'entends très bien avec lui, mais j'ai l'impression d'avoir entrevu quelque chose qui a remis en cause autant mes principes, mes limites que mes envies.

– Je ne voulais vraiment pas que cela te perturbe.

Aurélie jouait avec sa serviette. Le sommelier apporta notre bouteille de vin, me la présenta et m'en versa un peu pour que je le goûte. Certaines personnes aiment donner leur avis alors qu'en réalité le seul but de goûter le vin est de vérifier qu'il ne soit pas bouchonné. Je me contentais de respirer le verre et j'acquiesçais. Le sommelier me fit un sourire complice avant de remplir nos verres.

- Poursuis, je t'en prie, dis-je à Aurélie.

– Je me suis posé beaucoup de questions sur moi, sur nous, où est-ce que nous allons... Ca fait maintenant plus d'un an qu'on se voit et j'ai vraiment l'impression que quelque chose a changé au club. Tu étais différent.

– Ça ne t'a pas plu ?

– Si au contraire, je t'ai trouvé adorable et le sexe était ouf.

Elle avait parlé un peu fort et me regarda gênée espérant que les tables voisines n'aient pas entendu cette bribe de conversation.

– Pour moi aussi c'était vraiment dingue Aurélie.

– Je veux bien croire... Par contre je ne suis pas sûre de vouloir renouveler l'expérience.

– Tu sais, parfois il y a des choses qu'on ne doit vivre qu'une fois. Est-ce que cela veut dire que nous avons atteint ta limite ?

– Je ne sais pas.

Le serveur nous apporta l'entrée. Concombres ciselés et fromage frais. La simplicité de la proposition trancha avec un goût complexe et rafraîchissant qui explosait sous le palais. Chaque bouchée était un régal qui me ravissait.

Aurélie poursuivit.

– Je n'ai pas vraiment pensé aux limites, mais je sais qu'il y a des choses que j'aime et d'autres moins. En tout cas, je m'en suis rendu compte après notre dernière fois.

– Oui je comprends tout à fait, c'est pareil pour moi.

– Je ne veux plus qu'il y ait d'autres hommes.

– Moi non plus, acquiesçais-je.

– Tu m'as dit quelque chose qui m'a marquée . “Tu m'appartiens”... Tu le pensais vraiment ou c'était juste sur le moment ?

– Je le pensais vraiment, je ne suis pas du genre à dire quelque chose que je ne pense pas.

– Ça je sais, mais je voulais en être sûre.

– Pourquoi ça t'a autant marquée ?

– Ce n'est pas rien quand même. J'ai l'impression comme je te disais que quelque chose de nouveau est en train de naître entre nous et je n'arrive pas encore bien à l'exprimer.

– Pour moi aussi c'est pareil et j'irais plus loin en te disant que je trouve ca très agréable.

– Oui ça l'est pour moi aussi, mais je n'avais jamais ressenti ça auparavant.

– J'ai l'impression que ça te fait peur ?

– Oui un peu mais en même temps je me sens tellement bien...

– C'est par rapport à Christophe ?

Le repas se poursuit avec un millefeuille de betteraves, anguille et fraises fraîches. Je n'avais jamais mangé de betteraves travaillées ainsi. Le plat est exécuté avec brio et je me régale de tant de finesse.

– Oui c'est peut-être par rapport à Christophe, mais notre relation est très différente. C'est quelqu'un de très simple dans sa sexualité, plus basique et je ne m'étais jamais rendu compte de ça avant toi.

– Merci je prends ça comme un compliment.

– J'aime la manière dont tu t'es imposé à moi.

– Tu trouves que je m'impose ?

– Je veux dire, la manière avec laquelle tu devances mes désirs. Parfois j'ai l'impression que tu sais me donner ce qui me fait du bien avant que je n'y pense. C'est très perturbant...

– Mais ça t'es agréable tout de même ?

– Oui très, mais c'est surtout nouveau.

– Tu appréhendes le sexe autrement maintenant ?

– Oui c'est exactement ça, je ne le vois plus vraiment comme un acte mécanique comme j'ai pu le faire avant. Tu vois même là, j'ai l'impression que tu sais ce que je pense. C'est vraiment bizarre.

– Peut-être parce que comparé aux autres hommes que tu as pu connaitre je t'écoute...

– Peut-être....

Le clou du spectacle arriva devant nous. Superbe sur la nappe blanche, un homard bleu au beurre de Sauge et une sauce corail au Kari Gosse.

Je marquais une pause pour admirer cette œuvre d'art que le Chef Chabert avait peint avec tant de délicatesse.

Dans un silence religieux, je goûtais ce plat délicieux. Déjeuner est un plaisir qui procure dans certains cas des sensations intenses. En tentant d'identifier toutes les saveurs, le cerveau en excitation perd peu à peu le fil de ses pensées pour n'être qu'un ressenti, une vague de bien-être qui commence sur la langue et s'échoue dans la nuque. Je fermais les yeux pour ressentir le goût plus intensément. Se focaliser uniquement sur un sens, et lui donner toute son attention.

Une fois mon assiette terminée, j'ouvrais les yeux et regardais Aurélie. Elle était attentive à mes réactions comme pour chercher un indice sur ce que j'éprouvais. J'ai tendance à cacher mes émotions mais, quand je déguste un plat je ne cache rien. On peut lire sur mon visage le plaisir, l'acidité, la douceur, la complexité et toute une palette d'émotions qu'elle n'avait jamais encore pu décoder en me regardant.

Je m'essuyais délicatement les lèvres et sortais un porte document en cuir noir.

– J'ai quelque chose pour toi, lui dis-je.

– Un cadeau ?

– D'une certaine manière.

– Un porte-documents ?

– Non, ça n'est pas vraiment ça. Laisse-moi t'expliquer.

Aurélie fit une moue boudeuse mais ses yeux pétillaient de curiosité. Elle se cala confortablement sur la banquette pour écouter ce que j'avais à dire.

– Nous avons atteint un stade bien particulier dans notre relation. Tu l'as dis toi-même il y a certaines choses qui ont changé. Et j'ai envie d'aller plus loin, et j'espère que toi aussi.

– Oui bien sûr, tu le sais.

– Mais avant d'aller plus loin, j'aimerais que certaines choses soient formalisées par un contrat.

– Un contrat ? Comme dans 50 nuances de Grey ?

– Non pas tout à fait, ce contrat est un vrai contrat, pas un fantasme d'auteur. Prends-le j'aimerais que tu le lises.

– Ici ? Tout de suite ?

– Oui, s'il te plait.

Aurélie prit le porte-documents en cuir d'où elle tira plusieurs feuillets. Elle commença à lire avec attention.

CONTRAT DE SOUMISSION

Chère Aurélie,
Il n'existe pas de loi pour encadrer le plaisir et la jouissance. Ce document est la concrétisation d'un engagement moral que nous souhaitons prendre l'un envers l'autre pour que notre relation ne soit jamais un danger pour nous-même, ni pour notre entourage.

1 - Engagement

Ce contrat sera valide jusqu'à ce que l'un de nous d'eux décide par écrit d'y mettre fin. Toute lettre de rupture ou de désengagement remise en main propre ou non fera office de preuve mettant un terme à ce contrat.
En l'absence de toute preuve écrite, nous nous engageons à respecter les termes de ce contrat, tels qu'ils sont énoncés.
Dans le cas où un élément viendrait perturber la bonne exécution du contrat, nous nous engageons à communiquer et mettre en œuvre toutes les possibilités pour formaliser une solution.

2 - Objet

En signant ce contrat, tu acceptes de devenir officiellement ma seule et unique soumise, et de fait je deviendrais ton seul et unique maître.
Le lien entre un maître et une soumise est permanent mais il s'exprime ouvertement de manière

ponctuelle dans le cadre de jeux sexuels, ayant pour but l'excitation, le plaisir et la jouissance.
Pour appliquer ce contrat nous acceptons d'adopter chacun une posture particulière qui définit le lien entre la soumise et son maître.

A - La soumise

La soumise reconnaît appartenir à son maître dans le cadre de pratiques sexuelles. Elle doit se plier à ses désirs, et respecter les règles suivantes :

- Lorsqu'elle porte le collier, ne jamais regarder son maître dans les yeux sauf si il l'y autorise.
- Ne pas parler, sauf si on l'y autorise.
- Exécuter sans discours la volonté de son maître.

B - Le maître

Le maître s'engage à protéger sa soumise. Il ne lui appliquera aucune souffrance qui n'aura été validée par lui-même et la soumise au préalable.
Il est le garant de l'intégrité physique et mentale de la soumise, dans tout lieu et à tout moment qui implique un jeu sexuel ou un rapport sexuel.
Il a l'obligation d'apporter à sa soumise du plaisir par tout moyen en respectant les limites prévues par ce contrat.

3 - Limites

La soumise et son maître s'engagent à respecter les limites définies par ce contrat dans la pratique des jeux et/ou rapports sexuels.
Si ces limites devaient être franchies, elles rendraient caduque le présent contrat qui prendrait fin immédiatement.

- Aucun acte sexuel ne sera pratiqué avec un autre homme que le maître sauf exception du conjoint de la soumise. Ce dernier ne pourra entretenir des rapports de domination avec la soumise. Cette pratique est réservée au maître.
- Aucun acte sexuel ne sera pratiqué avec une autre femme que la soumise sauf exception de la conjointe du maître. Cette dernière ne pourra entretenir des rapports de soumission avec le maître. Cette pratique est réservée à la soumise.
- Tout acte sexuel avec une personne du même sexe que la soumise ne pourra avoir lieu sans la présence du maître ni sans son autorisation explicite.
- L'acte sexuel peut inclure une ou plusieurs personnes tierce, exclusivement de sexe féminin sous réserve d'une validation mutuelle du maître et de la soumise. Cette pratique est interdite avec les conjoints respectifs.

- Dans le cadre du libertinage, les baisers sont interdits sauf autorisation du maître.
- Il est formellement interdit pour l'un et l'autre de révéler la nature de ce contrat à qui que ce soit. Dans le cas contraire, le contrat prendrait fin immédiatement.
- Il est formellement interdit de divulguer des photos ou vidéos en dehors des rencontres entre le maître et sa soumise. À noter que les photos ou vidéos peuvent être assimilées à une pratique ludique contribuant à la jouissance des deux parties.
- La souffrance physique est prohibée. Les pratiques choisies ne doivent pas marquer la peau ni laisser de séquelles, à l'exception des fessées. Les suçons sont interdits.
- Chaque décision d'introduire un nouvel élément ou objet dans un rapport sexuel doit être prise d'un commun accord entre le maître et sa soumise.
- L'utilisation de drogue est autorisée à l'exception de la cocaïne, héroïne, crack, amphétamines.
- L'utilisation du préservatif est obligatoire dans le cadre de rapports incluant une partenaire extérieure.

4 - Droit de veto

Dans le cadre d'une situation exceptionnelle pouvant mettre en danger l'intégrité physique ou mentale de la soumise, le maître dispose d'un droit de veto. Celui-ci peut s'appliquer à tout moment que le maître jugerait opportun.
Le maître devra toutefois motiver sa décision et en exposer les raisons de manière claire et détaillée. Si la soumise refuse d'appliquer le droit de veto, le maître peut de manière unilatérale mettre fin au contrat.

Le Maître	La Soumise
Lu et approuvé	Lu et approuvé
Date - Signature	Date -Signature

Aurélie parcourut le document avec attention à la fois surprise et attentive.
J'espère qu'elle va accepter, parce que sans ça nous ne pourrons aller plus loin...
— Si je ne me trompe pas et que j'ai bien lu le contrat.. on est ensemble ?
— Je ne m'attendais pas à cette réponse, dis-je en reprenant une gorgée de vin rouge.
— Tu t'attendais à quoi alors ?
— Déjà que tu commences par pinailler sur certaines clauses.

– Mais je peux si tu veux, d'ailleurs revenons sur la partie qui concerne les personnes extérieures.

– Vas-y, je t'écoute.

– Je vois que seules des femmes peuvent nous rejoindre dans nos jeux... Ca n'est pas très équitable... Tu ne trouves pas ?

– Il me semble, si je t'ai bien entendue, que tu ne souhaitais plus qu'il y ait d'autres hommes. Je t'ai anticipée.

– Pourtant tu as l'air d'aimer ça quand il y à d'autres hommes.

– Non pas spécialement. Si tu fais référence à notre soirée au club, j'ai aimé le moment et pas forcément le fait qu'il y ait d'autres hommes. Par ailleurs, si je te propose ce contrat, c'est que je ne veux plus qu'il y ait d'autres hommes...

– Ca me va...

– Autre chose que tu veux aborder ?

Aurélie me regarda longuement avec ses grands yeux verts qui cherchaient en moi une réponse. Elle regarda à nouveau le contrat dans le porte-documents en cuir, puis feuilleta les pages, comme si elle y cherchait un piège. Elle ne le trouvait pas.

– Autre chose ? répétais-je en la regardant droit dans les yeux.

Elle ne me répondit pas. Je lui tendis mon stylo. Un Mont Blanc que je n'utilisais que pour les grandes occasions. Elle le prit délicatement.

La plume parcourut le papier dans un frisson. Je crus même la voir légèrement trembler. Elle ne disait toujours rien.

Le serveur nous interrompit pour remplir nos verres. Je lui indiquais que ce n'était pas le moment et lui demandais de revenir quand je lui ferais signe.

Aurélie me rendit mon stylo ainsi que le porte-documents qui contenait le contrat où elle avait apposé sa signature.

Elle me regardait, désormais, elle était mienne.

Il y eu un long silence où nous nous perdîmes l'un et l'autre dans nos regards. Nos yeux avaient pris la parole, nos cœurs battaient plus fort, ses joues avaient pris une douce teinte rouge, et je lui dis tout bas, comme un secret qu'on murmure, libéré de sa pudeur :

– Maintenant tu m'appartiens.

– Oui Monsieur.

J'appelais le serveur qui arriva avec le vin.

– Nous n'allons plus prendre de vin. Apportez-nous deux coupes de champagne s'il vous plaît. Nous aimerions fêter cet instant.

– Bien Monsieur.

Aurélie ne parlait plus, submergée par l'émotion. Que pouvait-elle se dire à cet instant ? Etait-elle heureuse ? Avait-elle peur ? Etait-elle excitée ? Ou tout simplement gênée d'avoir totalement accepté ses désirs les plus intimes.

Le blanc de blanc cuvée prestige s'accorda parfaitement avec la tarte chocolat praliné noisette et sel de maldon : la spécialité du chef.
Intérieurement, j'exultais. Je tenais entre mes mains son consentement. Cela n'aurait pas pu se passer autrement. Toutes nos expériences, notre complicité grandissante, nous avaient emmenés inexorablement à cet instant précis. Ce moment où je trouvais enfin ma complice. Celle qui m'accompagnerait sur le chemin du plaisir et qui accepterait d'assouvir mes fantasmes les plus inavouables.
J'avais du mal à croire que tout ceci était bien réel. J'avais même envisagé la possibilité d'un refus et maintenant que le document était signé : tout semblait limpide.
Je ne sais pas d'où venait ce parfum de vanille, mais je compris qu'elle n'était pas partie quand je l'entendis murmurer au creux de mon oreille comme si elle se tenait juste derrière mon épaule.
Je regardais Aurélie et tentais de ne rien laisser transparaitre. Je l'entendais me chuchoter :
– Maintenant tu me vois... Tu sais que je suis là. Tu m'as trouvée parmi toutes les femmes qui existent dans ce monde. J'étais devant toi dès le début mais tu ne le savais pas.
Je voulais répondre mais je ne le pouvais pas. Aurélie m'aurait sûrement pris pour un fou ! Tout en mangeant une part de tarte, je n'entendais que sa voix.

– J'aimerais te poser une question avant de partir, même si je n'attends pas vraiment de réponse.
Je hochais imperceptiblement la tête pour qu'Aurélie ne s'en aperçoive pas.
– Jusqu'où iras-tu pour moi... ?
Je tournais la tête, mais un souffle de rêve l'avait emporté. Aurélie me regarda.
– Ca va Alex ?
– Oui tout va bien, je cherchais le serveur pour qu'il nous apporte une nouvelle coupe de champagne.
Le déjeuner se termina de la manière la plus agréable qui soit. Avant de quitter le restaurant et retourner dans le présent je saluais le Chef, et le félicitais pour la qualité et le raffinement de ce déjeuner parfait.

La journée se termina avec le goût d'un moment qui changerait définitivement le cours de notre relation. La nuit tomba et je regagnai mon loft. Je descendis à la cave sans prendre le temps ni la peine d'ôter mon manteau.
Là, derrière un amas de cartons posés avec désinvolture, était dissimulé un coffre fort.
Je l'ouvris pour y placer précieusement le porte-documents en cuir contenant le contrat signé de la main d'Aurélie.
Il rejoignit l'endroit où je gardais les choses les plus précieuses à mes yeux.

CHAPITRE 16
BFF

Kehlani - Gangsta

“Il parait que l’on fait l’amour comme on mange.
Je reprends toujours deux fois du dessert”

Quand l’agence a commencé à augmenter substantiellement son chiffre d’affaire et ses effectifs, l’un des plus gros challenges a été de changer ma posture. Passer d’un dirigeant de TPE proche de l’artisanat à un chef d’entreprise dont le métier n’était plus d’exercer mes compétences propres mais de piloter le navire.
J’ai dû travailler autant sur mes compétences financières et managériales, que sur mon comportement et mon attitude. Tout en gardant cette bienveillance qui me caractérise, il a fallu que j’apprenne à durcir le ton, imposer mes idées et trouver un équilibre auprès de mes salariés. Je me devais d’être à leur écoute sans pour autant être trop proche. Un véritable défi.

Il m'a fallu un long moment d'adaptation pour trouver le dosage parfait. Ne jamais être tyrannique, sans pour autant être trop tolérant. Diriger cette agence demandait de la finesse et de la nuance. La pression qui pesait sur mes épaules avait été également décuplée, le stress était omniprésent dans ma vie. Je crois qu'à part Julien, personne ne comprenait vraiment pourquoi j'avais accepté une vie aussi difficile et pleine de stress. L'argent n'était pas le seul moteur, je crois que mon appétence pour les défis était la source de ma volonté.

Ce lundi matin, le conseil ne fut pas très tendre avec moi. En même temps l'avait-il déjà été ? La situation de l'entreprise ne trouvait pas d'issue et j'avais dû accepter de me séparer d'une partie des salariés que j'avais réussi à sauver à leur première salve d'invectives. Je savais que c'était une erreur mais j'étais dos au mur. Je repensais à un de mes amis à la tête d'un grand groupe de BTP qui m'avait donné un conseil que je n'avais jamais oublié. Sa société traversait également une mauvaise passe et il avait convaincu ses associés de ne pas réduire les dépenses mais d'investir dans le recrutement de commerciaux. Il parait que parfois la meilleure défense est l'attaque. Grâce à cette prise de risque, ils avaient réussi à redresser la barre et sortir de la crise.

Le conseil ne me laissa pas le choix, je dus m'y plier, je regagnais mon bureau avec la sensation d'avoir perdu une bataille.
J'avais besoin de me changer les idées et j'envoyais un message à Aurélie pour savoir si nous pouvions aller boire un verre en fin de journée.

Hello ! Tu fais quoi ce soir ?

Coucou, ce soir je vois Jessie

Ah dommage, je voulais
te proposer d'aller boire un verre.

Désolé je ne peux pas.
Urgence soirée filles !

Comment ça urgence ?

Elle a besoin de parler
et je ne laisse pas tomber
ma meilleure amie !

Tout va bien ?

Oui rien de bien grave
elle s'est faite larguée...

Ok je comprends
Elle a besoin d'être consolée

Pourquoi ? Tu veux t'en charger ;-)

Non je ne vois pas
ce que je pourrais faire pour elle

Plus que tu ne crois j'en suis sûre
looool

T'es pas possible.
Embrasse-la de ma part !

Ca marche bisous.

Jessie était la meilleure amie d'Aurélie depuis maintenant 8 ans. J'avais eu l'occasion de la rencontrer à plusieurs reprises. Elle n'était pas désagréable mais nous étions très différents. Elle manquait cruellement d'élégance à mes yeux et je me demandais ce que pouvait lui trouver Aurélie, mais après tout l'amitié est parfois un mystère dont seuls les intéressés ont le secret.
Adepte de Tinder, elle multipliait les rencontres qui avaient une fâcheuse tendance à se terminer avec une bouteille de vin bon marché et un coup d'un soir. Pourtant, j'arrivais à voir en elle une jeune femme fragile cherchant de l'amour à tout prix. Elle se consolait dans les bras de grands barbus à l'hygiène douteuse.
Je pense qu'au fond, elle détestait la solitude. C'est une chose que je comprends mais que je n'approuve

pas. La solitude apporte à celle qui l'accepte le temps de la réflexion nécessaire pour mettre en ordre le tumulte de ses sentiments. Jessie aimait l'amour au point de multiplier les partenaires jusqu'à l'overdose.
Parfois, elle esquissait un début de relation, mais plutôt que d'avancer avec précaution, elle mettait son cœur et son corps immédiatement sur la table. Nous avions déjà eu de nombreuses discussions à ce sujet mais elle n'écoutait pas. Aurélie avait énormément d'affection pour elle et peu importe mon avis, elle avait raison d'accourir en urgence quand Jessie en avait besoin.

Le lendemain, je retrouvais Aurélie dans la salle de pause une fois la nuit tombée, pour partager un verre de vin. J'appréciais ces moments hors du temps où l'élégance d'un pinot noir tranchait avec le cadre.

– Est-ce que tu as réussi à la sauver cette fois-ci ?

– Je ne sais pas mais elle avait besoin de parler. Elle s'est faite larguée par son mec.

– Ils étaient ensemble depuis longtemps ?

– Deux semaines...

– Tu crois vraiment qu'on peut parler de relation au bout de deux semaines... ?

– En tout cas elle était triste, il l'a jetée comme une merde.

– C'était un plan Q j'imagine.

– Pas pour elle... En même temps, la dernière fois il est parti juste après qu'ils aient fait l'amour...

– Ca ne veut rien dire.

– Au bout de deux semaines si ! Quand même !

– Oui remarque, mais Jessie s'attache trop vite, elle devrait prendre son temps.

– C'est ce que je lui ai dit.

– Elle ne t'écoute pas.

– Si, pourquoi tu dis ça ?

– Parce que tu passes des heures à lui parler, et le lendemain elle recommence et fait tout le contraire de ce que tu lui as dit.

– Je sais bien, mais ça reste mon amie.

– Je trouve surtout que tu lui donnes beaucoup de ton temps.

– Je sais mais elle est importante pour moi.

– Oui, mais ce serait bien qu'elle trouve quelqu'un qui lui convienne enfin.

– Tu te portes volontaire ?

– N'exagère pas...

– Elle ne te plait pas ?

– Si, Jessie reste une jolie femme, mais je n'envisage pas toutes les femmes de la terre.

– Tu me déçois Alex.

Elle reprit un verre de vin, et me regardais avec ses yeux verts malicieux que j'aimais tant. Je poursuivis.

– Et toi ? Elle te plait ?

– Euh, oui , elle est plutôt jolie. Pourquoi tu me demandes ça ?

– Parce que je sais que les femmes t'attirent aussi.

– Comment tu le sais ?

– Tu crois que je ne t'ai pas vue regarder la nouvelle assistante de la compta...

Aurélie rougit et bu une gorgée pour ne pas avoir à répondre. Je poursuivis.

– Tu n'as jamais rien fait avec Jessie ?

– Non jamais, tu es fou, c'est ma meilleure amie, c'est comme une sœur pour moi. Mais toi si tu veux y aller vas-y ! dit-elle en rigolant. En plus, elle m'a dit qu'elle te trouvait plutôt mignon...

– Non sauf si tu es là, dis-je en plaisantant. Ca ne te dirait pas un plan à 3 avec elle ?

Je n'étais pas sérieux, mais Aurélie ne semblait pas percevoir le second degré dans mes paroles. Le vin lui montait à la tête et l'ivresse avait tendance à laisser la parole au cœur.

– Hum, intéressant... Je pourrais me laisser tenter mais s'il y en a bien une pour qui je te dirais que c'est impossible ça serait bien elle.

– Impossible ? Pourtant tu m'as dit qu'elle me trouvait mignon...

Oui mais elle n'a jamais fait ça et je ne suis pas sûre qu'elle voudrait... Et puis surtout, c'est ma meilleure amie.

– Tu es donc sûre que ça n'arrivera jamais.

– Oui évidemment... Mais j'avoue que si on devait le faire à trois j'aimerais bien que ce soit avec elle.

– Pourquoi avec elle spécialement ?

– Parce que j'ai confiance en elle et que je serais rassurée. Je sais qu'elle ne dira rien.

– C'est vrai, vu sous cet angle…

– Je n'ai pas envie qu'on le fasse avec une nana qui après balance tout.

– Il manquerait plus qu'elle me fasse chanter, dis-je en rigolant.

– Oui c'est pour ça, et je sais que Jess ne le fera pas.

– Alors faisons-le avec elle !

– Tu ne m'écoutes pas Alex, je viens de te dire que ce n'était pas possible.

– Il n'y a rien d'impossible, voilà mon nouveau challenge.

– Je ne vois pas comment.

– J'ai ma petite idée sur la question. Je la connais un peu et puis on a quand même déjà pas mal parlé elle et moi. Je ne suis pas un inconnu.

– C'est vrai…

– Il suffit juste de bien s'y prendre.

– Vas-y montre moi, je te regarde, dit-elle en souriant.

La vie n'est qu'une question d'opportunité et il ne me fallut pas attendre longtemps pour avoir la mienne.

Je savais que pour obtenir son consentement il fallait ruser. L'erreur de la majorité des hommes est d'aborder les femmes de manière frontale, alors qu'il faut être un peu plus subtil et parfois donner l'impression que tout arrive par hasard.

Vendredi soir vers 19H j'étais assis dans le canapé en cuir de mon bureau. Aurélie avait rejoint Jessie chez elle pour prendre l'apéro. Elle avait ramené une bouteille de Chardonnay. Je le savais car Aurélie me l'avait dit en me tendant une perche. Je sautais sur l'occasion. Bien sûr je n'avais pas informé Aurélie de la stratégie que je souhaitais utiliser. Je lui avais juste demandé de rester naturelle. Elle savait que je l'appellerai, elle ne savait pas comment je m'y prendrai. Je pris mon portable et composai son numéro.

– Hello, je te dérange ?

– Non je suis avec Jessie, on prend l'apéro.

– Passe-lui le bonjour d'ailleurs.

– Elle t'embrasse !

– J'ai un rendez-vous jusqu'à 20H près de la porte de Paris et je voulais te proposer d'aller boire un verre, mais je me doute que ce n'est pas possible, dis-je avec désappointement.

– Non je ne peux pas, je suis avec Jessie. Attends...

Jessie dit quelque chose à Aurélie mais je n'arrivais pas à l'entendre.

– Jess me dit que si tu veux tu peux passer après ton rendez-vous. L'apéro est vegan mais si tu sais t'en accommoder, tu seras le bienvenu.

– C'est très gentil, je passerais avec plaisir mais je ne sais pas exactement à quelle heure...

– Aucun souci, Jess et moi on ne bouge pas.

– Super à tout à l'heure.

Bien sûr je savais qu'Aurélie et Jessie prenaient l'apéro, que je n'étais pas invité à la base, je n'avais pas non plus de rendez-vous près de la porte de Pa-

ris. Je me levais pour me servir un whiskey et patienter un moment avant de me mettre en route.
Vers 21H je remontais le boulevard de la liberté dans mon Audi A5. Arrêté au feu, j'en profitais pour appeler Aurélie.
– C'est moi.
– Tu as fini ton rendez-vous ?
– Oui mais je suis un peu crevé je pense que je vais plutôt rentrer chez moi.
– T'es sérieux ?
Aurélie ne feignait pas la surprise et je sentais au ton de sa voix qu'elle ne comprenait pas pourquoi je lui disais ça.
– Oui la journée a été vraiment longue.
– Oh quand même, tu vas passer boire un verre ?
– Ecoute je sais pas, je règle un truc et je te rappelle.
J'entendais Jessie qui marmonnait derrière. Elle ne semblait pas contente du tout que je décline au dernier moment. Ma stratégie fonctionnait à merveille.
Je raccrochais et continuais à rouler en direction de l'appartement de Jessie. Le quartier était bondé et je savais qu'il me faudrait un peu de temps pour trouver une place. Mon téléphone vibra. C'était Aurélie qui m'envoyait un message.

Tu joues à quoi ?
Tu ne viens pas ?

Mais si je vais venir.
Jessie n'est pas contente je présume ?

Non elle trouve que tu abuses.

Parfait.

Comment ça parfait ?

C'est ce que je voulais.
Je suis en train de me garer.

Quoi ?

J'arrive.

Une dizaine de minutes plus tard, les portes de l'ascenseur s'ouvraient et je pénétrais dans l'appartement de Jessie, qui me fixait d'un air réprobateur.

– Alors comme ça tu ne voulais pas nous voir, dit-elle.

– Bien sûr que si, je suis juste un peu fatigué c'est tout, mais ça me fait vraiment plaisir d'être là.

Jessie, assise dans un grand fauteuil, portait un jean noir, une grosse paire de chaussettes grises, un débardeur sur lequel elle avait enfilé une veste de laine épaisse. Elle avait coupé ses cheveux blonds et rasé une partie de son crâne.

Elle se leva et se dirigea vers la cuisine.

— Je vais sortir les saucisses de tofu du four, ça sent le brûlé.

Je rejoins Aurélie sur le canapé. Elle était ravissante dans sa robe noire. Ses créoles en argent ne la quittaient plus.

— Tu joues à quoi ? Tu viens ? Tu ne viens plus ?

— Laisse-moi faire, lui dis-je en souriant.

L'appartement était décoré avec goût. Je fus surpris de constater que Jessie, malgré ses choix vestimentaires douteux, aimait les belles choses. Fauteuils de créateur, table basse design, suspensions modernes, s'accordaient parfaitement avec le parquet et les moulures blanches des murs. À peu de choses près, on aurait pu croire qu'il s'agissait d'un appartement témoin d'un magazine de déco. Jessie revint avec un plateau qu'elle posa sur la table basse. Elle me servit un verre de vin blanc.

Dans un premier temps, la discussion fut polie et inintéressante. Des banalités d'usage qui me laissèrent le temps de boire un deuxième verre et de me détendre. Aurélie observait avec attention mes moindres faits et gestes. Mais rapidement je décidais de passer à la vitesse supérieure. J'étais de bonne humeur et j'avais envie de nouveauté.

— Et si nous faisions un jeu ?

— Bonne idée ! dit Jessie.

— Tu proposes quoi ? ajouta Aurélie.

Je sortis mon téléphone portable.

— J'ai une application qui va vous rappeler des souvenirs. Action et vérité…

– Oh non c'est nul ça, dit Jessie

– Ce n'est pas n'importe quel action ou vérité, moi je vous propose une version un peu particulière.

– Intéressant, dit Aurélie.

– Dans cette application il y a 3 modes de jeu, le mode normal, le mode fiesta et le mode Hot...

Aurélie s'approcha pour regarder l'application que j'avais lancée.

– Le mode Hot bien sûr ! dit-elle en tapant dans ses mains.

Jessie ne semblait pas emballée mais je ne me démontais pas.

– Par contre je propose une règle additionnelle qui n'est pas dans le jeu. Jess, tu as de la vodka et des shooters ?

– Oui, j'ai ça.

Je savais qu'elle rangeait une bouteille de Smirnoff dans son bar dissimulé dans le vaisselier du salon. Je savais également que sur l'étagère de droite il y avait un plateau avec 6 shooters.

– Parfait, la règle est simple. Si la question ou l'action ne te convient pas et que tu veux passer ton tour, tu bois un shooter de vodka.

– Vu sous cet angle, ça me va, dit Jessie

Aurélie avait l'air de trouver également l'idée plutôt bonne.

– Tu veux qu'on finisse complètement bourrée ! dit-elle.

– Pas forcément... Tu n'es pas obligée de passer ton tour.

Jessie poursuivit :

– Moi ça ne me pose aucun problème je vais vous enterrer tous les deux, la vodka je gère !

– On va voir, répondis-je.

– Par contre je peux voir de quel genre de questions il s'agit ? dit Jessie

– Ah non, tout l'intérêt du jeu c'est que ce soit une surprise.

Sur l'écran principal de l'application, une roue s'actionne en appuyant sur un bouton. L'application choisit au hasard action ou vérité.

Je posais le téléphone sur la table basse et me tournais vers Aurélie.

– Honneur aux dames...

Aurélie me fit de gros yeux mais appuya sur le bouton pour commencer la partie.

Vérité ! Quel est le lieu le plus excitant où vous avez eu un rapport ?

– Ok ça va ça je peux répondre dit Aurélie. Alors je dirais...

Elle réfléchit quelques instants. Je me remémorais également tous les endroits où nous avions pu le faire au cours de l'année qui s'était écoulé. J'espérais secrètement qu'elle ne parle pas de la soirée au club.

– Je dirais dans un piscine...

Ouf ! Aurélie me regarda avec un sourire complice qui m'indiquait qu'elle et moi avions bien pensé à la même chose.

– À ton tour Jessie, dis-je.

Vérité ! Quelle est la chose que tu détestes le plus chez un homme ?

– Je m'attendais à pire, j'aurais préféré boire, mais ça je peux répondre facilement. Je déteste les hommes imberbes et précieux ! Moi j'aime quand ça sent l'homme et que ça coupe des bûches en plein hiver ! dit-elle en riant.

Je pris le téléphone, c'était à mon tour. Le problème avec ce jeu c'est que je ne maitrisais pas les questions. Je devais m'attendre à tout.

Action ! Enlève-lui ses sous-vêtements sans le/la déshabiller.

– Forcément il fallait que ça tombe sur moi.

– Les sous-vêtements de qui ? dit Aurélie

– À priori la personne que je veux, mais rassurez-vous je passe mon tour et je choisis le shooter.

Je me servis un verre et le descendis cul sec.

J'espère que je vais avoir un peu plus de chance au prochain tour, sinon mon plan va tomber à l'eau et je vais finir complètement ivre.

Aurélie appuya sur le bouton : Vérité ! Raconte ta meilleure expérience sexuelle.

Merde, là ça devient compliqué. De quoi va-t-elle parler, il ne faut pas qu'elle nous grille.

Elle réfléchit quelques instants avant de répondre.

– Bon vous n'êtes pas prêts pour ça ! Je choisis le shooter !

– Oh t'es nulle Aurélie ! dit Jessie, on veut savoir nous !

– Pas ce soir !

Elle but d'un trait le shooter avant de faire une grimace et tirer la langue.

– À ton tour Jess, dit-elle.

Action ! Touche la cuisse de la personne à ta droite.

– Ça va ce jeu, ca reste correct, j'aurais préféré boire, mais va pour ta cuisse Aurélie.

Elle se leva et toucha d'un doigt la cuisse d'Aurélie. J'interviens.

– Non pas comme ça, il faut y mettre un peu plus de sensualité ! Sinon tu bois !

– Ok, ok. Elle caressa doucement la cuisse d'Aurélie en mimant un acte sensuel.

Aurélie la regardait en souriant. Elle lui dit :

– Arrête si tu continues comme ça, tu vas m'exciter.

Jessie rigola avant de rejoindre son fauteuil.

Mon tour à nouveau et je croisais les doigts pour avoir un peu plus de chance qu'au dernier tour.

Vérité ! Qu'est-ce que tu aimerais faire avec moi que tu n'as jamais osé me demander.

– Avec qui ? dis-je.

– Tu choisis, dit Aurélie.

Oh merde, il va falloir que je donne un peu parce que je ne peux pas enchaîner un deuxième shooter tout de suite. Et puis c'est Jess qui doit boire, pas moi.

– Avec toi Aurélie, je crois que j'aimerais bien t'embrasser dans le cou.

– Oh c'est mignon, dit Jessie. Allez !

– C'est vérité, pas action !

Aurélie fit tourner la roue : Action ! Faites une déclaration au choix à l'une des personnes présentes : Chéri j'aime ton sexe / ta bite ou Défonce-moi mon chéri ou J'ai envie de baiser ce soir chéri.
Sans hésitation, Aurélie se tourna vers moi, me regarda droit dans les yeux et dit :
– Chéri, j'ai envie de te sucer ce soir, et après que tu me baises. Ok chéri ?
Jess, surprise et amusée, éclata de rire. Nous finîmes tous par rigoler de cette performance si convaincante !
À ton tour Jess. Aurélie s'approcha de moi sur le canapé et me murmura
– Je ne plaisantais pas...
Jess tomba sur Action : Simulez la jouissance et le plaisir
– Ah non je ne peux pas faire ça là comme ça ! dit-elle en rigolant. Je bois.
Elle se versa un gros shooter, qu'elle descendit d'un trait.
Je tombais sur Action : Improvise une scène d'amour de premier baiser.
Ok les choses peuvent devenir intéressantes.
– Jess tu me donnes un coup de main pour ça ?
Elle s'était prise au jeu et ma demande n'eut pas l'air de la choquer. J'approchais d'elle, l'invitais à se lever, et sous les yeux ébahis d'Aurélie, je la pris dans mes bras et l'embrassais. Nos lèvres d'abord se frôlèrent. Il y eut un silence. Je crus même que la musique avait fait une pause pour nous regarder.

Elle passa doucement sa langue sur ma lèvre inférieure, puis la mienne vint la caresser. Le baiser dura quelques secondes.

Nos visages s'éloignèrent l'un de l'autre. En nous regardant nous nous mirent à rire.

Jess rejoint son fauteuil, et je saluais l'auditoire à la manière d'un comédien dans un théâtre.

Aurélie me regarda avec surprise et excitation. J'avais marqué un premier point et elle n'en revenait pas

– À ton tour ! dis-je.

Aurélie tomba sur vérité : As-tu déjà fait l'amour avec une autre femme ?

Elle ne mit pas longtemps à répondre.

– Oui, et c'était canon !

– Tu ne me l'avais jamais dit ? répondit Jessie.

– À moi non plus d'ailleurs, ajoutais-je.

Elle nous regarda tous les deux avec un air malicieux, fière de son effet.

– Vous ne savez pas tout de moi, je ne suis peut-être pas celle que vous croyez.

– Il faut nous en dire plus, dit Jessie.

– Oui il faut que tu nous racontes !

– Quand j'étais étudiante en Langues étrangères appliquées... Bon je n'y suis pas restée très longtemps... mais suffisamment pour rencontrer une belle et grande rousse avec des seins énormes et une taille toute fine, la peau très blanche, limite laiteuse, et un tatouage juste au-dessus de son sexe.

À l'époque ça m'a rendue dingue. Elle est passée un soir pour me donner un cours que j'avais raté, et je ne vais pas vous faire un dessin, on a terminé dans ma chambre. Je n'ai jamais conclu aussi vite de ma vie. Je crois même qu'elle n'était venue que pour ça. Le pire, c'est qu'en partant elle a oublié de me donner les cours. Mais vu le cuni extraordinaire qu'elle m'a fait, je dois avouer que je ne pensais à rien d'autre qu'au pied monstrueux que je venais de prendre.
Jessie et moi nous regardions à la fois choqués et excités par cette nouvelle facette d'Aurélie que nous découvrions.

Le jeu se poursuivit pendant une bonne heure où les actions et les vérités ne faisaient que mettre le salon de Jessie en ébullition.
La dernière action que je tirais allait tout faire basculer : Incarnez Christian Grey et choisissez votre Ana Steele pour mimer une scène torride qui aurait pu être dans 50 nuances de Grey.
Je saisis l'occasion et l'alcool aidant, je me lançais dans une interprétation convaincue mais hasardeuse où Aurélie serait Melle Steele. Elle se prêta au jeu.

– Melle Steele j'ai très envie de vous, dis-je avec une voix grave faussement sensuelle et un peu trop sérieuse.

– Oh Christian.

– Chut. Taisez-vous, ne dites pas un mot de plus.

– Mais Christian...
Merde, elle m'excite tellement. Je suis sûr qu'elle mouille.
Je faisais semblant de mimer les pensées de Christian, je tournais la tête sur le côté en dissimulant mon visage derrière ma main.
– Melle Steele j'ai un penchant pour certaines pratiques étranges.
– Dites-moi tout Christian, vous êtes si beau.
Jessie se délectait de la scène. Elle assistait à son propre film érotico-comique en direct dans son salon. Je poursuivis.
– Melle Steele, vous connaissez notre safe word.
– Oui Christian, j'ai peur...
– N'ayez pas peur, je vais vous infliger de la douleur et du plaisir.
– Je n'ose pas.
– Levez-vous Melle Steele et tournez-vous.
Aurélie se tourna et je me collai à elle. Ma main passa sur sa poitrine sans que cela ne choque personne. Jessie était subjuguée. J'embrassais délicatement son cou en continuant de caresser son corps que je sentais frémir sous mes doigts.
– Melle Steele, Ana, je veux tout de toi. Je vais te prendre mais avant nous allons jouer.
L'alcool nous avait totalement désinhibés et je prenais à cœur mon rôle.
– Vous allez vous laisser guider par ma voix et vous allez prendre du plaisir.
– Oui monsieur Grey.
– Bébé, appelle-moi Christian.

– Oui Christian.

– Approchez-vous de Jessie et embrassez doucement sa bouche.

Jessie était tellement absorbée qu'elle ne se rendit pas compte que la scène était en train de basculer.

Aurélie s'approcha d'elle, assise sur le fauteuil et commença à l'embrasser. Timidement, puis avec sensualité. Jessie passa sa langue sur les lèvres d'Aurélie qui avait fermé les yeux et commençait à ressentir de légers frissons qui parcouraient son corps. Aurélie embrassa plus longuement Jessie et sa main commença à caresser sa poitrine sous sa veste de laine. Doucement, elle descendit le long de son ventre, puis, à travers son jean, commença à lui caresser le sexe.

Jessie se cambra dans son fauteuil et posa ses mains sur les seins d'Aurélie.

Assis dans le canapé je contemplais la scène en me félicitant de toucher enfin au but. Mon stratagème était une réussite totale. Jessie avait fermé les yeux pour mieux ressentir les vagues de plaisir qu'Aurélie déclenchait en elle.

Aurélie retira le jean de Jessie, puis sa culotte. Jessie posa une jambe sur l'accoudoir et Aurélie s'agenouilla devant elle. Avec dextérité elle commença à lécher son sexe humide, puis poursuivit en l'excitant du bout des doigts. Jessie gémit.

Je me lève, m'approche d'elles. Je défais ma ceinture, baisse mon pantalon, et présente mon sexe durci par l'excitation devant la bouche chaude de

Jessie. Je prends son visage dans une main et fait pression sur ses joues pour entrouvrir sa bouche. Je la pénètre doucement et elle commence à me sucer langoureusement comme happée dans un rêve qui flirterait avec la réalité.
Mon sexe va et vient dans sa bouche tandis que la langue d'Aurélie lèche avec gourmandise et application le sexe trempé de Jessie. Elle respire fort, et attrape ma cuisse pour me tirer vers elle et me sentir plus profond dans sa gorge. Ses joues sont rouges et je sens la chaleur de son corps excité.
Peu après, nous nous dirigeons vers sa chambre et nous allongeons sur le lit.
Assis, je cale un oreiller derrière mon dos et Aurélie et Jessie s'approchent dangereusement de mon sexe avec des regards malicieux. Aurélie passe sa langue de bas en haut tandis que Jessie enserre le bout de mon gland avec ses lèvres. L'instant est aphrodisiaque. La chevelure blonde de Jessie se meut dans un va-et-vient qui fait monter de plus en plus le désir en moi.
Aurélie s'en amuse avant de lui laisser totalement le contrôle de mon sexe. Jessie le prend totalement en bouche, le caresse, le lèche, l'agace, jusqu'à m'arracher un profond soupir de plaisir.
Aurélie finit par pousser Jessie gentiment pour, à son tour, me faire goûter à l'étendue de ses talents.
Bon sang rien à faire elle suce vraiment mieux que Jess.
Je dis à Jessie :

– Aurélie aime qu'on la lèche. Occupe-toi d'elle tout de suite.

Sans un mot, Jessie glissa le long du lit jusqu'entre les jambes d'Aurélie qui continuait à me sucer avec passion. Elle caressa d'abord son sexe avec vigueur avant de la lécher à son tour. Aurélie eut un sursaut. Je crois que la langue de Jessie était au bon endroit. Aurélie était magnifique, les joues rougies par le désir, ses cheveux collant sur son visage trempé par une émotion puissante. Je prends son visage dans ma main, l'éloigne de mon sexe et attrape son regard.

– Est-ce que ça te plait ?

– Oui.

– Oui qui ?

– Oui Monsieur.

– Suce-moi encore et applique-toi plus, je veux que tu me donnes toute ton attention. Fais abstraction de Jessie qui te lèche. Je ne veux pas te voir trembler malgré le plaisir qu'elle te donne.

Aurélie se concentre, respire, et prend mon sexe tout entier dans sa bouche.

Putain, une gorge profonde j'ai l'impression qu'elle m'aspire tout entier. Qu'est-ce que c'est bon.

Je finis par me lever et laisse Jessie continuer à lécher Aurélie avec force et entrain. Elle est sur le dos, Jessie allongée entre ses jambes. J'attrape un préservatif dans la poche arrière de mon pantalon, que j'avais consciencieusement préparé pour cette éventualité. J'attrape les hanches de Jessie et redresse ses fesses. Ma main caresse son sexe humide. Je la pénètre avec deux doigts et son corps se temps. Je présente mon sexe, puis avec douceur je la pénètre. Sa tête s'échappe un instant des cuisses d'Aurélie pour pousser un long soupir de plaisir. Elle me dit :

– Vas-y Alex, prends-moi.

Mes coups de reins s'accélèrent et l'énergie que j'y mets se transmet jusqu'à la langue de Jessie qui pénètre le sexe d'Aurélie avec plus d'ardeur. Aurélie se tord sous les assauts de Jessie qui semble infatigable malgré l'heure tardive et l'alcool.

Je finis par l'arracher au sexe d'Aurélie pour l'allonger sur le dos. Je la prends par les chevilles et remonte ses jambes. Je la pénètre à nouveau. Ses mains s'agrippent aux draps et je la pénètre encore.

– Plus fort dit-elle, plus fort.

Je redouble d'efforts et mon sexe la pénètre sans relâche jusqu'à lui faire pousser de petits cris saccadés. Aurélie caresse sa poitrine et l'embrasse, Sa langue vient titiller le bout de ses tétons qui se dressent sous l'excitation. Nous nous occupons tous les deux de Jessie qui peu à peu perd pied. Je regarde Aurélie concentrée, elle lèche chaque centimètre de la poitrine de Jessie, elle n'en oublie aucun. Jessie lui caresse les cheveux.

J'ai besoin d'une pause, sinon je ne vais pas tenir beaucoup plus longtemps.

Je me retire et Jessie pousse un soupir de mécontentement, j'appelle Aurélie en renfort.

– À ton tour de la lécher.

Aurélie ne se fait pas prier et glisse sa langue jusque sur le ventre de Jessie. Elle commence par lui caresser doucement le sexe avec ses doigts. Visiblement experte, Jessie se cambre immédiatement. Aurélie lève les yeux et regarde Jessie qui tremble de plus en plus. Ses soupirs deviennent des gémissements qui à nouveau se transforment en petits cris.

Aurélie plonge sa langue entre les cuisses de Jessie qui depuis n'a toujours rouvert les yeux. En suspens, elle retient sa respiration pour la relâcher quelques instants plus tard avec un long soupir mouillé de sincérité et de plaisir.

Je m'assois contre la tête de lit et profite de ce répit pour me masturber en regardant la scène. Aurélie pose ses mains sur les cuisses de Jessie pour les écarter encore plus. Elle la maintient fermement alors que Jessie se débat sous les coups de langues de plus en plus précis et jouissifs.

Toujours en érection, je décide de ne pas faire de jalouse. Aurélie sur le bord du lit est en position parfaite pour que je la prenne. Je passe ma main sur son sexe qui est trempé. Le bout de mon sexe vient caresser doucement le sien. Je prends le temps, je sens que cela l'excite. Je continue jusqu'à ce que sa main me cherche m'intimant de la prendre.

– Pas tout de suite. Il faut que tu attendes encore.

Elle relève la tête, me regarde.

– Prends-moi.

– Pas tout de suite je t'ai dit, dis-je en durcissant le ton.

Elle replonge entre les cuisses de Jessie qui ne demandait que ça.

Au moment où sa langue caresse le sexe de Jessie, je la prends par surprise et la pénètre d'abord doucement, puis enfonce mon sexe entièrement.

Elle ne peut s'empêcher de pousser un long gémissement. J'attrape ses fesses, et commence à aller et venir en elle pour lui arracher ces cris de plaisir que j'aime tant entendre. Son sexe serré m'excite tellement que je lutte intérieurement pour ne pas jouir mais l'expérience m'a appris le secret pour tenir un peu plus longtemps : la respiration. Je prends une grande bouffée d'air et je cale mes respirations sur mon mouvement. Je pose une main sur le bas de son dos tout en continuant.

Ma main claque sur sa fesse, Aurélie crie de plaisir.

– Je crois que tu n'as pas été très sage.

– Encore.

Ma main claque à nouveau sur sa fesse qui doucement commence à rougir. Tout le corps de Jessie est tendu et Aurélie finit par la délivrer. Le plaisir intense se transforme en jouissance. Un cri que je ne lui connaissais pas m'indique qu'elle vient de jouir. Pour la laisser respirer, je fais rouler Aurélie sur le côté et l'allonge sur le dos. Je la pénètre à nouveau et mes mains se posent sur son cou que je com-

mence à serrer doucement. Elle me regarde implorante de lui donner encore plus de plaisir.
Je laisse une main sur son cou qui la maintient allongée, de l'autre je caresse son sexe tout en la pénétrant avec le mien. Il ne faut pas longtemps pour qu'elle crie, qu'elle souffle, qu'elle jouisse, que je la délivre.

Je me retire et m'allonge sur le lit, ma main caresse les cheveux de Jessie qui se jette sur mon sexe pour le mettre tout entier dans sa bouche. Je caresse ses cheveux avant de lui dire :

– Recule-toi. Viens sur moi.

Elle s'exécute et me chevauche. Mon sexe la pénètre immédiatement. Elle prend ses cheveux entre ses mains, bombe sa poitrine et bouge ses fesses sur moi.
Elle veut imposer le rythme mais ça ne se passera pas comme ça.

– C'est moi qui décide, lui dis-je.

J'attrape ses fesses fermement et lui donne le mouvement à suivre, elle se débat un peu au début puis finit par se laisser faire.
Mes mains la maintiennent mais viennent également écarter ses fesses, ce qui a pour effet immédiat de lui arracher de nouveaux gémissements. Je redresse mon bassin pour la prendre plus profondément.

– Plus fort me dit-elle, plus fort.

J'accélère mes mouvements. Je me redresse, passe mon bras dans son dos pour l'enserrer entièrement et dans un mouvement brusque je la redresse, nous nous levons, je passe derrière elle et la pousse en avant sur le lit.

Aurélie nous regarde avec les yeux brillants.

– Tu veux me sentir plus fort ?

– Oui plus fort, dit Jessie.

Je viens derrière elle puis lui écarte les fesses.

– Je vais te prendre comme ça et tu vas aimer !

– Oui vas-y j'adore ça.

Mon sexe la pénètre et je sens son cul serré qui se contracte. Elle crie de plaisir.

Je pose ma main sur ses cheveux blonds et lui écrase la tête dans l'oreiller qui étouffe ses cris. Je la pénètre jusqu'à ce que je sente son corps qui tremble entièrement. Je me retire exténué.

Je m'allonge sur le lit et retire mon préservatif. Aurélie attrape mon sexe et me branle avec douceur, tout en me regardant avec désir et bienveillance. Elle me lèche doucement le gland. Jessie encore tremblante s'approche et me lèche.

Elle regarde Aurélie.

– Je veux qu'il jouisse dans ma bouche.

– Vas-y, dit elle en souriant.

Jessie me prend dans sa bouche, se recule, crache sur mon sexe tellement dur que je crois qu'il va exploser, elle me reprend tout en me branlant.

Il ne faut pas longtemps pour qu'à mon tour je jouisse. Jessie avale goulument. Aurélie lui tient les cheveux.

Je me sens bien, j'éclate de rire.

Tous les trois affalés sur le lit, nous reprenons notre souffle. Jessie se rapproche d'Aurélie pour la prendre dans ses bras.

Merde, on va pas non plus se faire des câlins... Vu l'heure on va surtout se mettre en route.

Quelques instants plus tard, Aurélie et moi nous rhabillons tandis que Jessie enfile sa veste de laine sous laquelle elle est nue.

– Vous partez déjà, vous ne dormez pas ?

– Non on doit y aller, dis-je en souriant.

Jessie semble contrariée mais Aurélie avec diplomatie lance

– On va quand même prendre un dernier verre.

Il y a plusieurs derniers verres. Celui qu'on propose après un restaurant et qui se traduirait par "on peut le boire et puis après on peut coucher ensemble."

Ce dernier verre voulait plutôt dire "On est bien élevés, mais après on doit vraiment y aller."

Dans la rue je fumais une cigarette. Aurélie et moi marchions lentement vers la voiture dans les rues désertes. Tout en recrachant la fumée je lui dis :

– Finalement tu vois, ce n'était pas si compliqué ?

– J'avoue que tu m'as impressionnée sur ce coup.

– Je te l'avais dit il n'y a rien d'impossible.

– N'empêche tant mieux parce que c'était canon.

– J'avoue que c'était vraiment top.

– Je crois qu'elle m'a fait le meilleur cuni que j'ai jamais eu sans vouloir te vexer.
Je rigolais tout en respirant l'air frais de la nuit.
– Mais tu sais j'ai vraiment cru que tu ne viendrais pas au début avec ton truc de "je vais rentrer chez moi" dit-elle en m'imitant.
– Bien sûr que j'allais venir, mais je voulais juste la mettre dans un état psychologique propice.
– Tu es vraiment manipulateur...
– Peut-être un peu, mais qui s'en plaindra ce soir ?

CHAPITRE 17
TUNIS

Fiona Apple - Across the Universe

"Quand tu n'es pas là, tu me manques,
mais au moins je suis sobre"

L'avion de la compagnie TunisAir se posa à l'heure à l'aéroport de Tunis Carthage. Je patientais une demi-heure au contrôle de police au milieu d'une file interminable de voyageurs. Je n'arrivais pas à arracher le visage d'Aurélie de mes pensées. Notre dernière soirée avait éveillé quelque chose d'inattendu en moi. Cela faisait longtemps que je n'avais pas senti ce frisson me parcourir, cette vague chaude et rassurante qui apaise le cœur. Elle était loin de moi et mon corps fébrile tremblait comme s'il était en manque. Etait-ce l'odeur de sa peau ou le parfum de ses cheveux ? J'entendis "suivant" et la file avança.

Arrivé devant l'agent en charge de vérifier mes papiers, je lui présentais le document que l'on m'avait

donné dans l'avion et que je devais remplir et remettre avec mon passeport. Il fallait y indiquer la raison de ma venue sur le sol tunisien, ainsi que mon lieu de résidence pendant le séjour, mais également toutes mes coordonnées en France.
L'officier dans sa guérite releva la tête et me dit :
– Vous venez pour le business ?
– Oui, je suis speaker au Tunisia Digital Summit qui se tient à l'Hôtel Laïco.
– Vous restez combien de temps ? Il avait l'air suspicieux.
– Je reste une semaine.
Il me dévisagea, puis tapota sur son ordinateur pour vérifier je ne sais quelle information ou peut-être tout simplement le numéro de vol par lequel j'étais arrivé.
Le tampon de l'administration s'abattit avec fracas sur mon passeport avant que l'officier appelle la personne suivante.

Je franchis un deuxième contrôle de police et mes bagages furent passés au scanner. Je quittais la zone d'embarquement.
Dans le hall de l'aéroport, Sirine m'attendait assise à une table où elle buvait un café. Nous nous étions rencontrés il y a de cela déjà quelques années et depuis elle était devenue mon contact et mon guide lorsque je me rendais à Tunis.
C'était une belle femme, grande avec des cheveux longs magnifiques d'un noir brillant.

De grands yeux cachés par une large paire de lunettes. Une jupe claire et une vieille montre casio dorée qui ne la quittait jamais. Ses talons lui donnaient un air majestueux, son sourire d'une blancheur aveuglante rayonnait quand elle riait.
Quand elle m'aperçut, elle se leva et vint à ma rencontre, abandonnant l'homme qui était assis avec elle. Ce dernier fut surpris de me voir et je pus sentir le dépit sur son visage.
Elle me prit dans ses bras pour me souhaiter la bienvenue. Tout en me serrant, elle me glissa à l'oreille.

– Sauve-moi, je n'arrive pas à me débarrasser de l'homme avec moi. Il s'est invité à ma table.

Je ne cherchais pas à en savoir plus et m'approchais de l'homme pour tenter de régler cette situation avec diplomatie.

– Bonjour Monsieur, lui dis-je en lui broyant la main avec un grand sourire. Comment allez-vous ?

– Très bien merci. Ah vous êtes français ?

– Oui, vous aussi on dirait, d'où venez-vous ?

L'homme avait un visage rond et des cheveux poivre et sel. Une chemise ouverte, une veste de costume anthracite et un badge collé dessus qui indiquait le groupe auquel il appartenait. Il semblait à la fois déçu et surpris de me voir.

– Je suis de Lyon, en déplacement professionnel, je rejoins un séminaire organisé par mon entreprise. Je travaille dans l'automobile.

– C'est intéressant, dis-je avec un soupçon de désintérêt, une once de mépris et quelques grammes de fausse politesse. Vous venez d'arriver ?

– Oui juste le temps de passer la douane et de faire connaissance avec cette charmante jeune femme, dit-il en regardant Sirine.

– En effet Sirine est vraiment ravissante, mais veuillez nous excuser, nous devons vous laisser nous avons des affaires en cours à régler.

– Sirine ? Vous partez déjà ? lui dit-il.

Je ne lui laissais pas le temps de parler, juste d'esquisser un sourire.

– Oui, comme je viens de vous le dire, nous devons partir.

– Oh quel dommage, je vais toutefois vous laisser ma carte peut-être aurons-nous l'occasion de nous revoir, dit-il en tendant sa carte à Sirine qui visiblement n'en n'avait que faire.

– Merci Monsieur, je vous souhaite un bon séjour et encore bienvenue en Tunisie, répondit-elle.

J'attrapai ma valise, Sirine me suivit et je quittai cet homme sur un signe de tête.

– Bonne journée monsieur et bonne chance, lui dis-je en souriant.

Quelques mètres plus loin en traversant le hall de l'aéroport, Sirine souffla.

– J'ai cru qu'il n'allait jamais me lâcher, me dit-elle avec son accent tunisien plein de charme.

– Tu ne le connaissais pas du tout ?

– Non, comme je t'ai dit, il s'est installé comme ça à ma table sans me demander. Pourtant je lui ai dit que j'attendais quelqu'un, ça ne l'a pas dérangé.

– Les hommes sont vraiment parfois des rustres.

– Des quoi ? me demanda-t-elle.

– Disons qu'ils ne sont pas toujours très Gentlemen.

– C'est bien vrai, je n'ai pas du tout aimé la manière dont il m'a abordée. Est-ce que c'est quelque chose de typiquement français ? Sans vouloir te vexer bien sûr.

– Non je crois que ce type de comportement est malheureusement international.... On y va ?

Une fois sorti de l'aéroport, la chaleur me submergea à nouveau. Ce n'était pas la première fois que je venais à Tunis et pourtant je me laissais surprendre à chaque fois, et ce, peu importe la saison. J'avais toujours une épaisseur ou un manteau en trop. Je me rendis compte également que j'avais oublié mes lunettes de soleil. De grands palmiers bordaient le parking et sur le trottoir je pouvais sentir du sable grincer sous mes pas.

Autour de nous, des familles chargées de bagages, des hommes avec des pancartes attendant des voyageurs étrangers, des enfants assis sur une valise qui attendaient leurs parents. Submergé par le brouhaha des arrivées et des départs, j'étais serein. Je ne comprenais rien à ce qui se disait autour de moi et cela me convenait tout à fait. Cela me faisait un bien

fou de ne rien comprendre aux discussions qui avaient lieu autour de moi.
Mon cerveau était en paix et ne cherchait pas à comprendre et analyser des données qui ne lui étaient pas destinées. C'est peut-être pour cela que j'aimais autant voyager à l'étranger, et surtout là où on ne parle pas forcément le français.
Nous nous engouffrons dans un taxi et Sirine indique au chauffeur en dialecte tunisien l'adresse où nous souhaitons nous rendre.
– Tu as réservé le même Airbnb que la dernière fois ? Je ne t'ai même pas demandé, me dit-elle en rigolant pour masquer sa gêne.
– Oui le même, répondis-je en souriant.
Le taxi jaune remonta jusqu'à la sortie de l'aéroport et prit la voie rapide. Je regardais par la fenêtre ravi de retrouver cette ville que j'aimais tant. Rien n'y était parfait, mais la vie orientale avait sur moi des vertus relaxantes. Pendant que Sirine discutait avec le chauffeur, je pensais à elle. Je regardais par la fenêtre et je me demandais si elle aurait apprécié cette ville. Où aurions-nous été ensemble ? Quel restaurant aurions-nous choisi ? Quelle nouvelle expérience aurions-nous pu tenter ensemble ?
Arrivé à la bretelle de sortie, le chauffeur pila. Devant nous un 4x4 était en train de faire demi tour. Il avait dû se tromper de route et n'avait que faire des voitures qui le suivaient et qui maintenant s'étaient toutes mises à klaxonner. Il faisait demi tour, sur la bretelle, et mis à part moi, cela ne choquait per-

sonne. Le chauffeur se tourna vers moi et dans un français approximatif et souriant me dit :

– Bienvenue en Tunisie !

Je rigolais et trouvais la situation pittoresque. On dit que pour savoir si on est un bon conducteur il faut venir conduire à Tunis. Je n'avais pas encore eu l'occasion, mais je mourrais d'envie d'attraper le volant d'une vieille Suzuki blanche pleine de sable et de me balader dans la ville pour me frotter à ce nouveau défi.

Le taxi nous déposa dans un quartier résidentiel à une vingtaine de minutes du centre. Sirine ne comprenait pas pourquoi je ne prenais pas une chambre directement à l'Hôtel Laïco où avait lieu la conférence. Le quartier était populaire, l'immeuble vieillissant, mais cela me convenait parfaitement.

Le Airbnb n'était pas un appartement mais une simple chambre louée par la propriétaire d'un charmant trois pièces.

Une jeune journaliste qui arrondissait ses fins de mois en accueillant des voyageurs dans sa chambre d'amis.

Elle ne quittait pas l'appartement et s'enfermait dans sa chambre pour ne pas déranger.

De son balcon au 5ème étage sans ascenseur, la vue était superbe. Tunis s'étendait sous mon regard. Pas le Tunis des cartes postales, mais le Tunis où l'on vit, où l'on mange, où l'on se dispute puis on fait l'amour.

J'aimerais tellement que tu puisses voir ça… Un coucher de soleil sur Tunis ça ne se raconte pas, ça se regarde ensemble et ça reste gravé à jamais dans nos mémoires.

Ma chambre était spartiate, un lit, un bureau, une chaise mais cela m'était largement suffisant. Le plus important : il y avait une bonne connexion wifi. La première nuit j'avais été réveillé en sursaut à cause de l'appel à la prière. Un chant long et mélodieux qui m'avait d'abord surpris puis avait fini par me bercer. J'aimais entendre cette voix tombée du ciel. J'aimais cette chambre proche du minaret. Perdu au milieu d'une ville à des milliers de kilomètres de chez moi, je me sentais bien… Même si cette fois-ci j'avais l'impression qu'il manquait quelque chose ou quelqu'un.

Le lendemain matin, Sirine vint me chercher en taxi en bas de l'immeuble.

– Désolé Alex, je suis un peu en retard

– Ce n'est pas grave, ne t'inquiète pas on a le temps.

– Pour me faire pardonner, j'ai apporté un peu de chocolat et des pâtisseries que ma maman a préparées.

– Merci c'est très gentil, dis-je en prenant le gâteau qu'elle me tendait.

– Pas trop angoissé pour aujourd'hui ?

– Non ça va je suis en pleine forme, et puis… tu es là…

Sirine rougit et me remercia de tant de gentillesse et d'attention à son égard.

Vingt minutes plus tard, nous arrivions devant l'imposant hôtel Laïco. Le bâtiment ultra moderne, planté au milieu de terrains en construction, venait d'être entièrement rénové et était désormais l'hôtel le plus luxueux de la ville.
Un mélange harmonieux du luxe oriental et européen.
C'est l'endroit qu'avaient choisi les organisateurs du Tunis Digital Summit pour y accueillir tous leurs participants.
Je devais intervenir au cours d'un Key note sur la thématique du Social selling où l'art de vendre via les réseaux sociaux. La salle serait remplie de grands chefs d'entreprises, de hauts responsables, de décideurs, un condensé des personnalités les plus influentes et puissantes du pays.
Sirine me quitta à l'entrée de l'hôtel. Elle avait un rendez-vous qui l'attendait au premier étage avec une start-up prometteuse. Elle dirigeait un incubateur d'entreprises et misait toujours avec finesse et intelligence sur les pépites prometteuses.

Je traversais le hall. De grands palmiers y avaient été installés entre les larges colonnes. Des fauteuils luxueux, des petits salons, de grands tapis, l'endroit était somptueux.
Près de l'entrée principale, une limousine se gara et j'aperçus une congrégation d'hommes en costumes noirs. Il devait y avoir un ministre et ses conseillers. L'événement avait été relayé dans tout le pays.

À l'accueil du congrès, je récupérais mon badge et échangeais avec les organisateurs qui étaient heureux de pouvoir m'accueillir pour cet évènement. J'échangeais également avec Wassim Ben Larbi, animateur et producteur sur Express FM, en charge d'animer l'événement et les différents Talk. Nous nous mîmes d'accord sur le déroulé de mon intervention et la manière dont nous allions procéder sur scène.
Un fois tous les détails réglés, je trouvais un endroit pour me reposer quelques instants : un grand fauteuil en cuir près d'une baie vitrée. J'étais déçu de voir qu'Aurélie ne m'avait envoyé aucun message. J'aurais espéré un petit "Bien arrivé ?" ou un "Tout se passe bien ?" ou encore un "Abuse pas trop de la chicha !" mais aucun message. J'avais très envie de lui écrire, savoir comment elle allait, ce que Jessie avait bien pu lui raconter après notre soirée, mais je me retins de lui écrire.
C'était la première fois que je vivais une lutte intérieure aussi violente.
D'un côté, mon cœur soumis à une passion intense qui déchaîne les sentiments me hurlait de le faire, quand dans le camp adverse, mon cerveau qui tentait de mener à bien un plan visant à la placer sous une emprise totale me l'interdisait.

Ce voyage devait être un révélateur pour nous deux. Comment savoir si l'on tient vraiment l'un à

l'autre ? Seule la séparation et l'absence permettent de le savoir.
J'avais quitté la France depuis à peine une journée et j'avais déjà ma réponse. J'aurais aimé savoir ce qu'il en était pour elle.
Non, n'envoie pas de message. On s'en tient au plan. Pas de message ! Bon un message c'est pas grand chose. Non, merde, pas de message. Arrête Alex t'es accro c'est pas possible.
Un membre de l'organisation vint me chercher pour m'informer que les conférences avaient commencé et que je devais rejoindre la salle principale. Je le suivis à travers la longue allée centrale.
Derrière de lourdes portes finement décorées, je découvris la salle où j'allais intervenir. Majestueuse, des proportions dignes d'un palais et entièrement couverte d'une moquette épaisse et luxueuse. Des lumières violettes habillaient les murs et tranchaient avec les projecteurs braqués sur une scène gigantesque surmontée d'écrans géants. Les 400 participants étaient assis à de grandes tables ornées de nappes blanches, de bouquets de fleurs fraîches et de bouteilles d'eau. J'avais eu raison d'attendre pour découvrir la salle. Le trac m'envahit instantanément. Le dispositif déployé pour cet évènement était à la hauteur des ambitions de ses organisateurs. La liste des speakers était alléchante et je comprenais pourquoi malgré un prix élevé, la salle était comble. J'aperçus également qu'un gros dispositif audiovisuel avait été mis en place, et je ne dou-

tais pas que mon intervention serait filmée et finirait sur Youtube et les réseaux sociaux.

On m'équipa avec un micro casque et Wassim me présenta à l'assemblée en résumant mon parcours et celui de mon agence. Sirine s'était installée à la table réservée aux speakers et me faisait des signes d'encouragement. Je montais sur scène sous les applaudissements.

Je pris la parole pendant trente minutes durant lesquelles l'auditoire fut pendu à mes lèvres. Beaucoup prirent des notes dans un silence quasi religieux. Wassim anima la session de questions réponses qui vint conclure mon intervention.

Je quittais la scène sous les applaudissements nourris de professionnels ravis d'avoir trouvé des réponses à leurs questions.

Les organisateurs vinrent me féliciter pendant que je retirais mon micro casque, de la qualité de mon propos et de la pédagogie dont j'avais fait preuve.

Je rejoignis la table où était installée Sirine.

– Bravo, c'était passionnant ! Je ne savais pas que tu avais de tels talents d'orateur. La salle était vraiment hypnotisée.

– Merci beaucoup Sirine.

– Vraiment tu m'as impressionnée.

– Je suis plein de surprises tu sais, dis-je en rigolant.

J'assistais aux différents exposés de mes confrères avec intérêt, mais j'étais heureux d'avoir marqué les esprits.
En quittant la salle, de nombreuses personnes m'interpellèrent pour me donner leur carte ou pour prendre une photo. Je serrais même la main du ministre en charge du développement numérique. Mais je brûlais d'envie de consulter mon téléphone pour voir si elle m'avait envoyé un message. Je me réfugiais aux toilettes. Aucun message, aucunes nouvelles d'Aurélie.
Que pouvait-elle bien faire ? Pourquoi ne m'avait-elle pas encore écrit. C'est fou comme on peut imaginer tout et son contraire quand on est dans l'expectative. Je me rappelais le livre de ce chaman mexicain, Miguel Ruiz, qui s'intitulait "Les 4 accords toltèques" et qui m'avait beaucoup aidé pour trouver la sérénité dans les moments de doute. Dans ce livre, il abordait quatre règles de vies censées permettre de vivre mieux. Je me les remémorais : que votre parole soit impeccable, ne réagissez à rien de façon personnelle, faites toujours de votre mieux, et surtout ne faites aucune supposition.
Ne fais pas de supposition Alex, si elle ne t'a pas écrit c'est qu'il y a une bonne raison, et patiente ne lui écris pas maintenant ce n'est pas le moment.
Sirine m'attendait dans le hall, toujours impeccable avec ses cheveux de jais, sa peau claire et sa montre casio dorée.

– Si tu veux on peut se mettre en route pour Sousse. Il y a une heure de route, on peut y être avant le début de soirée.

– Ca me va, je salue les organisateurs et on peut y aller.

Sirine avait un sens aigu de l'organisation et je savais qu'à ses cotés, il n'y aurait jamais de mauvaise surprise. C'était une femme intelligente, passionnée d'entrepreneuriat, à l'ambition débordante. Elle était à elle seule un paradoxe dans ce monde d'hommes. Elle incarnait parfaitement la femme tunisienne moderne, avide d'apprendre et d'entreprendre sans pour autant rompre avec les traditions de son pays. C'était une personne d'une grande qualité morale dont j'étais fier d'être l'ami et le partenaire de travail.

Je laissais Tunis derrière moi pour prendre la route de Sousse où était basée l'entreprise de Sirine. Une petite heure de voiture plus tard, nous arrivions dans cette ville côtière où j'avais réservé une chambre au Marhaba beach pour la suite de mon séjour.

Sirine et moi avions de nombreux sujets à traiter pour développer une structure de sous-traitance qui devait être une alternative à l'augmentation des coûts de personnel de l'agence.

Aurélie, j'aimerais tellement que tu vois tout ça. La vue de la chambre sur la mer d'un bleu qui n'existe pas chez nous. Les immeubles chaotiques, les rues qui s'animent tard le soir. Les restaurants branchés où l'on fait la fête jusqu'au petit matin. La chicha au goût de raisin et de menthe que l'on fume pour se détendre en écoutant un chant traditionnel. Les assiettes d'agneau grillé qui ont un goût de vérité et que l'on achète pour quelques euros. Le bruit de l'océan qui berce les voyageurs égarés, le bruit de mon cœur qui se fracasse dans ma poitrine parce que tu es loin et que tu me manques.
Nous marcherons le long d'une avenue où le sable porté par le vent guidera nos pas. Nous goûterons à tout ce que ce pays a de meilleur et nous en ferons des souvenirs indélébiles. Une semaine sans toi, une éternité de solitude.

Il me fallut attendre presque quatre jours avant de recevoir un message. Assis à la terrasse des bureaux de Sirine, je contemplais Sousse parée de blanc où se dressait au loin un minaret.

Pas de nouvelles ?
Tu m'as déjà oubliée ?

Non je ne t'ai pas oubliée,
ne sois pas bête

Allez avoue, tu as trouvé
une jolie tunisienne et tu restes
vivre là-bas !

Comment tu as deviné ?

Quoi ?

Mais non je plaisante.
Je travaille n'oublie pas.

À d'autres !

Tu ne serais pas un peu jalouse ?

4 jours sans nouvelles
tu ne crois pas que je suis
en droit de me demander
si tout va bien ?

Hey mais c'est qu'elle me fait une scène ! Est-ce que je dois trouver ça mignon, ou juste me réjouir de voir que finalement mon plan fonctionne.

Excuse-moi, j'étais occupé
ici, beaucoup de travail.

Et tu n'avais pas cinq minutes
pour m'envoyer un message ?

Si, mais si excuse-moi

Si je ne t'écris pas,
toi tu ne le fais pas

Mais si j'avais prévu de le faire

Arrête de me mentir
je me demande bien
ce que tu fais là-bas de si
important

Je te raconterai quand je
rentrerai promis.

Et tu es tout seul ?

Non je suis avec mon contact.

C'est qui ?

Enfin Aurélie, pourquoi
toutes ces questions ?

Pourquoi tu ne veux pas me répondre ?

Elle s'appelle Sirine.

Elle ?

Oui je ne t'en avais jamais
parlé...?

Non je m'en serais souvenue...

Je travaille avec elle
ici à Sousse...

Tu travailles... c'est ça...

Tu ne me crois pas ?

Je devrais ?

Bien sûr, je travaille
et promis si tu veux je t'appelle
dès que j'ai un bon wifi

Ok ca marche.
On en reparle.

Je crois que j'avais un peu exagéré. J'aurais dû lui écrire bien avant. La situation allait au-delà de ce que j'avais prévu. Je n'avais jamais imaginé qu'Aurélie puisse être jalouse et possessive à ce point. Je crois qu'au fond cela me plaisait.
Mais après tout je la comprenais, qui aurait pu croire qu'entre Sirine et moi, il ne s'était jamais rien passé. Une femme superbe, dans un pays (pas si) lointain, une entente parfaite, tous ces indices faisaient de moi un coupable idéal.
Et pourtant il n'en était rien. Sirine était la preuve qu'une amitié entre un homme et une femme pou-

vait exister et je m'en réjouissais. Nous aimions passer du temps ensemble aussi bien pour travailler que pour nous détendre, mais chaque fois que je venais à Sousse, je n'espérais pas la séduire. Ces voyages me faisaient beaucoup de bien, car le temps d'une semaine j'étais entièrement asexué, et je ne me préoccupais plus des tracas de la séduction et de l'amour. Je me contentais d'être moi, juste moi.

Le soir, de retour à ma chambre d'hôtel face à la mer, je m'installais sur la terrasse pour écouter le bruit des vagues. Le front de mer était calme, et en cette période de l'année il y avait peu de touristes. Je décidais d'appeler Aurélie et de ne pas la faire patienter plus longtemps.

– Hello, comment tu vas ? Encore au bureau ?

– Coucou, oui encore au travail, je suis en salle de pause mais je me sens un peu seule.

– Je rentre bientôt, dis-je.

– Excuse-moi pour tout à l'heure je ne voulais pas être désagréable, juste que...

– Ne t'inquiète pas pour ça, c'est de ma faute, j'aurais dû t'écrire avant, mais j'avais tellement à faire ici que j'avais la tête ailleurs.

– Je sais, j'espère que ton intervention s'est bien passée.

– Oui très bien.

– Tu rentres quand déjà ?

– À la fin de la semaine.

– C'est long.

– Je sais... Ca veut dire que je te manque un peu ?
– Un peu trop oui...

À la fin de la semaine, Sirine m'accompagna à l'aéroport de Tunis pour que je prenne mon vol retour. Elle me serra fort dans ses bras et je lui assurais que je reviendrais bientôt. Elle me fit un signe de la main et remonta dans le taxi jaune.

Dans l'avion, une hôtesse déposa devant moi un plateau repas que je dégustais avec plaisir. Je regardais à travers le hublot, Tunis disparaissait peu à peu derrière les nuages.

CHAPITRE 18
SOIRÉE PRIVÉE

Marilyn Manson - Tainted Love

"Le jour où j'ai cessé de séduire, j'ai commencé à aimer"

Le lendemain de mon retour de Tunis, je restais tard au bureau pour régler la montagne de dossiers en attente, répondre à une centaine de mails et traiter le courrier qui s'entassait depuis une semaine.
On frappa à la porte.
– Entrez.
– J'ai attendu de te voir toute la journée... dit une voix qui m'était familière.
Aurélie se tenait dans l'encadrement de la porte. Un grand sourire, une robe moulante et des cuissardes noires. Dans ses mains, une bouteille de vin rouge et deux verres.
Elle s'avança dans mon bureau puis referma la porte.
– Les murs ne parleront pas, et personne d'ailleurs puisque tout le monde est parti, je viens de vérifier... dit-elle avec sensualité.

– Je vois que tu ne laisses rien au hasard.
Elle est vraiment très belle, dans cette robe moulante... Elle m'a tellement manqué !
Aurélie, féline, s'avança dans le bureau d'un pas nonchalant. Elle posa la bouteille et les verres juste devant moi sur le courrier que je traitais.
Elle s'assit sur le bord du bureau tout en me dévorant des yeux.
– Mes soirées ont été vraiment longues sans toi.
– Toi aussi tu m'as manqué, lui dis-je en me levant et en m'approchant d'elle.
Je tentais de la prendre dans mes bras mais elle me repoussa doucement.
– Il va falloir que tu me racontes tout avant.
– Ca risque d'être long.
– C'est pour ça que j'ai pris cette bouteille de vin.
Elle contourna le bureau pour prendre la bouteille et remplir les verres. Son attention s'arrêta sur une enveloppe noire qui dépassait de la pile courrier.
– Tiens qu'est-ce que c'est ? Je peux ?
J'acquiesçais de la tête avec bienveillance. Elle tira de la pile l'enveloppe noire sur laquelle était écrit en lettre d'or mon nom suivi du mot “confidentiel”
– Je peux l'ouvrir ?
– C'est confidentiel, c'est écrit dessus...
Elle fit une moue boudeuse, déçue de ne pouvoir assouvir sa curiosité.
– Tu ne veux pas me dire ce que c'est... ?
– Je pensais boire un verre avant mais justement je comptais t'en parler.

Je tendis la main pour qu'elle me remette l'enveloppe. Je l'avais déjà ouverte et j'en tirais un carton noir et épais.

– C'est une invitation, dis-je.

– Une invitation pour ?

– Pour une soirée.

– Une soirée de business ?

– Non pas vraiment, plutôt pour une soirée privée.

– Continue ça m'intéresse, dit-elle avec un regard plein de questions.

– Justement, je comptais te proposer de m'accompagner.

– Ah oui ? C'est gentil de penser à moi, et où comptes-tu m'emmener ?

Aurélie prit la bouteille de Mercurey. Elle remplit un verre qu'elle me tendit. J'aérai le vin en faisant de petits mouvements puis le respirai. Je ne répondis pas à sa question.

– On trinque ? dis-je.

– Avec plaisir.

– À ceux qui s'aiment...

– À ceux qui s'aiment....

Je bus une gorgée, avant de poursuivre.

– Il s'agit d'une soirée un peu particulière, où l'on ne peut aller que sur invitation.

– Ca ne me dit pas de quoi il s'agit, dit-elle en s'impatientant. Si tu veux que je t'accompagne, il va bien falloir que tu me dises où nous allons aller.

– As-tu déjà été à une soirée libertine ?

Aurélie marqua une pause, à la fois surprise et intriguée, elle devait sûrement se demander si je me moquais d'elle.

– Un club comme le chat noir ?

– Non je parle d'une soirée privée organisée par des particuliers.

– Non jamais, balbutia-t-elle.

Je la rejoignis derrière le bureau, mon visage si près du sien que je pouvais sentir le souffle de sa respiration.

– Tu fais quoi samedi prochain ? lui dis-je plein de mystère.

La berline remonta la rue qui se terminait par une impasse. Une maison moderne perdue au milieu de la campagne où rien ne laissait supposer ce qui pouvait y avoir lieu. Nous avions roulé une petite heure avant de trouver l'endroit isolé. De nombreuses voitures étaient déjà garées rendant le stationnement difficile. Je cherchais une place.

Pendant le trajet Aurélie m'avait harcelé de questions puisque jusque là, je n'avais pas voulu lui en dire plus. Je lui avais juste demandé de me faire confiance. J'avais quand même fini par céder et lui donner quelques informations pour calmer son excitation.

– Et il y aura qui à cette soirée ?

– Des couples en majorité.

– Oui mais je veux dire quel genre de personnes, ça sera comme le Chat noir ?

– Non c'est très différent, c'est une soirée privée, donc uniquement des habitués.

– C'est pas première fois que tu y vas non ?

– Non en effet.

– C'était quand la dernière fois ?

– Il y a plus d'un an.

– C'était avec qui ?

Je ne pouvais pas lui dire que la dernière personne à m'y avoir accompagné était ma soumise. Je ne voulais pas lui révéler cette partie de ma vie qui appartenait à mon jardin secret. Je ne voulais pas non plus qu'elle cherche la comparaison. Parfois il vaut mieux taire certaines choses pour ne pas avoir à rentrer dans des explications qui n'amèneraient que d'autres questions. Des questions auxquelles je n'avais pas envie de répondre.

Bien sûr le fait de ne pas lui répondre avait attisé sa curiosité et elle fit tout pour que je lui révèle le nom de ma partenaire. Je ne dis rien.

Je trouvais une place sur un carré d'herbe et garais la voiture. Je fis rapidement le tour du véhicule pour venir en aide à Aurélie dont les talons s'enfonçaient dans le sol. Elle portait une robe noire avec un splendide dos nu. Pour l'occasion elle avait bouclé ses cheveux qui se tortillaient sur ses épaules. Elle prit mon bras pour atteindre le bitume. Passé les grilles extérieures, l'entrée s'effectuait par le garage en bas d'une pente. Aurélie s'accrocha à nouveau à mon bras de peur de glisser, quant à moi je m'accrochais à la chance en espérant rester debout.

Juste à l'entrée du garage avait été aménagé un petit coin terrasse avec des banquettes blanches, surmonté d'un brûleur à gaz pour que les convives puissent venir fumer sans attraper froid.

La porte du garage avait été remplacée par une baie vitrée. En arrivant je saluais Vanessa la maîtresse de maison qui avait organisé avec son mari la soirée.

Elle avait la quarantaine, un peu ronde, une poitrine généreuse et un rire communicatif. Blonde, les cheveux tirés en arrière, de jolies pommettes rougies par la chaleur de la pièce, elle me dit :

– Comment vas-tu ?

Elle m'embrassa sur la bouche pour me souhaiter la bienvenue.

Je déteste ça, mais il faut faire avec.

– Bien et toi ?

– Ca me fait plaisir de te voir.

– C'est vrai que ça fait un long moment. Je te présente Aurélie.

– Bonjour Aurélie, tu es ravissante !

– Merci beaucoup, répondit-elle.

– Tu connais la maison, je te laisse poser tes affaires ? dit Vanessa

– Oui merci.

Le garage dans lequel nous étions avait entièrement réaménagé pour devenir une réplique miniature d'un club. Une piste de danse centrale avec lumière, boule à facettes et fumée.

Dans le fond, un buffet et un petit salon, sur le côté un bar avec alcool à discrétion. Avant d'aller plus loin je tirais de ma poche une petite enveloppe que je glissais dans une urne posée à l'entrée.

– C'est quoi ? me demanda Aurélie.

– La participation aux frais, suis-moi on va déposer nos manteaux à l'étage.

Nous longeons le mur jusqu'à l'escalier qui donnait accès au rez-de-chaussée de la maison. En face de cet escalier, les propriétaires avaient installé un jacuzzi, un sauna, et une petite alcôve pour les couples qui cherchaient un peu d'intimité.

À l'étage, la maison avait été transformée spécialement pour l'occasion. Dans la salle à manger étaient disposés de grands portants qui faisaient office de vestiaire, et dans le salon, le canapé convertible avait été déplié pour offrir un espace propice aux câlins, un paravent assurant un peu d'intimité.

Aurélie et moi nous mirent à l'aise en déposant nos manteaux sur des cintres avant de redescendre dans le garage.

– On commence par boire un verre ? dis-je à Aurélie.

– Avec plaisir, j'ai besoin de me détendre, j'avoue que je suis un peu stressée.

Sur la piste une trentaine de personnes dansaient, buvaient un verre, se rapprochaient, s'entrechoquaient puis se séparaient pour se caresser à nouveau.

Les tenues étaient légères, surtout pour les femmes qui avaient pour la plupart opté pour des tenues tout en transparence. Le plafond était bas et au centre deux bracelets de cuir accrochés à des chaînes avaient été disposés. Un homme les avait enfilé à la suite d'une danse langoureuse avec deux femmes. Volontaire et captif, elles se frottaient à lui, excitant son entrejambe avec leurs fesses rebondies. Des couples s'étaient posés dans les canapés du fond pour boire un verre, d'autres se restauraient au niveau du buffet. Tout semblait évident.

Je me frayais un chemin à travers les corps chauds qui ne cherchaient qu'à rester collés entre eux, entrainant Aurélie dans mon sillage pour rejoindre le bar.
J'attrapais deux verres et servis deux vodka Redbull.
– Si c'est moi qui les fait, je crois que ce coup-ci on sentira l'alcool, dis-je à Aurélie.
– Oui ça changera du Chat noir.
Un couple juste à coté de nous entendit la remarque d'Aurélie. Une femme d'une quarantaine d'années en porte-jarretelles, crinière blonde et sourire avenant ne put s'empêcher de répondre.
– C'est vrai qu'au Chat noir on cherche encore l'alcool dans les verres...
Aurélie se tourna vers elle et engagea la conversation.
– Vous y êtes allés récemment ?

– Oui avec mon mari on y a été il y a deux semaines.
– Vous avez passé une bonne soirée ?
– Nous y avions donné rendez-vous à un couple. C'était vraiment très agréable, mais le cadre ne nous a pas trop plu. Beaucoup d'hommes seuls et parfois ils manquent un peu de respect, ils sont beaucoup trop intrusifs.
– C'est vrai que ça manque un peu d'élégance.
– Oui complètement ! Je m'appelle Viviane, ravie de vous rencontrer.
– Aurélie, et voici mon...
– ...Son mari répondis-je, Alex, enchanté Viviane.
– Bonsoir Alex, me dit-elle avec un grand sourire, voici mon mari Charles.

L'homme nous fit un petit signe de la main accompagné d'un sourire gêné. Le couple s'éloigna, verre à la main, et Aurélie se colla à moi .
– Alors comme ça je suis ta femme ?
– Ici et maintenant je crois que oui, mais vu le contrat que tu as accepté de signer je crois que tu es aussi un peu plus que ça...
Aurélie rougit et ne trouva rien à répondre. Je lui tendis un verre et trinquais avec elle “à ceux qui s'aiment”.
Près de l'entrée et de la baie vitrée, il y avait un grand canapé gris recouvert de plaids et de coussins confortables. Un couple se leva. Je m'empresserais

de m’y installer avec Aurélie pour finir mon verre tranquillement.
Sur la piste, les couples continuaient d’échanger, de danser, de se toucher. Aurélie était subjuguée.

– Cette ambiance te plaît ?

– Oui vraiment ! dit-elle le visage lumineux. C’est très différent du Chat noir, j’ai l’impression que c’est beaucoup plus détendu et amical. Je ne ressens aucune tension, tout a l’air naturel.

– Oui c’est vrai, ça n'a rien à voir, et c’est ce qui me plaît.

– Tu ne m’as toujours pas dit avec qui tu étais venu la dernière fois. Ta “femme”?

– Est-ce que ça a vraiment de l’importance ?

– Oui pour moi ça en a !

Une jeune femme traversa la pièce, des escaliers vers le bar, en me jetant un regard brûlant qu’Aurélie ne manqua pas de remarquer.

– C’est qui cette nana ? Tu la connais ?

– Non du tout on ne s’est jamais vu.

La jeune femme devait avoir une trentaine d’années, une asiatique aux cheveux longs, aux jambes interminables, qu’une paire de talons aiguilles vertigineux venait galber tout en remontant ses fesses. Elle portait une jupe minuscule et un soutien-gorge rouge. Je n’étais pas le seul à la regarder et je constatais vite qu’elle avait attiré comme un aimant tous les regards des hommes de la pièce. Elle portait au poignet trois bracelets en or et argent qui

laissaient un doux tintement sur son passage. La musique était si forte qu'il m'était impossible de l'entendre. Je crois que mon imagination me jouait des tours.
Arrivée au bar elle me regarda à nouveau avec insistance, sans se soucier du chaos qu'elle déclenchait autour d'elle.
Aurélie me tira par le bras.
– Ça va je ne te dérange pas.
– Quoi ?
– Je vois bien comment tu la regardes.
– Et je la regarde comment ?
– Comme si tu t'apprêtais à croquer dans une part de gâteau au chocolat ! dit-elle d'un ton agacé.
– Tu exagères Aurélie.. C'est une belle femme, c'est normal que je la regarde après tout.
– Toujours une bonne excuse...
Aurélie avala le reste de son verre d'un trait.
Contre toute attente, la jeune femme une fois servie s'approcha de nous d'un pas nonchalant et plein d'assurance.
Elle s'assit à côté de moi sur le large accoudoir du canapé.
Aurélie se colla un peu plus près, et j'arrivais à sentir la tension dans son corps.
– Bonsoir,
– Bonsoir, lui répondis-je avec politesse,
– Tu es avec ta femme ? dit-elle. Je suis venue aussi avec mon mari, qui est en train de boire un verre,

là-bas au bar. Tu viens souvent ici ? C'est la première fois que je te vois.

– Ca fait un moment que je ne suis pas venu, j'étais habitué à une époque.

– Les époques changent j'aurais été ravi de te rencontrer avant.

– Pourquoi il y a une date limite de rencontre ? répondis-je amusé.

Est-ce que je me trompe ou elle est en train de me draguer ?

– Non mais le plaisir n'attend pas quand on le rencontre, paraît-il...

– En effet pourquoi s'en priver.

– J'aime beaucoup ta barbe, je trouve ça hyper sexy.

Ok. Elle me drague. Ca faisait longtemps que les rôles ne s'étaient pas inversés.

– Merci.

– Ca n'est pas un handicap pour certaines pratiques ?

– Je ne crois pas non, au contraire il paraît que cela stimule agréablement.

Aurélie à côté de moi regardait la scène avec dédain. Je pouvais sentir la jalousie parcourir son corps.

– Je dois te laisser, je vais retrouver mon mari. On se voit plus tard ?

– Oui avec plaisir et tu t'appelles ?

– D'après toi ?

Elle me fait le coup de la femme mystérieuse, j'ai affaire à une experte.

– Ah non, on ne va pas jouer à ça ! dis-je en rigolant

– Et pourquoi pas...

Elle se leva et se dirigea vers le bar. Aurélie me fixa d'un regard glacial qui en disait long sur les pensées qui s'agitaient dans sa tête.

– Je vais fumer une clope pour me calmer, dit-elle.

– Je t'accompagne.

Sur la petite terrasse aménagée à l'extérieur, le brûleur à gaz empêchait les fumeurs dénudés de tomber malades. Pour les femmes qui ne portaient rien ou presque, des plaids avait été mis à disposition. Les discussions étaient légères, agréables et Aurélie alluma une cigarette agacée. Je ne lui laissais pas le temps de l'être plus.

– Ne me fais pas cette tête, il n'y a aucune raison.

– Je n'ai pas du tout aimé ce que j'ai vu, en plus elle ne m'a même pas calculée... J'étais invisible, un courant d'air.

– C'est vrai que ce n'est pas très courtois, mais de là à te braquer autant, ça ne sert à rien.

– Tu peux comprendre que je n'aime pas ça.

– Oui je le comprends, mais passons à autre chose, on est venu ici pour profiter de la soirée non ?

– Oui c'est vrai... dit-elle en soufflant la fumée, les yeux au ciel.

À l'intérieur la température ne cessait de monter. L'alcool coulait à flots et l'ambiance était joyeuse.

Quelques couples avaient déserté la piste pour se retirer dans les étages où il y avait des chambres mises à disposition.
Aurélie et moi avions regagné le canapé gris et profitions du spectacle d'une femme au milieu de la pièce qui à son tour avait passé les bracelets de cuir suspendus au plafond. Trois hommes s'étaient rapprochés d'elle et devant les danseurs excités, l'un l'embrassait tandis que l'autre lui léchait les seins, et que le dernier lui caressait le sexe.
Aurélie s'était calée contre moi et je sentais sa poitrine se durcir sous sa robe. Je crois que le spectacle l'excitait autant que moi. Sa main posée sur ma cuisse effleurait à peine mon entrejambe. Je tournais la tête, embrassais son cou, et lui murmurais doucement au creux de l'oreille.
– Est-ce que tu es à moi ?
– Oui, chuchota-t-elle.
– Est-ce que tu m'appartiens ?
– Oui, répondit-elle un peu plus fort.
C'était un code convenu entre nous. En prononçant ces deux phrases Aurélie savait que le jeu commençait et qu'elle devait adopter la posture de soumission dont nous avions contractualisé les termes.
– Oui ?
– Oui Monsieur dit-elle doucement.
– Remonte la main et caresse-moi.
Aurélie glisse sa main jusqu'à ce qu'elle se pose sur mon entrejambe. Mêlé à l'excitation du spectacle qui s'offre devant nous, mon sexe se durcit rapide-

ment. Je sens la respiration d'Aurélie qui s'accélère également.

– Déboutonne mon pantalon et branle-moi, lui murmurais-je dans le creux de l'oreille.

Elle hésite, elle se reprend, je sens la gêne, mais elle la combat. Elle se demande ce que j'ai en tête, elle n'y pense plus. Elle obéit, parce que c'est le jeu, et parce que désormais elle m'appartient.

Elle déboutonne mon pantalon, passe une main dans mon caleçon, puis sort mon sexe gonflé par l'excitation. Sa main douce le caresse, puis l'enserre en entamant un mouvement de va-et-vient. Lentement au début, puis légèrement plus vite.

Je la regarde, ils nous regardent, ils la regarde.

Je sais que vos yeux sont sur elles, je sais ce que vous vous dites, et ce dont vous avez envie, vous avez envie d'en voir plus, qu'elle se penche en avant, ne vous inquiétez pas, Aurélie va vous exciter comme jamais.

Dans ce jeu, je ne suis qu'un faire valoir. C'est Aurélie qui tient le rôle principal. Mes ordres sont ceux d'un réalisateur qui sait ce que le public veut voir, et qui va le leur donner. Je jubile d'être au contrôle de cet acte d'exhibition. Je trouve dans les yeux de ces hommes et ces femmes qui nous regardent une adrénaline supplémentaire. C'est parce que leurs yeux brillent que mon sexe se tend encore plus.

Elle est gênée mais excitée à la fois. Je ne le suis pas. L'interaction n'est plus dans les mots ou dans les actes, elle est dans ces regards qui nous collent.

Je prends sa bouche entre mes mains, tout en cherchant à attraper son regard, qu'elle dissimule en baissant les yeux. Sa main sur mon sexe continue de me caresser.

– Je veux sentir tes lèvres et ta langue sur mon sexe. Maintenant. Regarde-moi.

Elle lève les yeux et je lis en elle l'excitation et la peur. Mon regard est un ordre à lui tout seul. Elle frissonne. Sa bouche glisse. Toujours assis, elle se penche sur moi. D'une main je dégage ses cheveux et ses lèvres tremblantes se posent sur mon intimité.

– Prends-moi dans ta bouche.

Elle me prend tout entier en poussant un petit cri de satisfaction. Elle ferme les yeux. Je regroupe ses cheveux entre mes doigts en queue de cheval.

Je veux que tout le monde te voit, je veux que tout le monde profite de ce spectacle. Ta bouche rougie qui parcourt mon sexe, ta salive qui fait briller mon membre en érection et tes yeux qui se plissent à chaque fois que je t'ordonne d'aller un peu plus loin. Tu ne les vois pas, mais certaines femmes ont la bouche qui s'entrouvre légèrement par mimétisme. Les hommes en boxer sont trahis par la forme de leur sexe qui se dessine sous ce masque de coton. Et cette femme qui te regarde, puis qui me regarde en caressant la cuisse de son mari. Je vois qu'elle s'imagine déjà en train d'en faire de même. Va-t-elle se risquer à ce jeu provoquant où le regard des autres est un aphrodisiaque puissant ?

En face de nous, le spectacle continue et la femme attachée est maintenant nue. L'homme qui caressait son sexe est désormais à genoux devant elle et la parcourt de sa langue experte. un autre derrière elle a posé ses mains sur sa taille et lui embrasse la nuque. Son sexe est gonflé dans son boxer qu'il frotte avec sensualité sur les fesses de la captive. Le troisième homme a rejoint un canapé et les regarde tout en se masturbant avec un grand sourire contemplatif.

La bouche d'Aurélie va et vient langoureusement sur mon sexe, gourmandise qui régale les yeux d'un public averti. Je respire profondément et mon regard croise celui des couples autour de nous qui la regarde prendre encore et encore mon sexe dans sa bouche.

Je serre avec force ses cheveux entre mes mains et tire sa tête en arrière. Elle gémit doucement mécontente que ses lèvres abandonnent leurs doux baisers.

– Lève-toi, lui dis-je avec une tendre fermeté.

Je la tiens par la main et me redresse dans le canapé. Debout devant moi elle baisse les yeux. J'aperçois un petit sourire au coin de ses lèvres.

Les couples autour de nous ont détourné leurs regards pour se concentrer sur la femme au centre de la piste qu'un homme a commencé à prendre. Ses cuisses musclées sont enroulées autour des hanches de l'homme qui a posé ses mains sur ses fesses, et qui lui donne de lents coups de reins.

Assis sur le bord du canapé, je pose ma main sur la cheville d'Aurélie toujours debout devant moi. Elle

remonte doucement le long de sa jambe tout en soulevant le voile de sa robe noire. Je dévoile sa peau qui s'électrise sous mes doigts.
Mon autre main entreprend le même chemin sur son autre jambe et rejoint la première qui s'est arrêtée au niveau de sa culotte. J'attrape l'élastique et le retire doucement, jusqu'à ce que sa culotte dévale et s'échoue sur ses chevilles.
– Retire-la, et viens sur moi.
Aurélie fait un pas de côté pour laisser sa culotte sur le sol et me rejoint sur le canapé. Toujours assis, elle me chevauche et je sens son sexe chaud qui caresse le mien. Avec une main je dirige son bassin et de l'autre je guide mon sexe jusqu'à ce que ce dernier la pénètre. Elle est trempée et ferme les yeux, peut-être parce qu'elle croit qu'en ne voyant pas le reste de la pièce, les autres ne la verront pas.
– Tout le monde te regarde Aurélie. Tu leur tournes le dos mais je serai tes yeux.
Aurélie, les yeux fermés, bouge doucement son bassin. Elle pose ses mains sur mes épaules. Ses seins supplient mes mains de les rejoindre.
Je suis en elle et je sens son sexe humide qui frotte ma peau. Elle jette sa tête en arrière et se cambre sur moi.
– Il y a un couple qui te regarde, la femme a les yeux braqués sur tes fesses. Elle se pince les lèvres. Je suis sûr qu'elle voudrait te lécher les seins.
Tout en lui parlant, une main attrape ses cheveux que je tire doucement pour la contraindre tandis

que l'autre agrippe sa fesse. Je redresse le bassin pour qu'elle me sente plus profondément en elle. Aurélie lâche un petit gémissement qu'elle tente d'étouffer mais elle n'y arrive pas. Je me redresse un peu plus sur le canapé pour me rapprocher d'elle. J'abandonne sa crinière et sa fesse pour faire tomber une bretelle de sa robe et prendre ses seins entre mes mains. Ses yeux toujours fermés l'empêchent de voir tous ces regards autour de nous qui la dévorent.

– Continue de bouger comme ça, ne t'arrête pas. Il y a un groupe de femmes qui te regardent, elles ont arrêté de parler. Il y en a deux qui se caressent les fesses. Il y en a une qui a plongé la main dans le string de l'autre, je crois qu'elle est en train de la doigter. Elles ne te lâchent pas du regard.

Je me redresse encore un peu plus pour approcher ma bouche de ses seins. Une main libère sa poitrine et mes lèvres se posent sur son téton durci par l'excitation. Ma langue court sur l'aréole, mes dents mordillent doucement le bout rose qui tremble. Elle gémit plus fort et s'abandonne.

Il n'est plus question de retenir quoi que ce soit et ses gémissements deviennent peu à peu des cris.

– Une femme assise sur le canapé en face est en train de sucer un mec qui prend beaucoup de plaisir à voir tes fesses.

Je lui assène une fessée et une décharge de plaisir parcourt son corps qui se tend. Son sexe enserre le mien et n'arrête plus son mouvement langoureux. Ma main se pose sur son cou. Mon autre main ne lâche pas ses seins.

– Tu ne vas pas jouir tout de suite, je veux d'abord que tu me regardes.

Elle ouvre les yeux et cherche mon regard, déboussolée, comme revenue d'un ailleurs où les vagues de plaisir l'ont charriée inlassablement.

– Regarde autour de toi, vois leurs regards qui te désirent, qui te veulent, tu es à moi et l'excitation que tu leur donnes m'appartient également.

Elle tourne la tête et croise les regards des hommes et des femmes qui ne peuvent plus se détacher d'elle. Elle me regarde à nouveau, ses grands yeux verts brillent, elle passe la langue sur sa bouche. Elle leur appartient en cet instant parce que je l'ai décidé. Elle m'appartient et je leur offre une part de toi qu'ils n'auront jamais vraiment.

– Maintenant je vais te faire jouir et tu vas crier ici et maintenant tout le plaisir que tu retiens malgré toi.

Mes mains sur ses hanches la serrent avec fermeté et je reprends le contrôle. Je donne à nouveau le rythme qui la pénètre et la soumet à ma volonté. Elle se mord les lèvres, ferme ses yeux, accepte de se perdre dans cet ailleurs de plaisir. Sa respiration trahit son voyage. Elle gémit, encore et encore, de plus en plus fort, jusqu'à ce qu'un cri puissant emplisse la pièce et couvre le bruit de la musique. Personne ne peut plus l'ignorer, Aurélie jouit avec force et vient se recroqueviller en calant sa tête dans le creux de mon épaule. Mes mains stoppent le mouvement de nos corps. Je passe une main dans son dos et caresse ses cheveux. Elle tremble de tout son corps et ne prononce plus un mot. Je prends son visage entre mes mains et le recule pour que nos yeux se percutent à quelques centimètres l'un de l'autre.

– Tu m'appartiens et il n'y a que moi désormais qui te ferais jouir autant. Ils te regardent parce que je le veux, et je te baiserai à chaque fois que je le souhaiterai, peu importe l'endroit et le moment.

Elle ne répond pas et se contente de sourire de contentement. J'applique une pression sur son bassin d'un main pour qu'elle se retire et s'affale à côté de moi. Elle tire un peu sa robe et se blottit près de moi.

Autour de nous, les regards se dispersent et la musique enveloppe les corps à moitié nus des hommes et des femmes qui transpirent encore de plaisir. Aurélie me susurre au creux de l'oreille :

– Et toi tu ne jouis pas ? Tu veux que je m'occupe de toi ?

– Tu me suceras plus tard, lui répondis-je avec bienveillance.

Autour de nous des couples se dirigent vers l'étage, en rigolant et en nous jetant des sourires complices.

– Je suis sûr qu'on a été leur meilleur préliminaire, dis-je à Aurélie en souriant.

– J'ai l'impression, en tout cas c'était très excitant, j'ai adoré ! T'entendre, te sentir, et en même temps être là au milieu de tout le monde. C'était vraiment top !

Je me rhabillais et Aurélie fila aux toilettes au rez-de-chaussée. La soirée n'était pas finie et nous nous sentions bien dans cet endroit où le jugement n'avait pas sa place. Chacun laissait libre court à son imagination pour assouvir ses moindres fantasmes. Après avoir bu quelques verres, fumé quelques cigarettes, Aurélie se mit à discuter avec une jeune femme brune à la peau matte, habillée d'un corset noir. J'en profitais pour traîner au bar et faire le service. C'était l'endroit idéal pour discuter avec ceux et celles que je n'avais pas encore croisé. Je n'eus pas à attendre longtemps avant que la belle métisse asiatique aux jambes interminables vienne me rejoindre.

– Tout se passe bien pour toi ? me demanda-t-elle.

– Oui et toi ?

– Ça va, répondit-elle avec un sourire.

– Je ne connais toujours pas ton nom...

– Tu n'es pas prêt à jouer en même temps...

– Jouer oui, mais pas pour découvrir ton nom.

– Et si je te le dis, est-ce que tu m'accompagnes au premier ?

– C'est une proposition intéressante.

Merde, qu'est-ce qu'elle m'excite, voilà que je bande encore, comment lui dire non...

Elle passa derrière le bar pour se servir un verre après avoir refusé que je lui serve. Son corps entier me frôla jusqu'à provoquer en moi une excitation que j'avais du mal à contrôler. Elle passa une main dans mon dos, je me retournais et me trouvais nez à nez avec elle, qui s'approcha encore plus près jusqu'à ce que nos visages se touchent presque. Ma main qui pendait le long de mon corps rencontra la peau de sa cuisse.

Du bout des doigts je sentis sa douceur, et je mourrais de ne pouvoir la soumettre à mon étreinte. Elle me souriait, son parfum m'enveloppait, l'instant ne dura que quelques secondes.

– Arrêtons tous ces mystères, comment tu t'appelles, lui dis-je.

– Je m'appelle Jade et toi ?

– Alex.

– Maintenant tu dois me suivre.

– Et ton mari ?

– Et ta femme ?

Elle ne me laissa pas le temps d'en dire plus et me prit par la main avant de m'entrainer jusqu'à l'escalier qui menait au rez-de-chaussée.

Mais qu'est-ce que tu fais, lâche sa main, reste là, Aurélie, sa main est si douce, merde je fais n'importe quoi, reprends-toi, reprends-toi.

Nous gravîmes les marches, puis une fois au rez-de-chaussée, elle m'entraina vers l'escalier qui menait au premier étage. Je m'arrêtai et sa main tira la mienne.

— Ça ne va pas ? me dit-elle.

— Si si ça va.

Elle se rapprocha de moi et se colla toute entière à moi. Elle posa sa main dans mon cou où vivait encore le parfum d'Aurélie. Sa bouche s'y écrasa et chassa ce qui restait du parfum d'Aurélie.

— Viens, me dit-elle.

Je ne vais pas lui parler de son mec, je vais passer pour un con. Mais Aurélie ? Non ce n'est pas possible. tu ne peux pas être aussi faible face à une femme.

Sa main tira la mienne et en quelques instants nous étions sur le seuil du premier étage. Trois chambres se répartissaient et avaient été aménagées pour accueillir les invités. Deux d'entre elles étaient occupées par des couples, dont les râles de plaisir suffisaient à nous indiquer qu'il fallait trouver un autre endroit.

Dans la dernière un lit était libre. Et Jade me regarda avec envie tout en plaquant sa main sur mon sexe.

Ses yeux brûlaient les miens.

— Je vois que je ne te laisse pas indifférent.

— Non c'est vrai je ne peux pas te mentir.

— Viens...

— Attends...

— Viens je te dis, j'ai envie de toi maintenant...

Son corps sublime n'était pas une invitation mais une injonction à lui seul. Elle se colla de nouveau à moi et je sentais sa poitrine durcir à mon contact.

Elle enroula ses bras autour de mon cou, et sa jambe le long de la mienne telle une liane dont on ne s'échappe pas.

– Qu'est-ce qu'il y a je ne te plais pas ?

– Bien sûr que si ce n'est pas la question.

– Laisse-toi aller...

– C'est que...

Je n'eus pas le temps de finir qu'elle m'attira dans la chambre. Il y avait deux lits. Sur l'un des deux, un homme était en train de prendre une femme en levrette. Notre présence ne sembla pas le gêner, je me demandais même s'il nous avait vu entrer. Le femme poussait de longs cris de jouissance.

Une petite lampe de chevet à la lumière rouge donnait à la pièce l'atmosphère du péché. Jade s'assit sur le lit et entreprit de me retirer ma ceinture. J'attrapais ses mains pour l'en empêcher.

– Quoi ?

– Non ce n'est pas possible.

– Comment ça ce n'est pas possible ?

Alex, ça va trop loin. Arrête ça tout de suite, tu sais que tu es à deux doigts de franchir la limite, et ça n'est pas ce que tu veux. Oui cette femme est superbe mais le lien qui te lie à Aurélie est plus puissant que ça. Bon sang reprends-toi !

Prisonnier de ma sexualité, je me débattais intérieurement pour ne pas succomber au chant de cette divine succube. Quel homme aurait refusé de la rejoindre sur la couche, de s'étendre à ses côtés et de s'y abandonner. Je savais que l'appel du sexe était un danger. Jade assise devant moi avait le visage de l'enfer, les yeux du péché, les mains du vice, et les jambes que j'aimerais pendre à mon cou. Mais je ne pouvais me laisser séduire. Je pensais au contrat signé de nos mains qui reposait dans le coffre de mon sous-sol, cette promesse que nous nous étions faite et qui avait plus de valeurs que tous les serments d'amour que l'on se fait lorsqu'on commence à aimer.

Aurélie était celle qui avait accepté de rentrer dans mon univers et de s'y offrir totalement. Elle avait accepté d'être totalement à moi, sous mon contrôle, et je ne pouvais en aucun cas rompre ce pacte ici et maintenant. Aurélie ne le méritait pas, nous ne le supporterions pas.

Je pris une grande respiration et posai mes mains sur ses poignets, la stoppai dans son geste et la repoussai avec fermeté.

— Je suis désolé, je ne peux pas faire ça.

— Comment ça ?

— J'ai très envie de toi mais je ne peux pas.

Jade se leva, se colla contre moi et m'embrassa avec passion sans que je pus la repousser. Mes mains tenaient toujours ses poignets et ses lèvres s'emparèrent des miennes contre ma volonté. Un bruit attira mon attention. Je tournai la tête et je vis à travers la porte restée entrouverte les grands yeux verts d'Aurélie qui me fixaient. À peine eut-elle croisé mon regard qu'elle disparut dans l'obscurité. Je quittai la pièce et partai à sa poursuite dans les escaliers.

– Aurélie Attends...

Elle ne répondit pas et dévala les escaliers du premier au rez-de-chaussée, puis jusqu'au sous-sol. J'arrivai enfin à la rejoindre près du bar où elle se servit un grand verre de vodka.

– Aurélie, je n'ai rien fait, je ne comptais pas aller plus loin.

Elle daigna enfin me répondre.

– C'est parce que tu m'as vue que tu n'as pas été plus loin, ne me prends pas pour une conne.

– Parle moins fort s'il te plait ou allons discuter dehors si tu veux.

– Je n'ai pas besoin de crier pour te dire que tu t'es bien foutu de moi.

– Non je ne me suis pas foutu de toi je t'assure.

– Bien sûr que si, tu oublies que toi et moi on a signé un contrat. Je t'ai tout donné et tu es prêt à tout foutre en l'air pour la première pute qui te fait un peu de rentre dedans.

Je vis une larme de tristesse apparaître au coin de ses yeux. Je n'en avais jamais vu auparavant, et j'eus un frisson.

– Je l'ai suivi dans la chambre, mais je t'assure que je n'ai rien fait, j'étais en train de lui expliquer que je ne voulais pas.

– Tu me prends vraiment pour une conne, tais-toi.

Elle sortit son verre à la main et j'hésitais à la suivre. Peut-être qu'un peu d'air frais la calmerait. J'étais présumé coupable d'un crime que je n'avais pas commis. Malheureusement pour moi tous les in-

dices m'accablaient. En mon fort intérieur je savais que je n'aurais pas pu aller plus loin mais je ne pouvais pas le prouver. Je me sentais impuissant, triste et stupide.
Jade traversa la pièce et me jeta un regard hautain. Elle s'approcha de moi.

— Alors, Monsieur a retrouvé ses couilles dans le sac à main de madame ? me chuchota-t-elle à l'oreille...

— Tais-toi s'il te plait, tu ne comprends pas ce qui se passe.

— Je comprends surtout que je me suis trompée sur toi.

— Laisse-moi s'il te plait.

— Ne t'inquiète pas pour ça, je dois t'avouer que tu ne m'excites plus du tout.

Je rejoignis Aurélie dehors qui fumait une cigarette en buvant la fin de son verre de vodka. Elle me regarda avec colère et tristesse.

— J'ai envie de rentrer.

Dans la voiture, Aurélie ne disait pas un mot. J'avais beau lui répéter qu'il ne s'était rien passé, elle ne voulait rien savoir. Il parait qu'il n'y a pas plus sourd que celui qui ne veut pas entendre. J'espérais qu'elle finisse par m'écouter.

La voiture traversa la nuit dans un silence glacial.

CHAPITRE 19
LE CRASH

Anna Mouglalis & Eric Elmosnino - La javanaise

"Oublie les autres,
l'empreinte de mon étreinte est indélébile"

Mardi 9H45
Dans mon bureau je suis debout près de la fenêtre, un casque sur les oreilles. Un coup de téléphone d'une vingtaine de minutes. À l'autre bout du fil le Directeur Général de la société Xtra dont j'attends la réponse depuis trop longtemps. J'arrive à sentir au moment où je décroche si la conversation s'annonce bien ou non. Mon impression n'est pas bonne et se confirme quelques instants plus tard. La signature ne se fera pas. Le miracle n'arrivera pas. Les raisons étaient plus ou moins acceptables, nos efforts avaient été bien réels, et ma seule porte de sortie venait de se fermer définitivement. En raccrochant je jette le dossier de rage sur le sol.

10H30
Convocation en urgence du conseil d'administration. Autour de la table les regards sont accusateurs. Je n'ai rien à présenter pour ma défense. Ces vieux cons m'accablent de leurs griefs au moment où il faut trouver des solutions. Passage nécessaire, je n'ai pas réussi là où je ne devais pas échouer. La situation est catastrophique, les voyants rouges sont tous allumés et le temps n'est plus aux palabres. La décision est prise d'amorcer un plan social visant à licencier 70% de la masse salariale et de sauver les meubles. C'est inadmissible, mais je ne suis plus en position de m'y opposer. On me met sur la touche, la suite des évènements n'est plus de mon ressort. Je quitte la salle sans un mot parce que je sais qu'il est trop tard, et que je n'ai plus aucune prise sur la situation.

12H
Je n'ai pas faim. Dans mon bureau je fais les cent pas. Je me dis qu'il doit bien y avoir une autre solution, mais au fond de moi je sais que j'ai déjà tout essayé. Ma secrétaire m'apporte une pile de documents à signer. Son téléphone n'arrête pas de sonner et je refuse tous les appels. Tout le monde essaie de savoir ce qui se passe. Tout le monde s'inquiète pour son poste. Je n'ai aucune réponse à leur apporter. Je me sens impuissant, c'est la première fois que j'ai ce sentiment étrange que tout m'échappe.

12H45
J'écris un message à Aurélie, mais je le supprime. Je n'ose plus lui parler depuis notre dernière soirée. Elle m'en veut, elle en a le droit. Un fossé s'est creusé entre nous et je ne sais pas comment faire pour qu'elle me pardonne. Je n'ai pourtant rien fait, mais je suis coupable d'y avoir seulement pensé. Jade a fait exploser le lien fragile que nous avions mis tant de temps à tisser. Je la déteste et je me déteste encore plus.

13H30
Je finis par avaler un sandwich triangle un peu sec. Mon téléphone portable sonne sans cesse. Je l'ai mis en mode silencieux. J'espère secrètement qu'Aurélie m'enverra un message. La directrice des ressources humaines entre dans mon bureau. Elle veut qu'on fasse un point sur la situation. Je lui dis qu'il est trop tôt. Je lui mens. Elle est agacée car elle sait que ce qui se prépare va être une épreuve difficile à surmonter. Je n'ai pas de réponses à lui apporter. Je ne l'ai jamais vue aussi stressée mais je ne peux rien pour elle.

14H
J'appelle ma secrétaire pour annuler les rendez-vous de l'après-midi. Je crois que c'est la première fois que je fais ça, mais aujourd'hui je ne me sens pas de taille. Je m'assois sur le canapé pour essayer d'élaborer une nouvelle stratégie. Dans ma tête tout

est confus. Aurélie ne cesse d'occuper mes pensées, mais ce n'est pas le moment. Il faut que je me concentre mais j'ai beaucoup de mal. Ma secrétaire entre dans le bureau pour m'informer que la banque cherche à me joindre. Comment peuvent-ils avoir été informés aussi rapidement. J'aurais aimé prendre les devants. Je ne veux pas leur répondre tout de suite, il faut que je prépare le dossier. Je convoque le directeur commercial.

14H45
Le directeur commercial me rejoint et nous faisons le point sur les dossiers en cours. Je demande à ma secrétaire d'appeler le directeur financier, qui nous rejoint peu après. Personne n'est vraiment prêt et nous tentons tant bien que mal de clarifier la situation. Point sur les encours, point sur les dossiers en attente. Nous avons beau tourner les chiffres dans tous les sens, il n'y a pas de solution à court terme.

16H
J'ai envie de rentrer chez moi. Le sentiment d'impuissance est très difficile à vivre. Je me sers un verre de whiskey même s'il est un peu tôt. Je consulte mes emails, je n'y réponds pas. Je ne baisse pas les bras, mais je sais qu'aujourd'hui rien ne pourra empêcher le navire d'entrer dans la tempête.

16H30

Aurélie entre dans mon bureau sans frapper et referme la porte aussitôt.

– Il faut qu'on parle toi et moi.

Je suis content de la voir, mais je ne suis pas dans de bonnes dispositions. Elle se tient debout devant moi, le regard déterminé. Elle ignore totalement ce qui est en train de se jouer.

– Ce n'est pas le moment, je suis désolé.

– Comment ça pas le bon moment ?

– Je suis en train de gérer une situation compliquée.

– Elle attendra, il faut qu'on parle.

– Non ça ne peut pas attendre, mais plus tard si tu veux, je sais qu'il faut qu'on parle.

– Plus tard ? J'ai attendu assez longtemps. Tu aurais pu m'envoyer un message ou m'appeler pour qu'on discute. Tu m'as déposée l'autre soir comme ça devant chez moi et plus de nouvelles ? Tu te prends pour qui ?

– Enfin Aurélie, je sais bien, encore une fois excuse-moi, mais là tout de suite ça n'est pas le bon moment.

– Ca n'est jamais le bon moment pour parler des choses importantes. Tu crois que tu peux faire ce que tu veux de moi et ensuite me laisser sans nouvelles. Je t'ai donné ce que je n'ai donné à aucun autre homme. Tu me manques de respect c'est inadmissible.

– Ne t'énerve pas...

– Si je m'énerve, je ne pensais pas que tu étais comme ça, je suis tellement déçue.
– Enfin Aurélie, s'il te plait, je t'expliquerai tout et nous allons discuter mais là ce n'est vraiment pas le moment.
– Va te faire foutre toi et ton meilleur moment !

Elle sort en claquant la porte. Je n'ai pas eu le temps de lui dire qu'elle m'avait manqué. Je me rends compte que j'ai été nul et que je n'ai pas su lui dire ce que j'avais sur le cœur, mais ma tête est ailleurs et je n'arrive pas à faire deux choses en même temps. J'ai envie de la rattraper, lui dire que tout va s'arranger, et que je tiens à elle mais le téléphone sonne et ma secrétaire me passe le banquier.
Non ça ne va pas s'arranger, oui nous sommes en difficulté, non nous n'avons pas d'alternatives, non je n'ai pas d'autres garanties, oui nous allons agir...
Je raccroche et je me demande si je survivrai à cette journée.

17H30
Ma secrétaire rentre dans mon bureau pour me demander si j'ai encore besoin d'elle. Je lui dis que non et qu'elle peut quitter son poste. Elle a l'air soulagée.
Je m'enferme dans mon bureau, je n'ai envie de croiser personne.

Pendant le mois qui suivit les choses ne s'améliorèrent pas et les licenciements se succédèrent.
Peu à peu les bureaux se vidèrent et les derniers salariés restant accomplissaient leurs tâches sans aucune motivation. Je passais des journées à voir et revoir avec les derniers survivants du service comptable comment réduire autant que possible les dépenses et la perspective d'un déménagement devint bientôt une réalité.

Je restais tard le soir, absorbé dans mes pensées. Je ne comprenais pas comment nous en étions arrivés là. Il fallait se rendre à l'évidence, notre marché avait changé, et nous ne nous étions pas adaptés. Je pensais à Aurélie avec qui je n'avais plus eu de contact depuis notre dispute dans mon bureau. Quel con, pourquoi je ne lui avais pas envoyé un message, pourquoi n'avions-nous pas pu avoir cette discussion qui aurait sans doute désamorcer une situation devenue invivable.
Je l'avais aperçue au détour d'un couloir, ou en salle de réunion, mais je n'avais pas trouvé le courage d'aller la voir. C'était complètement stupide mais j'étais tellement absorbé par l'avenir de l'agence que je ne savais même plus ce que je devais lui dire. Peut-être que c'était la fin, peut-être que c'était mieux ainsi, peut-être que la distance qui s'était créée entre nous était une bonne chose. Mon cerveau tentait de justifier mes actes anormaux.

Elle me manquait mais je n'étais plus moi-même. Les "je vais" étaient devenus des "j'aurais dû" qui s'étaient transformés en "pourquoi je n'ai pas".
Je fermais mon bureau et m'apprêtais à partir quand mon téléphone vibra. C'était un message d'Aurélie.

Tu aurais pu me prévenir

Prévenir de quoi

Demain je ne serai pas au bureau

Comment ça ?

Arrête de jouer au con.
J'ai été virée comme une merde.

Je ne le savais pas.

Te fous pas de moi.

Je t'assure.

T'aurais pu au moins me prévenir.

Je n'ai pas la main sur tout ça,
tu sais que la boite va mal et je n'ai
plus mon mot à dire.

Tu me prends vraiment pour une conne.

Tu ne comprends pas la gravité
de la situation, arrête de faire l'enfant

Faire l'enfant ? Vraiment ?
T'es qu'un sale con

Arrête de me parler comme ca
tu te prends pour qui ?

Va te faire foutre

Je regrettais presque aussitôt mon dernier message. Je n'avais plus la main sur la gestion des salariés, les décisions étaient prises sans moi et sans la confiance du conseil je n'avais plus aucune emprise sur ma propre entreprise. Je n'avais pas été informé qu'Aurélie avait été virée et je me rendais compte à quel point j'avais merdé.
On parle souvent de toucher le fond, mais on ne parle jamais vraiment de l'atmosphère froide et morbide qui y règne. À cet endroit, plus rien n'a d'importance, pas même les gens à qui l'on tient. On se sent seul, désemparé avec l'impression que plus rien n'est possible, ni n'a de sens. Les couleurs deviennent ternes, les matins deviennent lourds et les journées défilent comme un mirage. Assis dans l'obscurité de ce trou noir, de l'amertume plein la bouche, je laissais les choses filer, et le temps s'échapper. Je ne voyais presque plus personne. J'avais disparu pour mes proches, et malgré leurs

appels et leurs mains tendues, mon orgueil m'empêchait de demander de l'aide. Enfermé dans un cloaque, j'attendais un électrochoc.
Il arriva une semaine après son dernier message.

Fin d'après-midi, je suis assis dans mon bureau en train de rédiger un email. Depuis la dernière vague de licenciements, mon téléphone sonne beaucoup moins. Ma secrétaire n'est pas là, son planning a été aménagé et désormais elle travaille à mi-temps.
La porte s'ouvre dans un grand fracas. Un homme se tient dans l'encadrement de la porte. Je lève les yeux de mon écran. Il est grand, athlétique, un blouson de cuir, un jean brut, une paire de sneakers, les cheveux courts et un visage fermé. Je ne le connais pas. Je n'ai pas le temps de lui demander de quoi il s'agit qu'il s'avance vers moi d'un pas décidé.
– Alors c'est ici que tu bosses sale con ?
– Pardon ?
L'homme avance dans le bureau tout en balayant la pièce du regard. Il s'approche d'une sculpture posée près du canapé.
– C'est joli ça.. Ca doit coûter cher.
Il met un coup de pied dans la statue qui se fracasse sur le sol avant que j'ai pu faire le moindre geste.
– Ah ça fait du bien, dit-il.
Je bondis de mon fauteuil et m'avance vers lui.

– Alors c'est toi, je t'imaginais plus grand. Approche encore un peu que je t'éclate la gueule sale con.
Je m'arrête à distance raisonnable de l'individu en me demandant qui il pouvait bien être.
– Et vous êtes ?
– Tu ne me connais pas ?
– Non
– Aurélie ne t'a jamais parlé de moi ? C'est bizarre ça ne surprend pas.
Intérieurement, je balayais toutes les possibilités. Peut-être s'agissait-il de Christophe son mec, mais de mémoire il ne lui ressemblait pas. Je n'avais au final que très peu d'informations sur lui. Je ne savais que l'essentiel à son sujet, et ce que Aurélie estimait judicieux de me dire. Je ne voulais pas connaître les détails de leur vie sexuelle, de la même manière qu'Aurélie ne voulait pas savoir ce que ma femme et moi faisions. Je savais juste que Christophe l'aimait, elle l'aimait aussi, et malgré cette connexion que nous avions établis, il n'avait été jamais question qu'elle le quitte. J'avais du mal à imaginer qu'il soit aujourd'hui devant moi.
– Non je ne vois vraiment pas, on se connait ?
– On ne se connait pas, mais moi je te connais.
– Comment ça ?
– Aurélie m'a beaucoup parlé de toi, attends non... Aurélie m'a trop parlé de toi.
– Ça ne me dit pas qui vous êtes.
– Je m'appelle Baptiste sale con.

– Baptiste ? Ca ne me dit rien du tout, et parle-moi meilleur !
Ouf ! Ce n'est pas Christophe ! Merde... C'est qui ce mec ?
– Sinon quoi ? Donne-moi seulement une bonne raison de t'éclater la gueule.
Bizarrement quand la situation s'envenime, j'ai tendance à reprendre de vieilles habitudes de langage acquise lors de ma vie parisienne dans l'univers trouble du rap underground où j'ai longtemps navigué.
– Sinon c'est moi qui vais te baiser fils de pute.
– Hey mais c'est que "Monsieur" s'énerve !
– Je ne m'énerve pas, je t'informe juste qu'après avoir détruit cette statue à laquelle je tenais et si tu ne me dis pas pourquoi tu es là, je vais te briser en deux.
Il me regarda avec attention avant de rire avec force.
– Tu vas arrêter de voir Aurélie et la laisser tranquille, de toute façon elle ne veut plus te voir.
– Et qu'est-ce qui te fait dire ça ?
– Elle et moi on est ensemble maintenant, elle va quitter son mec pour moi.
– Attends je te suis pas là, tu es avec Aurélie ? Mais depuis quand ?
– On s'en fout, je suis juste venu te dire que si tu l'appelles encore je te règle ton compte.
Je commençais à comprendre. Je me grattais doucement la barbe, puis me dirigeais vers le canapé en cuir où je m'assis pour mieux le regarder.

– Baptiste ? C'est ça ?
Il me toisait avec arrogance.
– Ecoute Baptiste, si j'ai bien compris tu sors avec Aurélie depuis un mois et tu viens jusqu'ici pour quoi en fait ? Pour me dire de ne plus voir Aurélie ?
– C'est ça connard ! Si tu l'appelles encore je te défonce. Je sais comment tu la manipules et comment tu l'exploites.
– Je l'exploite ?
– Je suis au courant pour toutes ses heures sup non payées, elle reste tard ici, tu lui parles mal, tu lui manques de respect.
– Baptiste, je ne te connais pas, et figure-toi que je t'aime bien.
– Je vais te baiser sale con !
– Arrête d'être grossier, en réalité je sens de la souffrance en toi.
– Ferme ta gueule !
– Si tu es ici, c'est que tu ne sais pas comment faire pour qu'Aurélie arrête de penser à moi j'ai raison ?
– Elle pleure tout le temps, tu lui as fait trop de mal, je l'aime et je vais arrêter tout ça.
– Tu ne vas rien arrêter du tout en fait... Tu crois pouvoir débarquer dans sa vie et tout changer sur un claquement de doigt ? Tu es tellement naïf.
Il fit un pas vers moi, l'air menaçant.
– Reste où tu es et laisse-moi t'informer de quelques détails qui t'échappent... Aurélie ne t'appartient pas et ne t'appartiendra jamais.

Tu penses qu'elle t'aime et je peux te dire ici et maintenant qu'elle ne t'aime pas.

– Qu'est-ce que tu en sais connard !

– Arrête de m'insulter, je vois juste un homme triste parce qu'il n'aura jamais cette femme superbe, parce que je ne quitterai jamais ses pensées.

– Je vais te fermer ta gueule.

– Ça ne changera rien. Sache une chose, si demain tu couches avec elle, c'est à moi qu'elle pensera, si demain tu pars avec elle en week-end, c'est à moi qu'elle pensera, et si demain tu veux vivre avec elle, c'est à moi qu'elle pensera.

– Conneries !

– Le lien qui existe entre elle et moi et au-delà de ce que tu imagines.

Je m'enfonçais dans le canapé en regardant son visage se décomposer doucement.

– Baptiste, sois réaliste ! On ne se connait pas et tu viens ici pour me demander des choses qui sont impossibles. Au fond, ce n'est pas moi qui te dérange, mais la graine que j'ai planté dans sa tête et qui jour après jour ne fait que grandir. Tu voudrais que je disparaisse, mais ce qui existe dans son cœur est plus fort que toutes tes insultes et ta volonté.

– Je vais te...

– Tu ne vas rien du tout, et je ne vais rien te faire non plus.

– Tu crois vraiment que tu....

– Arrête Baptiste, ça sert à rien ce que tu fais...

– Comment tu....

– Baptiste, j'ai de la peine pour toi au fond.

– Pourquoi tu dis ça ?

– Parce que tu auras beau faire tout ça, elle ne t'aimera jamais comme elle m'aime.

– Conneries, elle te déteste, je vais te péter la gueule.

– Baptiste... Si elle me détestait, tu ne serais pas là aujourd'hui.

Cette phrase eut l'effet d'une bombe, il attrapa le porte manteau derrière la porte qu'il jeta à travers la pièce.

– On se reverra, toi et moi ce n'est pas fini...

Je venais de jouer mon dernier atout. Je croisais les jambes et le regardais avec défiance. Il aurait pu se jeter sur moi à tout instant, mais je savais que j'avais fait mouche. J'avais pénétré son esprit et j'y avais planté la graine du doute.

– Tout ça c'est de la merde, je vais te...

– Baptiste arrête, on ne se connait pas et tout ça ne sert à rien. J'ai encore du travail et je pense que tu as mieux à faire.

Tout en lui répondant, je me levais et me dirigeais vers le bureau. Je me rassis et repris la lecture de mes emails. Baptiste me regardait. Sans un mot, il tourna les talons et sortit de la pièce. Ses pas s'évanouirent dans le couloir.

Je poussais mon fauteuil en arrière et soufflais avec force. Je lui avais tenu tête mais la situation aurait pu réellement dégénérer. J'étais heureux que ça ne soit pas le cas, même s'il aurait bien mérité que je venge la statue qu'il avait brisée.

En une fraction de seconde, une foule de questions m'envahit. D'où sortait ce mec, où avait-il rencontré Aurélie, comment les choses s'étaient-elles produites, que voulait-il vraiment... Il fallait qu'Aurélie et moi ayons une discussion. Je dois reconnaître que Baptiste me colla le visage avec une soudaineté inouïe à la réalité de ma vie. Je me réveillais en un instant plus combattif que jamais, plus vivant que ce dernier mois, plus dangereux que je ne l'avais jamais été.
Je pris mon téléphone et décidai d'envoyer un message à Aurélie, il fallait que je sache.

Hello, je viens de rencontrer Baptiste..
On en parle... ?

La réponse ne vint jamais.
Je quittais mon bureau pour me dégourdir un peu les jambes et évacuer toute la tension que Baptiste avait apporté avec lui. Je remontais le couloir, descendais un étage jusqu'à la machine à café. Je passais devant la salle de réunion puis sans m'en rendre compte, arrivais aux bureaux des créatifs. Le bureau d'Aurélie était près de la fenêtre.
Je ne sais pas pourquoi mais je décidais d'aller y jeter un coup d'œil. Je n'osais pas me l'avouer mais j'espérais trouver un souvenir d'elle, une bribe, un

détail, n'importe quoi qui me rappellerait ses yeux et sa voix qui me manquaient tant.
Son bureau était vide, il ne restait rien à part un ordinateur posé sur cette table blanche. Les tiroirs avaient été vidés, et probablement jetés dans un carton à la hâte.

Sans m'en rendre compte, j'avais allumé son ordinateur. Peut-être y trouverais-je un indice, une preuve, un détail qui pourrait m'en apprendre plus.
Je n'eus pas beaucoup à chercher pour trouver ce dont j'avais besoin.
J'ouvrais la corbeille : parmi les fichiers illustrator et photoshop se trouvait un "journalbackup.doc"
Je ne me serais jamais douté qu'elle tenait un journal intime. C'est la meilleure.
J'hésitais dans un premier temps à l'ouvrir. Le fichier était incomplet mais ce que je pus y lire dépassa mes attentes et acheva de briser mon cœur en miettes.

CHAPITRE 20
JOURNAL INTIME

Camélia Jordana - Lettera

"Si je dois te dire adieu,
laisse-moi une vie pour m'y préparer"

"Quel connard...
je crois que ce sont les seuls mots qui me viennent à l'esprit quand j'y repense. Oser me faire aussi mal, oser me rendre aussi malheureuse en l'espace de quelques minutes.
Je repense à toutes ses belles paroles, à tous ses sourires et à sa tendresse et maintenant je ne vois plus que des mensonges et de la manipulation.
Mais sérieusement à quel moment c'est normal de m'avoir laissée comme ça toute seule ? Et pourquoi surtout ?
Pourtant je me souviens de l'avoir prévenu, je me souviens de lui avoir dit qu'il la dévorait des yeux et que ça ne me plaisait pas. Mais je crois qu'il est juste comme tous les hommes... une jolie paire de fesses,

des seins... une nana ultra sexy et allumeuse et on oublie toutes les promesses.
Je le déteste.
Je déteste cette solitude que j'ai pu ressentir, je déteste ce moment où comme une idiote je me suis inquiétée pour lui.
Je hais ces regards compatissants qu'ont eu les gens sur moi et qui ont dû se demander comment je pouvais être là toute seule avec mon pauvre verre de vodka. Et ce couple qui est venu me voir pour me proposer de me raccompagner, parce que j'étais triste et paumée dans mon coin...
Je me suis sentie tellement nulle.
Je ne connais pas très bien les codes du libertinage, mais à mes yeux c'était un monde bienveillant, où le plaisir était le maître mot.
J'avais confiance en lui, j'avais confiance en ses paroles et je me croyais protégée avec lui.
Et puis je voyais le temps filer, les personnes allaient à l'étage et revenaient, et puis surtout j'ai compris, j'ai compris quand je n'ai plus vu cette fille sur laquelle il bavait, quand je me suis rendue compte qu'elle n'était ni dehors ni sur la piste en train de danser ... là j'ai compris .
Mais je pense que le coup de couteau qui m'a confortée dans cette idée c'est quand on m'a dit qu'effectivement il était parti à l'étage et qu’il était accompagné.
Putain Alex. Sérieusement ? A ce moment là je n'avais qu'une envie c'est de m'en aller, j'étais à un

degré d'humiliation dont tu ne t'imagines même pas, et ce couple qui me dit que tu abusais, que ça n'était pas bien ce que tu faisais... et moi j'essayais de garder la tête haute, j'essayais de montrer malgré tout que je gérais la situation alors que des larmes commençaient déjà à me monter aux yeux.

J'aurais sans doute dû les suivre, d'ailleurs j'y ai pensé un quart de seconde, envoyer tout ça promener et ne pas réellement savoir ce qui s'était passé.
Et puis finalement je suis trop curieuse... J'avais besoin de voir ce que je savais déjà, que je m'étais trompée sur toi.
J'avais besoin de voir, je dois être un peu maso...
J'ai hésité quelques minutes pour monter , j'avais tellement peur de ma réaction, j'avais peur d'être pétrifiée, mais il fallait que je puisse voir ça, et tant pis si j'allais passer pour la femme délaissée, trompée dont le mec ne fait pas attention.
Tant pis...
J'avais le cœur qui me faisait tellement mal, là je crois que le pire des spectacles devant mes yeux c'est toi collé à elle et l'embrassant.
Je te hais."

Ses derniers mots résonnèrent dans les bureaux vides comme si elle les avait prononcés de vive voix et avec force. J'avais la gorge sèche et me demandais si j'avais eu raison d'ouvrir ce document.
Je poursuivis ma lecture.

“Je suis un peu stressée pour ce soir, j'ai l'impression de faire quelque chose que je ne devrais pas.
Pourtant je n'ai rien à me reprocher au fond, toutes ces semaines sans nouvelles et Alex qui m'ignore totalement.
Zéro excuse, pas d'appel, je ne pensais pas m'être faite avoir à ce point, mais peu à peu j'ouvre les yeux.
Depuis quelques jours il me semble que je vais mieux, sans doute parce qu'il y a cet homme qui est rentré dans ma vie.
On s’est rencontrés au bureau, lors d’une réunion client à laquelle je ne devais pas assister mais finalement j’ai peut-être bien fait d’y aller.
Il n'arrêtait pas de me regarder pendant le rendez-vous. Je ne sais pas comment il a récupéré mon numéro, mais en tout cas il a su me trouver.

Il est doux, attentionné et terriblement romantique, enfin pour le moment ce ne sont que de simples textos mais il m'a proposé ce soir d'aller boire un verre.
Je suis un peu mal à l’aise parce que c’est un client, et parce que j’ai l'impression d'aller à l'encontre d'une promesse. J’ai signé ce contrat mais est-ce qu’il est encore valable après tout ce qui s’est passé ?
Je crois que j’ai besoin de retrouver cette flamme, cette intensité que j'avais avec Alex et qui me semble totalement perdue.

Et puis de toute façon il s'est bien foutu de moi alors pourquoi je n'irais pas à ce rendez-vous ?
Plus rien ne nous unit, il m'a trompée, m'a jetée de son entreprise comme une vulgaire salariée je ne vois pas ce que je pourrais encore lui devoir.
Mais pourtant je ne me sens pas sereine, je ne suis pas sûre de vouloir à nouveau franchir ce pas là, je ne suis pas sûre d'être prête à entamer une nouvelle relation.
Et puis sera-t-il à la hauteur ?
Ses messages sont déjà pleins d'intensité et de sentiments alors que nous nous connaissons à peine, mais le lire me rassure, me fait du bien.
Mais suis-je réellement prête à passer le cap ?
J'aurai ma réponse ce soir.

Waouh...

Cette soirée vient de me retourner totalement le cerveau, Baptiste avait choisi un très joli petit bar dans le vieux Lille, à l'abri des regards. Tout y était, ambiance romantique, petite bougie sur la table et verre de Pinot noir.
Je dois avouer que je n'ai pas été déçue, sa conversation était intéressante, il arrivait à me faire rire, moi qui étais si sombre et si triste depuis ces dernières semaines...
Mais il manquait quelque chose malgré tout, il me manquait quelqu'un et je ne pouvais m'empêcher de penser à lui.

Au deuxième verre, je commençais à me détendre un peu plus, à apprécier ce moment avec lui qui m'empêchait de penser à Alex.
Il voulut qu'on dîne ensemble mais je préférais rentrer, c'était un pas énorme pour moi de laisser un autre homme m'approcher et essayer de me séduire.
Tout en marchant je réfléchissais à l'après. Je me demandais si c'était une bonne idée de le revoir, je le sentais me fixer et chercher en moi un indice pour savoir s'il me plaisait.
Arrivés à sa voiture, il se planta devant moi. Naïvement je pensais qu'il allait m'ouvrir la porte pour que je puisse rentrer mais il m'attrapa par la taille et me serra contre lui. Il me souriait et commença à caresser mon visage tendrement puis il se pencha vers moi et m'embrassa, sa bouche était douce et son baiser passionné.
Je me suis laissée faire, je l'ai embrassé, j'avais besoin de cette tendresse.
Je l'ai senti trembler. Il n'avait pas froid.
Une fois dans sa voiture, il ne fit que confirmer mon impression. Il mourrait d'envie de m'embrasser, je le rendais fou."

Je cherchais une suite à ce texte, mais il n'y en avait pas. J'étais anéanti. Je n'aurais jamais pu imaginer qu'un autre homme entre dans sa vie mais je devais me rendre à l'évidence. En lisant ces lignes, je me rendais bien compte que j'en étais responsable.

Inutile de chercher des excuses. J'avais beau avoir été absorbé par les problématiques liées à l'entreprise, je l'avais totalement délaissée.
Je me levais pour marcher dans les bureaux vides. Je titubais maladroitement, sonné par ces révélations qui avaient, en une fraction de seconde, brisé mon cœur. Je croyais que ce n'était pas si grave, pourtant c'était plus que ça. Le monde s'effondrait avec fracas, la terre tremblait et le ciel grondait au-dessus de moi.
Mes oreilles bourdonnaient et je crus même sentir poindre une larme.
Quel con, ça s'est passé sous ton nez et tu n'as rien vu. Mais pourquoi ça me fait autant mal... Merde, qu'est-ce qui se passe, j'ai chaud, je ne me sens pas bien, c'est vraiment étrange.
Je regardais mon téléphone et Aurélie ne m'avait toujours pas répondu. Il fallait que l'on parle, il fallait que l'on crève l'abcès. J'avais perdu le contrôle de la situation et Aurélie m'échappait au moment où je n'avais envie que d'elle. Je ne voulais pas tirer de conclusions trop hâtives mais mon cerveau bouillonnait. Avaient-ils couché ensemble ? Etait-elle amoureuse ? Et notre contrat ?
La colère monta si fort en moi que j'attrapais une plante sur un bureau et la jetais au sol avec violence.
Merde ! Comment j'ai pu être si con !
Je m'assis par terre, la tête entre les jambes, sonné par ces questionnements qui ne trouvaient pas de réponse. Mon téléphone vibra.

Tu as rencontré Baptiste ?

Oui, il est venu au bureau

Tout va bien ? Qu'est-ce qui s'est passé ?
Il m'a dit qu'il voulait te voir mais je ne
pensais pas qu'il le ferait

Il est venu et on a parlé

Vous avez juste parlé ?

Oui

Il n'a pas été violent ?

On a parlé.

Tu es sûr qu'il ne s'est rien passé ?

Non tout va bien. Je ne sais pas
si tu t'inquiètes pour lui ou pour moi
mais tout va bien.

Je m'inquiète pour toi
mais j'aurais préféré t'en parler.

J'aurais aussi préféré que tu
m'en parles.

Je suis désolée Alex

Pas autant que moi.

On se voit pour en parler ?

Je n'avais pas envie de répondre. Cette conversation semblait mener inexorablement vers une rupture et ce n'est pas ce que je voulais. Elle me manquait mais je n'avais pas su lui dire. J'avais besoin d'elle mais je ne savais pas comment lui dire. Je la voulais près de moi mais je n'oserais pas le lui dire. La pudeur habille souvent mes sentiments.
Je lui en voulais mais je ne lui reprochais pas. J'aurais voulu rattraper le temps perdu mais il était trop tard.
Assis au milieu des bureaux vides, je déposais mon téléphone sur le sol, puis je pris une grande respiration.
Je savais qu'au fond de moi elle m'appartenait toujours, et qu'en l'absence d'une lettre de sa part formulant expressément son départ, elle et moi étions toujours liés par un contrat. Aurélie ne l'avait pas signé à la légère, je la connaissais depuis suffisamment longtemps pour savoir qu'elle aurait respecté les règles. Je m'efforçais de croire que tout n'était pas perdu. Il était hors de question que je baisse les bras. Ce n'était pas dans mon tempérament et cette situation ne serait pas l'exception qui confirme la règle.

Je repris mon téléphone et lui répondis.

On peut se voir oui,
si tu penses qu'il y a encore
quelque chose à dire.

Oui je pense.

Ok, si tu es disponible demain
déjeunons ensemble.

Le lendemain, au restaurant de l'Hippodrome, assis près de la grande baie vitrée, j'attendais Aurélie. Il n'y a pas de course ce jour-là et l'endroit est calme. Posée sur une nappe blanche impeccable, une coupe de Moët.

Elle finit par arriver, superbe comme une femme blessée. Elle est magnifique dans sa robe noire, elle porte sa paire de créoles dont je ne me lasserais jamais et ses grands yeux verts brillent d'un éclat surnaturel.

Elle s'installe, et malgré tout ce que nous avons vécu, je suis gêné. Elle ne m'embrasse pas et s'assit face à moi.

– Je suis content de te voir, lui dis-je pour briser la glace.

– Moi aussi, je suis contente qu'on puisse enfin parler.

– Oui c'est plus que nécessaire. Champagne ?

– Oui avec plaisir, même si nous n'avons rien à fêter.

Je fis un signe au serveur qui comprit sans un mot et nous apporta sans tarder une deuxième coupe.

– À quoi trinquons-nous ? me dit-elle.

– Je ne vais pas être original mais je propose de trinquer à ceux qui s'aiment.

Elle me regarda droit dans les yeux avec défiance et nos verres s'entrechoquèrent. Je mourrais d'envie de lui poser une foule de questions, de prendre de ses nouvelles, de la retrouver, mais l'ombre de Baptiste planait sur moi et assombrissait mes pensées.

– Par où commencer ? me risquais-je.

– Peut-être par le début, à savoir pourquoi tu m'as fait ça à la soirée. Pourquoi tu m'as abandonnée ? Et surtout pourquoi tu as embrassé cette femme ?

– Comme je te l'ai dis, je ne l'ai pas embrassé, c'est elle qui l'a fait contre mon gré. Tu nous as vu à ce moment, alors que j'étais en train de lui dire que nous n'irions pas plus loin.

– Je veux bien te croire, mais pourquoi as-tu eu besoin de monter dans cette chambre et d'aller jusque là ? Tu aurais très bien pu décliner son invitation, mais tu ne l'a pas fait.

– C'est vrai sur ce point tu as raison. Je n'aurais pas dû la suivre, je ne sais pas ce qui m'a pris.

– Tu voulais coucher avec elle, s'il te plait ne me mens pas.

– J'avoue qu'elle m'attirait énormément, mais même si tu ne veux pas me croire, pendant que nous nous dirigions vers la porte je ne pensais qu'à toi.

– Alors pourquoi tu m'as laissée toute seule.
– J'ai merdé.
– Ca c'est clair, tu as bien merdé.
Elle but une gorgée de champagne et le serveur nous interrompit pour prendre notre commande. Je pris pour nous deux une douzaine d'huîtres.
– Donc oui, j'ai bien merdé. Et d'ailleurs je tenais à m'excuser à nouveau. Je n'aurais pas dû la suivre, je ne n'aurais pas dû tenter le diable, j'ai manqué de force, et je m'en veux terriblement.
– Tu comprends que ça a un impact direct sur la confiance que j'avais placée en toi ?
– Oui je sais, et je ne peux pas revenir en arrière, malheureusement. Avec le recul je regrette ce qui s'est passé, mais sache une chose, à part ce baiser qu'elle m'a volé, il n'y a rien eu d'autre, et je ne comptais rien faire d'autre.
– Tu sais, ca m'a fait beaucoup de mal, je me suis sentie humiliée et abandonnée, c'est un sentiment que je ne veux plus jamais revivre.
– Je le sais, et je m'en excuse encore, mais tu ne le revivras plus jamais avec moi.
– Comment te croire...
– Je n'ai jamais été aussi sincère qu'à cet instant. Si je regrette autant ce qui s'est passé, c'est parce que je tiens à toi et je crois que tout ce que nous avons vécu ces derniers temps m'a fait prendre conscience d'une chose.
– Quoi donc ?
– Il y a quelque chose de spécial entre nous.

– Spécial ? Pourtant ces derniers temps on ne peut pas dire qu'on se soit beaucoup vu. Tu m'as complètement ignorée. Je ne sais pas ce qui s'est passé, et pourquoi, mais du jour au lendemain plus de nouvelles, plus de signes de vie.

– C'est pour ça que tu t'es tournée vers Baptiste ? rétorquais-je immédiatement.

– Peut-être, dit-elle en me défiant du regard, mais j'ai besoin de comprendre pourquoi tu m'as abandonnée aussi brusquement.

Je commandais une bouteille de petit chablis pour accompagner le plateau d'huîtres qui désormais trônait sur la table.

– Je ne voulais pas t'abandonner ce n'est pas ça.

– C'est pourtant ce que tu as fait, et en plus je me suis fait virer comme une merde.

– Ca ne dépendait pas de moi, et je suis désolé je n'étais pas au courant. Je n'ai pas eu mon mot à dire sur les licenciements.

– Tu vas me dire que c'est ta boite et ce n'est pas toi qui décide ?

– C'est un peu plus compliqué que ça. Pour faire court, la société connaît en ce moment de très grosses difficultés financières. Une des mesures mises en place a été de licencier une partie du personnel, mais ce n'est pas moi qui l'ai décidé et ce n'est pas moi qui ai mis en application cette décision. Il y a un conseil d'administration où je siège, mais dans certains cas et dans un certain contexte, je dois me plier aux décisions de ce conseil.

– Ca va si mal que ça ?

– Pire encore. Mais ce n'est pas le sujet. Ces derniers temps j'étais entièrement focalisé là-dessus. Je sais que j'aurais dû t'appeler, on aurait pu en parler, mais j'étais vraiment dans une mauvaise période.

– Raison de plus, tu aurais dû m'appeler.

– Je sais mais j'ai préféré faire l'autruche. J'avais la tête dans les problèmes et plus moyen de prendre du recul. Je suis vraiment désolé pour ça.

– Ca ne peut pas être que ça ? Je t'ai fait quelque chose ? Tu ne voulais plus me voir ? Il suffisait de le dire.

Mais non Aurélie, je tiens tellement à toi, mais à l'agence la situation était tellement apocalyptique... J'ai dû faire face à des choses qui m'étaient inconnues et que je ne saurais t'expliquer tant elles étaient nouvelles et violentes...

– Non ce n'est pas ça... J'avais très envie de te voir mais il faut croire que je suis mono tâche, et j'avais l'esprit ailleurs. Je t'ai négligée, je m'en rends compte aujourd'hui.

– J'étais tellement triste. En plus juste après ce qui s'est passé à la soirée. Je me suis demandé vraiment ce que tu voulais au final.

– J'ai merdé je sais, par contre je ne m'attendais pas à ce que tu ailles voir un autre mec.

Si tu savais à quel point j'étais triste, à quel point j'ai été blessé... J'ai envie de te le dire mais n'ose pas...

Il eut un long silence. Aurélie regardait son assiette, gênée. Le journal intime ne m'avait peut-être pas tout appris.

– Avec Baptiste c'est terminé depuis un moment.

– Alors pourquoi il est venu me voir hier ?

Putain le mec a débarqué dans mon bureau, c'était n'importe quoi tu ne te rends pas compte de ce que tu as fait. Vraiment Aurélie...

– Je ne pensais vraiment pas qu'il le ferait. On a beaucoup discuté ensemble, je lui ai beaucoup parlé de toi.

– Et alors ?

– Il est malin, il a vite compris que si j'étais triste c'était à cause de toi. Plusieurs fois il a voulu venir te voir, mais j'ai toujours réussi à l'en dissuader.

– Pas cette fois on dirait.

– Pourtant c'était déjà fini.

– Moi j'aimerais savoir ce que vous avez fait ensemble et jusqu'où ça a été ?

– Comment ça ?

– Vous avez couché ensemble ?

S'il te plait Aurélie c'est important ne me mens pas !

– Non.

– Jure-le moi. Je ne te poserais pas la question deux fois.

– Je te le jure, on s'est embrassés une fois. C'est tout.

– C'est tout ? Non mais sérieusement, le mec débarque dans mon bureau pour me casser la gueule et vous n'avez jamais couché ensemble ?

– Non jamais, pourtant tu sais que je ne me donne pas facilement, et tu es peut-être la seule exception. Alex... Tu me connais je ne suis pas du genre à coucher avec n'importe qui, n'importe comment... Même si pour le coup il était fou amoureux, dit-elle presque à voix basse.

– Et toi ? Tu es amoureuse de lui ?

– Non je ne le suis pas. Je crois que je me sentais seule et je te cherchais. Il te ressemble beaucoup tu sais.

Ce connard me ressemble ? C'est la meilleure, excuse-moi mais nous n'avons rien à voir lui et moi...

– Non je ne crois pas qu'il me ressemble. Et donc vous avez juste parlé ?

– Oui, pourquoi tu ne me crois pas ?

– Tu vois un mec, tu passes beaucoup de temps avec lui et... ? Et rien ?

– J'avais surtout besoin de parler Alex ! dit-elle en haussant le ton. Tu ne comprends pas je me sentais seule, j'avais besoin de toi à ce moment-là et Baptiste est arrivé. Il était doux, attentionné...
Il était là pour moi. Mais je ne suis pas fière non plus. Je regrette.

– Tu regrettes ? J'espère bien.

– Oui parce que je ne l'aimais pas et c'est surtout de toi dont j'avais besoin, pas de lui.

– Ok je comprends mais j'aimerais qu'on mette les choses au clair une bonne fois pour toute.

– Oui dis-moi.

– Je ne veux plus que tu le revois.

– Je ne veux plus non plus.

– Je suis très sérieux, regarde-moi, je vais le redire encore une fois et après je n'en parlerais plus. Si tu me jures que tu n'as pas couché avec lui, et que tu l'as seulement embrassé. Si tu me jures qu'aujourd'hui c'est terminé. Je t'interdis de le voir à nouveau. Tu as compris ?

– Oui, je te l'ai dit c'est fini, dit-elle en regardant son assiette.

J'utilisais le rince-doigts une fois les huîtres terminées. Le serveur nous débarrassa avant de nous amener le plat principal. Une assiette de poisson accompagnée de ses petits légumes.

– Le problème avec toi Alex, c'est que je ne sais jamais ce que tu penses, je ne sais jamais ce que tu ressens. Il y a comme un mur autour de toi, je ne sais pas si c'est de la pudeur mais tu ne dévoiles jamais tes sentiments.

– Je sais j'ai beaucoup de mal à exprimer ce que je ressens, dis-je tout en me calmant.

– C'est très perturbant pour les gens autour de toi, surtout pour moi. Je me dis, est-ce qu'il tient à moi, ou est-ce qu'on est juste là pour coucher ensemble.

– Ne dis pas de bêtises...

– Si je t'assure, tu ne laisses rien transparaître et c'est très dur...

Ses yeux commençaient à se remplir de larmes, qu'elle essuya d'un revers de la main au risque de faire couler son mascara.

– Ne pleure pas, ce n'est pas parce que je ne dis rien que je ne tiens pas à toi.

– Je ne pleure pas, ne t'inquiète pas, mais justement si tu ne dis rien comment veux-tu que je sache ce qui se passe dans ta tête ?

– Avant d'aller plus loin je voudrais qu'on soit clairs sur une chose si tu veux bien.

– Dis-moi...

Je sortis de mon sac et posai sur la table l'étui de cuir qui contenait notre contrat.

– Malgré ce qui s'est passé, j'ai envie de croire que ce que contient ce porte-documents est toujours d'actualité. Si je l'ai ramené aujourd'hui, c'est que j'ai besoin de savoir si pour toi aussi ça l'est toujours.

Aurélie me regarda avec surprise.

– Bien sûr que c'est important, je ne l'ai pas signé sans en mesurer les implications, c'est peut-être aussi pour ça que je n'ai pas couché avec Baptiste. Je ne voulais pas rompre mon engagement.

Tu ne te rends pas compte je crois, de l'importance que j'y ai mis.

– Tout comme moi mais je voulais qu'on se le dise de vive voix parce que pour moi aussi ça compte.

– Tu peux le ranger, parce que tout ça ne change rien, j'ai envie qu'on se retrouve.

– J'ai envie aussi, on a vraiment traversé une mauvaise période mais on va réussir à surmonter ça ensemble.

Le temps n'était plus à la dispute, mais à enterrer les preuves de nos erreurs pour retrouver ces instants complices qui nous manquaient à tous les deux.
Une fois le déjeuner terminé, avant de reprendre le cours de nos journées respectives, je lui remis une lettre.
– Ne l’ouvre pas tout de suite, attends que je sois parti.
– Qu’est-ce que c’est ?
– Tu vas le découvrir dans quelques instants...
Je quittais Aurélie.
Elle tenait la lettre entre ses mains, qu’elle s’empressa de lire après mon départ.

“Aurélie,
Nous avons vécu tellement d'expériences intenses ensemble...
Pourtant la seule choses que nous n’ayons jamais eu toi et moi, c’est une nuit.
Cette nuit je nous l’offre si tu le veux bien, avec l’espoir qu’elle nous apporte un nouveau souffle. Si tu acceptes, rendez-vous samedi à 6H du matin porte de Paris. Ne pose aucune question.

Ps : prends un maillot de bain.

Alex”

CHAPITRE 21
AD VITAM

Ben l'Oncle Soul - Addicted

"Je t'aime comme personne
et personne ne t'aime comme moi"

Face à la porte de Paris, je garais l'Audi sur le parking de l'hôtel de ville. 5h58, j'espérais qu'Aurélie me rejoigne. La ville encore endormie se réveillait peu à peu.
Je sortis de la voiture et j'allumais une Lucky Strike. Nous ne nous étions pas parlés depuis notre déjeuner, et elle ne m'avait envoyé aucun message, posé aucune question.
À six heures précises, j'entendis un bruit de pas sur les pavés de l'autre côté de la place. J'arrivais à peine à distinguer sa silhouette, mais je savais que c'était elle, j'aurais pu reconnaître sa démarche entre mille.
Elle traversa la rue et me rejoignit devant la voiture. Elle s'arrêta devant moi avec un sourire malicieux. J'aurais tué pour le voir chaque jour de ma vie.

– J'ai pris un maillot de bain, me dit-elle amusée. 6h c'est un peu tôt pour se faire un Spa tu ne trouves pas ?

– Je suis content que tu sois venue, lui dis-je avec un grand sourire qui trahissait la joie que j'avais de la voir.

– J'adore me lever à l'aube pour aller je ne sais où avec mon maillot de bain.

Elle portait sa veste en cuir, un jean et une paire de baskets. Décontractée, je l'avais rarement vu porter cette tenue, peut-être lors de nos premiers rendez-vous.

– Est-ce que tu vas m'en dire un peu plus maintenant ?

– Je vais commencer par prendre ton sac si tu veux bien.

J'ouvris le coffre où j'y déposai ses affaires.

– J'ai un cadeau pour toi, lui dis-je. Là où nous allons tu en auras besoin.

Elle me regarda intriguée tandis que je sortais un gros paquet cadeau souple, et le lui tendis.

– Un cadeau pour moi ? Qu'est-ce que c'est ? demanda-t-elle.

– Ouvre-le tu verras.

– Tout de suite ?

– Oui vas-y ouvre-le.

Elle déchira le papier comme une enfant et en sortit une doudoune North Pole.

– Une doudoune ? dit-elle en rigolant. Merci ! Mais pourquoi ? Et surtout pourquoi j'en aurais besoin là où nous allons ?

– Essaie-la...

Elle enfila le manteau épais qui lui allait comme un gant. Ses cheveux s'étalaient sur la doublure en fourrure de la capuche. Elle était magnifique.

– Je suis comment ? dit-elle en tournant sur elle-même.

– Tu es parfaite, maintenant tu es prête.

– Prête pour ?

– Monter dans la voiture pour commencer...

– On va où ?

– Je te le dirai sur la route...

– Pourquoi tu fais autant de mystères ? Vraiment je ne te reconnais pas, qu'est-ce qui t'arrive ?

– Rien, c'est juste une surprise.

Elle s'engouffra dans la voiture, je démarrais et l'Audi prit le chemin de l'autoroute encore désert. Dans l'habitacle résonnait la Javanaise de Gainsbourg.

– Je crois qu'il est temps que tu me dises où nous allons, tu ne crois pas ? J'ai bien le droit de savoir !

– Bruxelles, Zaventem.

– L'aéroport ?

– C'est ça, il y a un vol qui nous attend.

Ses yeux s'illuminèrent. Elle semblait ravie de la tournure que prenaient les évènements.

– Un avion ? Un maillot de bain ? On va où ? Maroc ? Tunisie ?

– Pas tout à fait, lui répondis-je plein de mystère.
– Allez, arrête, on va où comme ça.
– Quelle importance.
– Je suis curieuse !
– Tu le sauras bien assez tôt, ne t'inquiète pas.
– Je ne sais vraiment pas ce qui t'arrive mais tu es différent de d'habitude.
– Ça ne te plait pas ?
– Si beaucoup, laisse-moi le temps de m'habituer.
Une petite heure plus tard, je garais la voiture dans un parking de l'aéroport. J'échangeais mon trench contre une doudoune que j'avais laissée dans le coffre et attrapais les bagages.
– On est assortis maintenant ! dit-elle en rigolant, mais je ne sais toujours pas où on va, tu ne vas rien me dire jusqu'à l'embarquement ?
– C'est ça. Rien du tout jusqu'à la dernière minute.
Elle fit une moue boudeuse, et me suivit à travers le hall de l'aéroport.
Arrivé devant le comptoir d'enregistrement des bagages, Aurélie s'arrêta un instant sur l'écran géant au-dessus de nous.
– Reykjavik ? On va en Islande ?
– Je crois que je ne peux plus te le cacher maintenant...
– Trop bien ! Mais j'ai une question, pourquoi tu m'as demandé de prendre mon maillot de bain, il fait super froid là-bas non ? Et comment tu as pu réserver un billet sans mon passeport ?

– Ca fait deux questions... Pour le passeport, j'ai récupéré une copie auprès de la DRH de l'agence, et pour le froid, tu as ta doudoune et ça ne devrait pas te poser trop de problèmes.

– Tu fais trop de mystères Alex !

– Je sais mais ne me dis pas que tu n'aimes pas ça...

– Ok, j'avoue, j'adore !

– Fais-moi juste confiance...

Le voyage dura 3 heures pendant lesquelles nous discutâmes de tout ce qui nous était arrivé, et de la joie de pouvoir passer ces deux jours ensemble. Par le hublot l'océan s'étendait à perte de vue, et quand l'avion amorça sa descente, nous pûmes enfin apercevoir les terres hostiles de l'Islande.

L'avion atterrit à 11H à l'aéroport de Reykjavik et traversa de puissantes bourrasques. Une fois notre valise récupérée, un voiturier avec une pancarte nous prit en charge à la sortie. Un 4x4 gris nous attendait sur le parking. Le ciel était couvert et le vent soufflait sans discontinuer avec force. Une fois à l'intérieur, je demandais en anglais au chauffeur combien de temps il nous faudrait pour rejoindre notre destination. Ce dernier me répondit que nous n'étions pas loin et que d'ici trente minutes nous serions arrivés.

Aurélie, emmitouflée dans sa doudoune, semblait ravie de cette aventure inattendue.

– Tu es déjà venu en Islande ? me demanda-t-elle.

– Non, c'est la première fois.

– Alors pourquoi tu as choisi cette destination ? Et pourquoi le maillot de bain ? Il va bien falloir que tu me le dises maintenant non ?

– Tu le sauras bientôt...

– Tu me balades depuis 6H du matin ça commence à faire long...

– Il va falloir t'y faire.

Le 4x4 traversa de larges montagnes brunes. La terre noire de chaque côté de la route se confondait avec le bitume que de larges traits jaunes permettaient de distinguer. Il faisait encore nuit. À cette époque de l'année le soleil se levait à 11H et se couchait à 16H. Le 4x4 tourna et finit par arriver devant l'entrée du Blue Lagoon. L'installation ultra moderne était perdue au milieu d'un champ de roches volcaniques recouvertes de lichen vert qui donnait à l'endroit une atmosphère lunaire.

– Qu'est-ce que c'est ? me demanda-t-elle.

– L'endroit idéal pour se retrouver.

– Un lagon ?

– Pas exactement... C'est un lac artificiel où l'eau d'un bleu turquoise extraite des profondeurs de la terre est à 27°.

– D'où le maillot de bain...?

– Malheureusement, on ne peut pas s'y baigner nu.

– Dommage... En tout cas je n'avais pas totalement tort quand je parlais d'un spa.

– C'est vrai, mais là c'est un spa géant à ciel ouvert.

Le 4x4 nous déposa devant l'entrée. Un chemin pavé et sinueux traversait la roche noire qui se découpait de chaque côté pour nous emmener à l'accueil du complexe. Dans le hall principal je récupérais les clés de la chambre tandis qu'Aurélie s'émerveillait. Une boutique proposait divers soins de beauté, un vaste bar, et par delà de grandes vitres on pouvait apercevoir les eaux bleutées du lagon.
Une fois arrivés dans notre chambre, Aurélie se dirigea vers la baie vitrée et s'arrêta pour contempler le paysage que balayait les premiers rayons du soleil. À perte de vue s'étendait une nature hostile et superbe qu'aucun homme n'avait foulé et dont la plénitude avait été préservée.

– C'est magnifique, dit-elle en regardant les roches noires acérées.

Je me rapprochais d'elle et d'une main caressais ses cheveux qui avaient déposé son parfum dans la fourrure de la doudoune.

– Ici, au milieu de nulle part, il n'y a plus que toi et moi, et cette terre hostile et sublime. Je ne veux que toi, ici et maintenant, et cet endroit sera notre planète rien qu'à nous.

Elle se tourna vers moi et plongea son regard dans le mien. La lumière qui s'y reflétait me donna l'impression de voir au-delà. Elle était sincère, elle était entièrement à moi et j'étais entièrement à elle. Je caressais son visage, je la regardais avec la simplicité d'un instant qui existe sans qu'on le réclame ou qu'on ne l'arrache.

– Je ne sais pas ce que tu as depuis ce matin, tu es vraiment très différent.

– Je me sens juste bien c'est tout.

– Ok alors ça me va, dit-elle avec douceur.

Elle passa ses bras autour de moi et se blottit contre mon torse pour mieux m'entendre l'aimer.

J'hésitais mais je finis par rompre le silence.

– Tu as faim ?

– Un peu mais ça va.

– Je te propose de nous ouvrir l'appétit.

– Intéressant, dit-elle malicieusement.

– Je pensais plutôt à aller nous plonger dans le lagon pendant les quelques heures de lumière du jour.

– Ca me va aussi, dit-elle faussement désappointée.

La chambre était spacieuse, décorée avec un minimalisme plein de goût, et dans l'armoire de l'entrée deux peignoirs blanc épais et moelleux nous attendaient.

Après avoir rejoint les vestiaires de l'entrée du lagon, passé les douches, il ne nous restait plus qu'à traverser le sas pour sortir.

Dehors la température était proche de zéro et retirer nos peignoirs avant de nous plonger dans cette eau d'un bleu laiteux fut une épreuve.

Aurélie tremblait de froid, mais son sourire exprimait l'excitation de découvrir une expérience inoubliable. Elle était superbe dans son maillot deux

pièces qui mettait en valeur ses courbes que j'aimais tant. Je lui pris la main.
Une pente douce nous amenait à la rencontre du bassin. L'eau était brûlante comparée au souffle glacial du vent.
Main dans la main nous plongeâmes dans le bleu du lagon. La sensation était extraordinaire. Nos premiers pas dans cette eau chaude et épaisse furent surprenants et grisants à la fois. Enveloppés par tant de chaleur au milieu d'un décor majestueux et volcanique, nous vivions un instant unique qui resterait gravé à jamais dans nos mémoires. Aurélie me regarda, mais nous n'avions plus besoin de parler.
Je la comprenais au seul mouvement de sa bouche. Son grain de beauté dansait souvent, et j'en saisissais toutes les subtilités d'un simple coup d'œil.
Elle passa ses mains autour de mon cou et m'enlaça avec douceur. Le soleil traversant les vapeurs du lagon projetait des reflets roses et jaunes. Elle me regarda longuement, puis je l'embrassais doucement et la magie de cet instant n'était plus dans la beauté du lagon mais dans la pureté de deux âmes qui se chamaillent le cœur du bout des lèvres.
Dans ce bassin où nous avions tous deux pieds, seules nos têtes dépassaient de l'eau pour épargner à nos corps la morsure du vent glacé. Le bassin de plus de deux cent mètres de long qui s'avançait dans ce champ de lave dessinait un horizon brumeux où les autres baigneurs ressemblaient à des ombres éthérées qui se mouvaient avec lenteur.

Sur un des côtés était installé un bar à soin, où l'on pouvait gratuitement obtenir une poignée de boue de silice blanche qui faisait la réputation de l'endroit. Aurélie et moi prîmes une portion et je l'appliquais sur mon visage. Cette boue riche en minéraux avait des propriétés curatives, mais elle eut surtout pour effet de beaucoup faire rire Aurélie qui me regardait porter ce masque blanc.

– Et si nous prenions un verre avant d'aller déjeuner ?

– Je n'ai pas envie de sortir de l'eau dit-elle. Il fait trop froid.

– Qui te parle de sortir de l'eau ? J'ai repéré un bar installé un peu plus loin. À priori on peut prendre une coupe sans quitter le bassin.

– Ah oui alors il faut qu'on essaie ça !

Quelques brasses coulées plus loin et une marche en canard dans les eaux cristallines, je commandais deux coupes de Cava. Accoudés sur un des bords du bassin, de l'eau jusqu'aux épaules, nous pouvions trinquer à ceux qui s'aiment.

– Cet endroit est vraiment extraordinaire, me dit-elle tout en buvant une gorgée.

– Oui, il faisait partie des choses que je voulais absolument voir au cours de ma vie.

– Ah oui ? et qu'est-ce que tu aimerais voir d'autre ?

– J'aimerais également un jour aller à Venise à bord de l'Orient-Express.

– Rien que ça !

– Quitte à rêver, j'ai envie de rêves luxueux, et puis ce train c'est surtout un mythe, tu voyages à travers le temps et l'histoire ! Et toi ?

– Et moi ?

– Il y a des choses que tu rêverais de faire dans cette vie ?

– Je ne sais pas trop en fait, je n'y ai jamais vraiment pensé.

– Tu devrais, c'est en commençant par rêver, qu'un jour tes rêves se réalisent. Je suis sûr que tu dois en avoir.

– Pour l'instant je t'avoue que je vis déjà un rêve, je ne savais pas que cet endroit existait, je n'en reviens toujours pas.

– Et encore tu n'as pas tout vu, je te propose de poursuivre l'expérience, avec un déjeuner qui devrait te plaire.

– Pourquoi devrait-il me plaire ?

– Parce que nous allons déjeuner en peignoir, comble ultime du luxe.

– Vraiment ?

– Suis-moi.

Nous vivions bel et bien une expérience hors du commun qui en l'espace de quelques heures nous avait totalement coupés de nos vies respectives. Nous avions laissé à l'aéroport de Zaventem nos soucis, nos problèmes et la multitude de petits détails qui pesaient sur nos épaules au quotidien. Dans ces eaux turquoises où se reflétait le soleil du bout du monde, nous étions vierges de notre passé.

Nous pouvions nous contenter d'être. Accepter le présent comme une certitude sans la nostalgie du passé et l'angoisse du futur.
Aurélie était juste à mes côtés, magnifique avec son masque de boue blanche, sa coupe de cava et ses grands yeux verts qui n'en finissaient pas de me dire combien elle était heureuse d'être ici avec moi.
Nous quittâmes le bassin pour récupérer nos peignoirs et nos tongs blanches, pour nous diriger rapidement vers la réception du Lava, le restaurant gastronomique du Blue Lagoon.
On nous guida jusqu'à notre table où nous prîmes place. Nous n'étions pas les seuls à avoir adopté le peignoir comme tenue de gala.
La salle était vaste et entièrement vitrée ce qui permettait d'avoir une vue imprenable sur le lagon. Un des murs du restaurant était constitué de basalte comme si le restaurant avait été simplement posé sur un rocher.
Des nappes blanches, de grands verres à pied, et une serveuse qui nous souhaite la bienvenue en nous servant une autre coupe de Cava, un vin espagnol pétillant.

– C'est surnaturel de pouvoir diner dans un restaurant comme celui-là en peignoir, dit-elle.

– C'est aussi pour ça que je souhaitais venir ici. Le vrai luxe c'est de pouvoir profiter avec simplicité d'un niveau de service haut de gamme comme celui-ci.

– Je crois que je vais commencer à prendre de mauvaises habitudes avec toi.

– Je ne crois pas que se faire plaisir soit une mauvaise habitude.

Le repas fut délicieux et Aurélie ne tarissait pas d'éloge sur les plats qui s'enchaînèrent dans un ballet millimétré avec précision. Comble du luxe en Islande, je commandais une bouteille de vin français pour accompagner le repas. Cela faisait longtemps que je ne m'étais pas senti aussi bien. Mes soucis me semblaient si loin qu'ils leur était impossible de me rattraper, et je pouvais enfin être moi-même et me consacrer totalement à Aurélie. Au quotidien, j'avais toujours beaucoup de mal à me détendre suffisamment pour que mes sentiments puissent s'exprimer. En perpétuelle tension, je les refoulais le plus possible pour qu'ils ne viennent pas interférer avec les tâches courantes que j'avais à exécuter. Comment prendre des décisions capitales pour l'entreprise et l'avenir des gens qui y travaillaient quand mon cœur prenait plus la parole que ma raison. J'avais rangé Aurélie dans mon cœur, et ce dernier hurlait pour que je l'entende, mais ma raison pilotait le bateau et n'avait pour autre objectif que de nous mener à bon port. Il était temps d'inverser les rôles et de laisser enfin un peu mon cœur aux commandes.

Une fois notre déjeuner terminé, Aurélie insista pour retourner se baigner et profiter des eaux chaudes et relaxantes du bassin. Je ne me fis pas prier et l'accompagnais avec grand plaisir. Il y avait d'autres endroits à explorer dans le bassin, comme la chute d'eau ou la grotte et nous pouvions nous adonner à notre jeu préféré : regarder les baigneurs et imaginer qui ils étaient et ce qu'il faisaient. Beaucoup avaient acheté de petits pochons en plastique pour y ranger leur téléphone et prendre des selfies aux milieu du bassin. De jeunes femmes aux coiffures superbes faisaient bien attention de ne pas mouiller leurs cheveux tout en cherchant le meilleur spot pour prendre LA photo qui ferait un maximum de jaloux sur les réseaux sociaux. D'autres lançaient des appels en visio pour partager leur expérience avec des proches, tandis que des couples s'enlaçaient sous l'œil vigilant des surveillants qui traquaient le moindre début d'accouplement aquatique prohibé.

La nuit était tombée doucement sur le lagon et les lumières du complexe se reflétaient sur la surface de l'eau. De retour dans notre chambre, je m'allongeais sur le lit confortable dans mon peignoir épais tandis qu'Aurélie prit une douche. Elle me rejoignit peu après emmitouflée dans un peignoir trop grand pour elle et s'allongea contre moi pour profiter d'un moment qui pour beaucoup de couples aurait paru banal mais qui pour nous était inédit.

Délassés, confortablement lovés dans le creux de mes bras, je caressais ses cheveux et son visage avec une douceur qui m'était inconnue. Ses yeux lut-

taient pour rester ouverts. J'avais lancé une playlist sur l'enceinte Bluetooth posée sur la table de chevet qui berçait nos corps avec tendresse.
Elle finit par s'endormir me laissant le loisir de regarder son visage apaisé.
Elle était là, dans mes bras et le monde autour de nous s'était arrêté. Les champs de lave qui entouraient le complexe était silencieux et rien ne pouvait venir briser la sérénité de cet instant. Je pensais à tout ce que nous avions traversé elle et moi, tout ces moments qui nous avaient rapprochés autant qu'ils nous avaient fait grandir l'un et l'autre. Je l'avais attirée dans mon monde et elle y avait refait la décoration avec goût.
Ses poings étaient serrés et son corps avait fini par se recroqueviller, épuisé par tant d'aventures.

"Tu sais, j'ai du mal à dire les choses. Je repense souvent à ce moment où on s'est éloignés, où l'on a failli se perdre. Je ne me rendais pas compte à quel point je tenais à toi. Bien sûr il y a tout ce temps qu'on a passé ensemble, toutes ces aventures que nous avons vécues, et puis il y a ce que je ressens qui n'a fait que grandir avec le temps.
Il y avait cette femme que je cherchais, et il y a toi. Tu étais là devant moi avec tes grands yeux verts. Tu m'avais trouvé avant même que je te trouve.

Tellement de fois j'ai eu envie de te dire ce que je me suis toujours interdit de te dire. Tant de fois j'ai

eu envie de te prendre dans mes bras pour te sentir contre moi comme à cet instant. Tant de fois j'ai eu envie que tu saches de tout ton être, ce que dans l'intimité de la nuit, mon cœur me murmurait. C'est bizarre comme parfois les mots me manquent, peut-être parce que j'ai peur des conséquences qu'ils pourraient avoir.
Ce qui existe aujourd'hui entre nous est bien plus puissant que je ne l'aurais imaginé au risque même de me faire peur. Parce que oui j'ai peur de ce que je ressens, j'ai peur de tout ce que cela implique, et pourtant je ne peux pas m'empêcher de continuer à me rapprocher de toi.
Nous ne sommes plus des enfants et pourtant avec toi je suis un gosse. Il y a le sexe qui nous donne du plaisir mais ce n'est au final pas le plus important.

J'ai l'impression qu'une partie de moi est en toi, et je me retrouve complet que lorsque tu es près de moi. Il y a ce contrat que nous avons signé et qui nous lie dans nos jeux mais il n'aura jamais autant de force que les sentiments que j'éprouve. Ce sont ces sentiments que je crois que tu ressens aussi qui nous lient. Aucun document, aucune signature, aucun consentement ne sera plus fort que cette emprise mutuelle que nous avons l'un envers l'autre. Je pourrais te retrouver à travers si tu venais à me quitter, et je chercherais sans relâche parce que mon cœur ne me laisserai pas d'autre choix. J'aimerais te dire tout ça mais je n'y arrive pas. Tu dors près de moi, je te regarde, et c'est la naissance d'un monde que je vois sur ton visage. Avant que tu te réveilles laisse-moi encore un instant pour te regarder. Laisse-moi encore une seconde pour essayer de te dire ce que je n'arrive pas à te dire depuis trop longtemps, cette chose que je ne peux plus ignorer et qui m'étouffe quand je suis près de toi, cette chose magnifique que je ne devrais pourtant garder que pour moi au risque de tout détruire entre nous. Laisse-moi tenter encore même si c'est dur. Laisse-moi te dire cette chose qui commence par "je" et qui finit par "t'aime"."

Aurélie s'étira doucement et me regarda avec douceur. Je ne savais pas si elle venait de se réveiller ou si elle m'avait entendu penser à voix haute. Elle se redressa pour venir chercher sur mes lèvres un baiser profond. Un baiser que l'on donne avant de le recevoir et qui ne peut se vivre que les yeux fermés. Je la pris dans mes bras, son corps était chaud.

– Tu voulais me dire quelque chose, dit-elle en se blottissant près de moi.

– Non je crois que je parlais tout seul, je ne voulais pas te réveiller.

– Ah, c'est dommage, dit-elle désappointée, je suis sûre que ça devait être intéressant.

Une douce lumière évanescente filtrait de la baie vitrée et la chambre maintenant plongée dans l'obscurité était calme.

La main d'Aurélie remonte doucement sur mon torse et se glisse à l'intérieur de mon peignoir pour caresser ma peau. Elle est chaude et douce et prend le temps de me parcourir avec tendresse. J'écarte doucement le revers de son peignoir et dévoile sa poitrine que ma main vient frôler doucement. Je sens son corps qui se met à trembler. Ma langue vient rejoindre ma main pour lécher avec douceur le bout de son sein qui se durcit peu à peu. Sa main se perd et s'accroche dans mes cheveux. À nouveau je viens chercher ses lèvres pour l'embrasser tendrement. Elle respire doucement, je lui murmure à l'oreille :

– J'ai un cadeau pour toi.

– Un cadeau ?

Je quitte le lit et me dirige vers mes bagages d'où je tire un fin coffret de cuir noir. Aurélie se redresse et s'assoit sur le bord du lit excitée par cette nouvelle surprise. Elle prend le coffret qu'elle caresse doucement pour sentir la matière et la douceur du cuir se poser sur sa paume comme une caresse.

– Ouvre-le, lui dis-je

À l'intérieur, un fin collier de cuir noir surmonté d'une boucle en acier. Elle me regarde les yeux brillants, tout en le sortant de son écrin pour mieux l'examiner.

– Il est magnifique.

– Il est à toi désormais, ce n'est pas un simple collier.

– Je crois que je sais ce que cela représente.

– Ce collier n’est pas un cadeau comme les autres. Tu l’as mérité et désormais il représentera le début et la fin de la parenthèse dans laquelle nous pourrons jouer entre adultes consentants. C’est la continuité de ce contrat que nous avons signé.
Ma main vient rencontrer la sienne, pour lui prendre le collier.
– Laisse-moi te le mettre, dis-je.
Elle relève ses cheveux pour dégager sa nuque et je fais glisser le bijou sur sa peau. Délicatement je ferme la boucle. Elle laisse tomber ses cheveux et se tourne vers moi. Je la regarde, elle est sublime, elle m’appartient toute entière. Debout à côté d’elle toujours assise sur le lit je lui caresse le visage et ses grands yeux verts se tournent vers moi implorant que le jeu commence. Je me penche vers elle pour l’embrasser à nouveau et caresser ses lèvres avec ma langue.
Sa main s’immisce sous mon peignoir et remonte le long de ma cuisse jusqu’à venir caresser mon sexe.
– À genoux.
Aurélie s'exécute sans un mot et s’agenouille devant moi. J’ouvre entièrement mon peignoir et Aurélie s’approche pour prendre mon sexe dans sa bouche.
– Pas tout de suite. Je ne t’ai pas donné l’autorisation.
Elle se recule et baisse les yeux vers le sol. Sa main continue d’aller et venir sur mon membre désormais dur. Ma main se perd dans ses cheveux puis vient caresser ses épaules. J’attrape son visage pour

mieux la regarder. Son regard me fuit, je le rattrape.

— Tu peux y aller.

Sa bouche se rue sur mon sexe et l'enveloppe avec gourmandise. Elle le prend tout entier, va et vient, puis le lèche pour ensuite le prendre à nouveau entre ses lèvres. Au bout de quelques instants je finis par me retirer.

— Lève-toi maintenant.

Aussitôt debout, je l'attire vers moi, ouvre son peignoir qui dévoile son corps nu et la colle contre mon corps.

Elle respire avec force trahissant un désir intense. Je la fais pivoter pour que ses fesses viennent rencontrer mon sexe.

Mon autre main s'enroule dans ses cheveux que je viens tirer en arrière. Elle suffoque de plaisir. Ma bouche se pose dans son cou et l'embrasse avec la tendresse que seul l'amour libère.

Je la déséquilibre pour qu'elle se penche en avant et vienne s'appuyer sur le lit.

Ma main attrape mon sexe pour le diriger avec précision vers le sien jusqu'à ce qu'il le caresse. Elle est trempée.

Je me colle un peu plus à elle et finis par la pénétrer lui arrachant un soupir de plaisir qu'elle ne peut contenir. Mes mains se posent sur ses fesses et je lui assène une petite fessée qui électrise son corps.

Je la pénètre à nouveau, de plus en plus, de plus en plus fort jusqu'à ce qu'elle commence à se tordre de plaisir.
Je me retire puis l'invite à se mettre à quatre pattes sur le bord du lit. J'attrape une chaîne en métal brillant dans mon sac, que je viens fixer sur la boucle de son collier. Mon sexe trouve à nouveau le chemin pour s'insinuer en elle, et au moment où je la pénètre, je tire doucement sur la chaîne qui vient la contraindre. Ses soupirs deviennent des cris. J'entame un va-et-vient qui monte peu à peu en puissance tout en exerçant une tension plus soutenue sur ce lien d'acier qui nous unit. Mon autre main glisse jusqu'à ses lèvres trempées que je viens exciter tout en la pénétrant avec force. Il ne suffit que de quelques secondes pour que tout son corps tremble et qu'elle jouisse d'un plaisir intense, inarrêtable et inattendu.
Son visage s'écrase sur le lit et ses mains s'agrippent aux draps dans lesquels sa voix vient s'étouffer.
– Ce n'est pas fini.
Je tire à nouveau sur le collier pour qu'elle se redresse, et malgré le plaisir intense, Aurélie tente de retrouver ses appuis. Mon sexe toujours en elle continue de la pénétrer avec vigueur.
Elle poursuit ses cris et laisse échapper :
– Oh non, pas encore
Juste avant de jouir à nouveau dans un râle profond qu'elle ne peut contenir.

Je viens détacher doucement la chaîne, pour la laisser glisser sur le sol.

– À genoux.

Elle glisse le long du lit et en se retournant je découvre son visage rougi par le plaisir. Sa bouche glisse sur mon sexe, qu'elle prend à nouveau entièrement. Je sens sa langue qui me caresse, ses lèvres qui m'enserrent et je ressens un bien-être profond que j'ai du mal à dissimuler. Elle semble heureuse de me voir prendre autant de plaisir et je crois apercevoir un petit sourire alors qu'elle continue de me sucer.

– Allonge-toi sur le lit.

Mes mots sont des ordres. Elle s'exécute. Ma voix ferme la dirige et Aurélie semble apprécier sa position de soumise.

C'est tellement agréable, elle est tellement belle, j'ai l'impression de la connaître depuis toujours, j'ai encore envie d'être en elle.

Allongée sur le lit, je m'approche et écarte ses cuisses. Mon pouce caresse son sexe toujours humide avant de laisser la place à mon sexe toujours aussi dur. Je la pénètre encore et elle laisse échapper un petit cri de plaisir. Mon corps rencontre le sien et ma poitrine se colle à la sienne.

J'approche doucement mon visage du sien, pour que nos regards se confondent. Elle me sent en elle et je lis dans ses yeux à chacun de mes mouvements le plaisir monter et descendre.

Nous n'avons plus besoin de parler, ce sont nos regards qui ont pris la parole. Mon sexe s'engouffre en elle, sa pupille se dilate. Je me retire puis reviens et ses yeux hurlent de plaisir. Sa bouche entrouverte ne laisse échapper le moindre son à part le souffle de sa respiration.
Je la pénètre encore et son souffle devient un cri. Je continue et son cri devient un râle sans fin, son regard se détourne, ses yeux se plissent, elle perd ses repères, ses cris deviennent des mots, un prénom, "Alex", un "je t'aime".
Ils résonnent en moi comme s'ils avaient toujours été là, mais c'est bien la première fois que ces mots franchissent ses lèvres.
Je la regarde et l'amour parle à ma place et lui murmure ces trois mots qui viennent s'agripper à son cœur pour ne plus jamais le lâcher.
Le plaisir est tellement intense que je me retire et jouis sur son ventre offert, ne pouvant retenir plus longtemps les vagues de plaisir qui ont envahi mon corps.
Une fois debout, j'éclate de rire avec force, tant l'instant est puissant et le bonheur immense.
Elle s'affala sur le lit pour retrouver ses esprits, et je profitais de ce moment pour regarder par la baie vitrée la nature hostile et noire qui entourait notre havre de paix.

Les étoiles suspendues à la voûte céleste nous regardaient avec bienveillance, et le temps se ralentit

jusqu'à n'être qu'un moment. Une aurore boréale illumina le ciel de ses reflets étincelants, et la nuit devint notre nuit.
Nous avions le temps de laisser filer le temps, de ne penser à rien et nous contenter d'être là, connectés l'un à l'autre. J'aurais voulu ne pas fermer l'œil, la regarder encore et encore. Nous étions chez nous, loin du monde, libérés de sa vulgarité pour qu'enfin la pureté de notre lien s'autorise à exister.
Elle était devenue ma complice, l'incarnation de cette femme mystérieuse que j'avais longtemps poursuivie, la partenaire idéale pour que dans l'union de nos corps nos âmes profondes se révèlent. Nous nous étions trouvés et avions accepté le jeu parce que nous avions fini par nous connaître si bien qu'il n'y avait plus d'interdits.
J'étais devenu le maître de ses désirs auquel elle était soumise. Dans le béton de nos vies, l'amour était une plante qui avait repris ses droits. D'abord discrète, elle aurait pu passer inaperçu, mais au fil du temps, elle s'était enracinée profondément et avait commencé à fissurer le sol goudronné. Parce que l'amour défie les lois des hommes, qu'il ne connaît pas de limite et ne peut être contraint, c'est lui le véritable maître qui enchaîne les cœurs les uns aux autres. C'est lui qui soumet les hommes et les femmes à sa volonté pour qu'ils s'unissent dans la lumière ou dans l'ombre.
Avec Aurélie je découvrais une nouvelle facette de ma personnalité, elle avait été le révélateur de mes

désirs les plus enfouis. Je ne savais plus vraiment qui de nous deux tenait l'autre sous son emprise. J'avais beau contraindre son corps aux garde-à-vous pour recevoir mes ordres, elle avait mit mon cœur en esclavage avec les chaînes les plus douces qui existent. Je tirais sur ses cheveux, elle serrait mon cœur plus fort. Nous étions liés l'un à l'autre dans une emprise mutuelle que nous avions consentie sans nous en apercevoir.

Sur le chemin du retour, nous avions fini par oublier nos vies respectives pour nous comporter avec simplicité. Deux êtres qui s'aiment et qui parcourent le monde sans se soucier de celui-ci.
Le retour à la réalité fut comparable à une chute vertigineuse. On sait que le sol arrivera à un moment donné et pourtant on continue de tomber, encore et encore.
Je garais l'Audi à quelques mètres de l'entrée de l'immeuble d'Aurélie. Je comptais les étages et vit que son appartement était allumé. Je devais me rendre à l'évidence, Christophe l'attendait dans la chaleur confortable de son foyer. Peut-être qu'il lui avait préparé un dîner pour l'accueillir, que ce soir il la prendrait dans ses bras, et qu'ils feraient l'amour.
Debout à côté de la voiture, je regardais Aurélie prendre ses affaires, avec la tristesse d'abandonner un trésor précieux à un autre. Je n'avais jamais ressenti ça auparavant et ce sentiment m'emplit de dé-

goût. Je voulais lui crier de rester, de repartir avec moi, de nous enfuir très loin, encore plus loin que l'Islande, là où personne ne nous retrouverait.
Je restais silencieux quand elle s'approcha de moi pour déposer sur ma joue un baiser. Le vent soufflait doucement et faisait danser ses cheveux, dévoilant l'éclat de ses créoles en argent. Elle me regarda avec douceur, et ses yeux semblaient me dire, je ne veux pas partir. Pourtant il le fallait.

Elle s'éloigna, mon cœur s'arrachait. Arrivée devant la porte du bâtiment elle tourna la tête pour me chercher.
Elle posa ses bagages et courut vers moi avec un sourire malicieux, elle se colla contre mon torse l'espace d'un instant trop court pour me murmurer à l'oreille

– Est-ce que tu m'appartiens ?

Ma main frôla son bras, et je respirais une dernière fois le parfum de ses cheveux. Mon cœur ne trouva qu'une seule réponse à sa question.

– Ad vitam aeternam.

Edith Piaf - L'hymne à l'amour

"J'ai encré ton nom sur ma peau,
parce que notre amour déchaîne les tempêtes."

Printed in Great Britain
by Amazon

40045402R00244